Uwe Becker

ZIPFELMAUS UND DIE KÖNIGIN VON SABA

Ein Gartenkrimi

mit Illustrationen von Ina Krabbe

Das Buch wurde auf FSC-zertifiziertem Papier gedruckt und leistet damit einen aktiven Beitrag zur nachhaltigen Bewirtschaftung der Wälder rund um den Globus.

ISBN 978-3-943086-12-6

1. Auflage Oktober 2014

www.suedpol-verlag.de

Bibliographische Information der Deutschen Nationalbibliothek
Die Deutsche Nationalbibliothek verzeichnet diese Publikation in der Deutschen Nationalbibliographie; detaillierte bibliographische Daten sind im Internet über http://dnb.ddb.de abrufbar.

INHALT

Vorsichtig stellte Frau Bienenstich die Schüssel mit der Sahne zwischen den Kuchen und die Blumenvase, trat einen Schritt zurück und betrachtete ihr Werk. Perfekt! Der Apfelbaum, der Kaffeetisch darunter, die Stühle mit den Polstern drumherum und die Hecke dahinter – wo anders hätte man an diesem Tag sitzen wollen als hier in ihrem Garten? Die Gäste konnten kommen, Frau Bienenstich ging ins Haus und setzte das Wasser auf.

„Guck mal, das ist Streuselkuchen!", wisperte es im Apfelbaum.

„Ja!", wisperte es zurück. „Und weißt du, was das Beste am Streuselkuchen ist?"

„Die Streusel?"

„Genau!"

„Aber wie kommt man an die dran?"

„Kein Problem!", sagte eine dritte Stimme. Ein kleiner schwarzer Punkt sauste aus dem Wipfel hinunter und landete genau in der Mitte des Kuchens. Dort machte es PLOPP, und der schwarze Punkt sauste mit einem leisen HUI und einem Streusel wieder hinauf in den Wipfel.

„Cool!", rief die erste Stimme. „Das will ich auch! Fiffi!"

Gewisper, Gesumm und eine Hummel schoss aus dem Wipfel in die Tiefe und landete auf dem Kuchen. Wieder machte es PLOPP, und die Hummel trug die knusprige Beute brummend in den Wipfel.

„Super, Fiffi!“, rief die erste Stimme. „Und auch noch so ein großes Stück!“

„Und ich!?“, rief die zweite Stimme empört. „Nicht so gierig, Dickespinne!“

Keine Antwort, nur sehr leises Knuspern und Schmatzen.

„Ihr könntet mir wenigstens etwas abgeben!“, maulte die zweite Stimme.

Das Gartentörchen quietschte, und das Gemaule im Wipfel verstummte. „Achduliebergott!“, ertönte es vom Törchen, und eine winzige alte Dame mit einem aufwendigen Hut betrat den Garten.

„Mama?“, rief es aus dem Haus.

„Ich bin daha!“, rief die alte Dame und sah sich um.

„Setz dich schon mal. Ich bin gleich bei dir!“

„Achduliebergott!“

„Und nicht naschen!“

Die kleine Dame spähte in Richtung Gartenhäuschen. „Also wirklich!“, murmelte sie und näherte sich dem Kaffeetisch. Dann sah sie nach links, nach rechts, zum Häuschen und schnappte blitzschnell nach einem großen Streusel.

„Hm!“, machte sie und ließ sich im größten Sessel nieder. „Achduliebergott!“

„Hast du das gesehen?“, wisperte es im Wipfel.

„Und so ein großes Stück!“

„Und da! Noch eins! Bald ist der ganze Streusel weg!“, zischelte die dritte Stimme. „Am Ende bleibt gar nichts mehr für uns übrig.“

„Na, ihr beide hattet ja schon."

Die alte Dame sah nach oben.

„Suchst du etwas, Mama?" Frau Bienenstich stellte die Kaffeekanne auf den Tisch. Die winzige Dame schüttelte den Kopf.

„Und? Ist der Streusel gut?"

Frau Bienenstichs Mutter sah sie mit großen Augen an.

„Mama, ich sehe alles!"

„Also wirklich!"

„Da ist zum Beispiel eine große Lücke." Frau Bienenstich zeigte mit dem Zeigefinger auf die Lücke. „Und hier und hier und hier auch."

Frau Bienenstichs Mutter schüttelte den Kopf.

„Nicht genascht?“

„Doch natürlich. Aber nur hier und hier.“ Ein krummer, dünner Zeigefinger mit feuerrotem Nagel zeigte auf die beiden kleinsten Löcher.

„Und? Ist er gut?“

„Jaja. Natürlich. Köstlich. Kommt noch jemand?“

„Meine Nachbarin.“

„Ach, die Fabelhaft!“

„Mama, sie heißt nicht Fabelhaft!“

„Ach, es sind ja schon alle da!“, ertönte es vom Gartentörchen. „Das ist ja fabelhaft!“ Das Gartentörchen quietschte, und Frau Fabelhaft eilte über den Rasen. „Undine, wie schön der Tisch aussieht! Und der Kuchen! Ach, Streuselkuchen! Ich liebe Streuselkuchen! Und am liebsten den Streusel. Und deine Mutter ist auch da. Wie schön, wie schön! Wie geht es Ihnen?“

„Gut, meine Liebe. Ich hoffe, Ihnen auch!“

„Fabelhaft! Und dieser Hut! Er ist umwerfend!“

„Nicht wahr? Er ist neu. Heute ist gewissermaßen Premiere!“ Der Hut wurde von allen Seiten besichtigt und gelobt.

„Blablablabla!“, wisperte es im Wipfel.

„Pscht!“, wisperte es zurück.

„Die sollen nicht den ganzen Kuchen aufessen! Guck mal, Zipfelmaus, da ist schon über die Hälfte weg! Wenn die noch ein Stück essen, bleibt nichts mehr für uns übrig!“

Frau Bienenstichs Mutter schaute in den Wipfel, und schlagartig war es still dort oben. Dann hörte man nur noch Geschirrgeklapper.

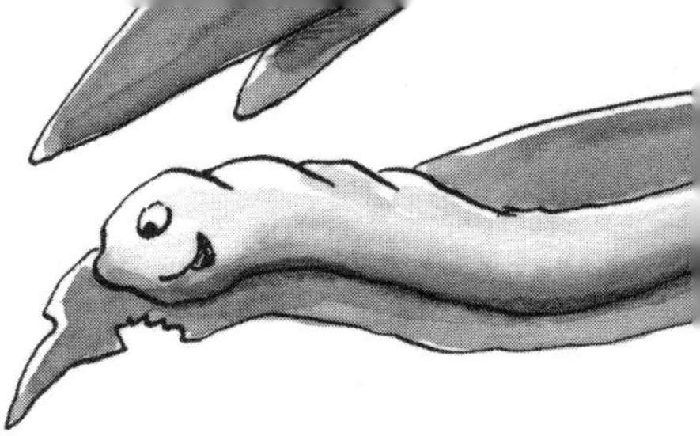

Man plauderte über dies und das. Dass es zu feucht sei, dass der Giersch wieder einmal überhandnahm, dass der Dill diesmal gar nicht gewachsen war und dann natürlich diese Schneckenmassen in diesem Jahr. So viele Schnecken hatte es noch nie gegeben, alles fraßen sie weg. Frau Bienenstich und Frau Fabelhaft klagten gleichermaßen. Frau Bienenstichs Mutter hörte gar nicht mehr zu. Schnecken! Papperlapapp!

„Kommt Flecki nicht?", fragte Frau Fabelhaft und zeigte auf den leeren Platz.

„Nein, er wollte es versuchen, aber ich glaube, er schafft es nicht", sagte Frau Bienenstich und ließ einen Löffel Sahne auf ihr Kuchenstück plumpsen.

„Dein Bruder schafft es nie zu kommen, wenn ich da bin!"

„Aber Mama, das stimmt doch gar nicht. Er hat gerade sehr viel zu tun."

„Und ich vermute mal, dass er es auch gar nicht versucht!"

„Aber Mama!"

„Und was sollte er auch schon groß zu tun haben?"

„Das hat er nicht gesagt." Frau Bienenstich stocherte in ihrem Kuchen herum.

„Habt ihr den Zirkus gesehen?", rief Frau Fabelhaft.

„Zirkus?" Zwei Augenpaare sahen sie fragend an, und Frau Bienenstich hörte auf, in ihrem Kuchen herumzustochern. Auch im Wipfel herrschte atemlose Stille.

„Ja, auf der Wiese hinter den Gärten. Da haben sie ein Zirkuszelt aufgebaut. Und Wagen drumherum. Morgen sollen die Vorstellungen beginnen!"

„Ach das Zelt!“, brummte Frau Bienenstichs Mutter. „Das habe ich schon gesehen. Wo ein Zirkus ist, treibt sich viel Gesindel in den Gärten herum!“

„Aber nein!“, rief Frau Fabelhaft. „Das ist doch hübsch. Wir können die Vorstellung besuchen! Und die Tiere anschauen!“

„Dieser Zirkus ist so klein, dass sie allenfalls Hamster haben! Undine, meinst du, ich könnte noch ein klitzekleines Stück von diesem köstlichen Kuchen bekommen?“

„Natürlich Mama!“

„Ich habe aber schon einen Esel gesehen“, meinte Frau Fabelhaft nachdenklich. „So klein ist der Zirkus dann wohl doch nicht.“

„Zwergesel allenfalls. Aber Undine wird ohnehin keine Zeit haben, in den Zirkus zu gehen!“

„Nicht?“, fragte Frau Fabelhaft erstaunt.

„Warum?“, fragte Frau Bienenstich.

„Nun, ich werde meine Schwester in Wien besuchen.“ Frau Bienenstichs Mutter lehnte sich zurück und sah in die Runde.

„Ja, aber was hat das mit mir zu tun?“ Frau Bienenstich verstand nicht.

„Du wirst mich natürlich begleiten!“

„Aber Mama!“

„Keine Widerworte!“

„Mama, ich sehe nicht ein, warum du nicht in den Zug steigen und nach Wien fahren kannst. Allein.“

„Undine, du wirst mich doch nicht alleine so eine weite Reise machen lassen!“

„Und warum nicht?“

„Ich werde bald 90!“

„Ja, in zwölf Jahren!“

„In elf Jahren!“

„Vor zwei Wochen bist du aber noch alleine mit dem Auto nach Hamburg gefahren, da warst du nicht zu alt, oder?“

„Hamburg ist nicht Wien, liebe Undine!“

Frau Fabelhaft sah von einer zur anderen.

„Natürlich nicht, Mama, Auto fahren ist ja auch nicht Eisenbahn fahren. Wie stellst du dir das denn vor? Meinst du, ich kann einfach so mal eben nach Wien fahren und am nächsten Tag wieder zurück, nur um dich bei Tante Helene abzuliefern?“

„Wieso am nächsten Tag zurückfahren? Natürlich bleibst du, und wir fahren zusammen wieder zurück.“

Frau Bienenstich sah ihre Mutter mit großen Augen an. Dann schüttelte sie den Kopf.

„Ich gehe uns rasch mal ein Likörchen holen!“, rief Frau Fabelhaft. „Bin gleich wieder da!“ Und weg war sie.

„Das ist ausgeschlossen!“, sagte Frau Bienenstich.

„Warum?“, fragte ihre Mutter.

„Wegen der Königin von Saba!“, rief Frau Bienenstich.

„Königin von Saba?“ Frau Bienenstichs Mutter machte ein verständnisloses Gesicht.

„Kommt die auch noch zu Besuch?“, zischelte es im Wipfel.

„Keine Ahnung!“, zischelte es zurück. „Ich finde aber, die sollten allmählich mal aufhören, unseren Kuchen aufzuessen! Es ist ja kaum noch was da!“

„Guckt mal da auf dem Hut!“, zischelte die dritte Stimme.

„Was ist denn da?“

„Da! Das Weiße!“

„Wo denn?“

„Da neben der großen Blüte, Zipfelmaus! Ich sehe es auch. Soll Fiffi mal hinfliegen?“

„Das ist eine weiße Maus!“, rief die dritte Stimme.

„Eine weiße Maus? Wo denn, Dickespinne? Ach da! Das - oh nein! Das darf doch nicht wahr sein!“

„Was hast du denn, Zipfelmaus, kennst du sie?“

„Ja!“

„Ist das die Königin von Saba?“

„Nein, das ist Tante Fee.“

„Deine Tante?“, wollte die dritte Stimme wissen.

„Großtante!“

„Sie ist aber doch sehr klein. Findest du nicht, Zipfelmaus?“

„Die Königin von Saba ist mein Birnbaum. Die Birnen werden gerade reif, und deshalb kann ich jetzt auf keinen Fall weg, liebe Mama!“, sagte Frau Bienenstich energisch. „Auch nicht für ein paar Tage!“

„Da bin ich wieder!“ Frau Fabelhaft stellte drei winzige Gläschen auf den Tisch. „Salbeilikör! Selbstgemacht!“, murmelte sie verschwörerisch und goss in jedes Glas eine duftende Flüssigkeit aus einer giftgrünen Flasche. „Prost!“, rief sie und trank. Dann setzte sie sich.

„Nur weil jetzt deine Birnen reif werden, kannst du nicht weg?“ Frau Bienenstichs Mutter schüttelte den Kopf. „Das finde ich höchst albern!“

„Mama, ich habe diesen Baum vor sieben Jahren gepflanzt. Erst hat er nicht einmal geblüht, und ich habe gedacht, er würde nie blühen. Letztes Jahr hat er dann endlich geblüht, fünf Blüten, aber es gab keine Früchte."

‚Gleich zanken sie wieder!', dachte Frau Fabelhaft traurig und goss sich noch ein Salbeitröpfchen ein. ‚Immer zanken sie!'

„Und dieses Jahr hat er über und über geblüht und Früchte angesetzt. Drei Stück!"

„Na und?" Frau Bienenstichs Mutter starrte missmutig den Likör an.

„Na und. Na und. Ich möchte meine Birnen nun natürlich auch essen!"

„Na dann iss sie doch!"

„Sie sind noch nicht reif. Aber sie werden in den nächsten Tagen reif. Morgen oder übermorgen. Und wenn man sich sieben Jahre gefragt hat, wie die Königin von Saba wohl schmeckt, dann wirst du einsehen, dass man dann nicht genau in der Woche nach Wien fahren möchte, in der die Birnen endlich reif werden!"

Frau Fabelhaft überlegte, ob sie noch ein drittes Gläschen trinken sollte und betrachtete betrübt den Hut von Frau Bienenstichs Mutter. Plötzlich stutzte sie. War das eine weiße Maus dort auf dem Hut, oder gehörte sie zum Schmuck?

„Aber es ist doch nur für ein paar Tage!", sagte Frau Bienenstichs Mutter.

„Ja, und wenn ich wiederkomme, sind die Birnen weg."

„Wer sollte sich denn für deine drei Birnen interessieren? Das ist doch lächerlich. Birnen kannst du doch an jeder Straßenecke

kaufen!“ Frau Bienenstichs Mutter wurde allmählich etwas ungeduldig.

„Aber nicht die Königin von Saba!“

„Papperlapapp! Birne ist Birne!“

Frau Fabelhaft traute derweil ihren Augen nicht. Die weiße Maus gehörte eindeutig nicht zum bienenstichmütterlichen Hutschmuck, denn sie hatte nun den hinteren Hutrand erreicht und schaute in die Tiefe. Dann beugte sie sich hinunter und kramte dort herum. Als sie sich wieder aufrichtete, hatte sie einen goldenen Faden in der Hand. Sie befestigte ihn an einer der Rosen auf dem Hut und warf ihn über den Rand in die Tiefe. Sie überzeugte sich, dass der Faden bis zum Boden reichte, dann zog sie ihn wieder herauf.

‚Was kommt nun?‘, fragte sich Frau Fabelhaft. Die Maus band den Faden an etwas fest. Nachdem sie den Halt geprüft hatte, wuchtete sie eine klitzekleine Reisetasche über den Hutrand und ließ sie dann vorsichtig an dem Faden in die Tiefe gleiten.

„Was hat sie vor, Zipfelmaus?“, wisperte es im Wipfel.

„Ich fürchte, sie will in den Garten!"

„Oh! Besuch! Wie schön!"

„Tja, ich weiß nicht!", wisperte es zurück.

Als die Tasche auf dem Rasen stand, schwang sich die Maus über den Hutrand und glitt in die Tiefe. Frau Fabelhafts Augen folgten ihr unauffällig. Unten angekommen, zog die Maus zweimal an dem goldenen Faden, und wie von Geisterhand glitt er in die Tiefe. Zauberei? Doch dann tauchten auf dem Hutrand zwei Marienkäfer auf und flogen hinunter zur Maus. Energisch drückte Frau Fabelhaft den Korken in die giftgrüne Flasche. ‚Schluss!', dachte sie. ‚Nie wieder!' und ‚Wie soll das noch enden!'

„Kann denn nicht jemand anders für dich auf diese Birnen aufpassen?" Frau Bienenstichs Mutter nahm den Hut ab und betrachtete ihn. „Eigenartig, mir war, als ob etwas auf den Hut gefallen ist."

Frau Fabelhaft drückte den Korken noch tiefer in den Flaschenhals.

„Sie zum Beispiel, meine Liebe!", wandte sich Frau Bienenstichs Mutter an Frau Fabelhaft und setzte den Hut wieder auf.

„Ich?", fragte Frau Fabelhaft und starrte den Hut an.

„Ja, Sie. Ist etwas mit meinem Hut?"

„Nein! Nichts!"

„Nun? Und?", forschte Frau Bienenstichs Mutter.

„Nichts!"

„Was nichts?"

„Gar nichts!"

„Nein, ich meinte natürlich, ob Sie nicht Undines Birnchen hüten könnten, solange sie mit mir in Wien ist!"

„Mama, ich habe keineswegs zugestimmt, mit dir nach Wien zu fahren!“

„Dochdoch!“, rief Frau Fabelhaft hastig. „Fahr nur, ich passe auf die Birnen auf. Das mache ich doch gerne!“

„Danke!“, sagte Frau Bienenstich niedergeschlagen.

„Na siehst du!“ Die alte Dame stemmte sich aus ihrem Sessel und rückte ihren Hut zurecht. „Dann ist ja alles in bester Ordnung. Ich mache mich auf den Heimweg. Ich muss schließlich noch packen!“

„Packen?“, fragte Frau Bienenstich. „So eilig haben wir es doch nicht. Wir fahren ja wohl nicht morgen!“

„Wo denkst du hin mein Kind! Natürlich fahren wir morgen! Ich habe die Tickets auch schon gekauft! Um halb neun geht es los! Gleis 8!“

„Du hast die Tickets schon gekauft, obwohl du noch gar nicht wusstest, ob ich überhaupt mitkommen werde?“ Frau Bienenstich sah ihre Mutter ungläubig an.

„Aber natürlich mein Kind, warum denn nicht?“

„Und wenn ich nun nicht mitgefahren wäre?“ Frau Bienenstich hatte das unbestimmte Gefühl, gerade in eine Falle hineingelaufen zu sein.

„Ich kenne doch mein Undinchen! Auf Wiedersehen Frau Fabelhaft, es war so zauberhaft, mit Ihnen zu plaudern!“

„Danke, ja, fabelhaft!“, murmelte Frau Fabelhaft. Sie wurde das Gefühl nicht los, dass sich hier etwas hinter ihrem Rücken abspielte, wovon sie nichts mitbekam. Stattdessen sah sie weiße Mäuse, die Reisetaschen mit goldenen Fäden von Hüten hinabließen und hinterherkletterten. Vorwurfsvoll sah sie die giftgrüne Flasche an und beschloss, sie zu verschenken. Oder zumindest wegzuschließen. „Ich gehe auch!“, sagte sie und sah Frau Bienenstich an. Warum sah Undine nur so traurig aus? „Mach dir keine Sorgen um deine Birnen. Ich passe schon auf!“

Frau Bienenstich nickte und sah ihrer Mutter und Frau Fabelhaft nach. Das Gartentörchen quietschte, und sie war alleine. Langsam begann sie, das Kaffeegeschirr abzuräumen. Da hatte ihre Mutter es ja wieder einmal geschafft. Warum immer sie? Warum konnte es nicht mal Flecki erwischen? Aber der war ja nie da, wenn man ihn brauchte. Seufzend trug sie das Geschirr ins Häuschen, nur die Kuchenplatte mit dem letzten Stück Streuselkuchen stand noch auf dem Tisch. Schnell noch abwaschen, und dann musste sie auch nach Hause und packen. Eine Reise mit Mama zu Tante Helene! Mama streitsüchtig und stur, Tante Helene stocktaub. In Gedanken versunken spülte Frau Bienenstich die Teller, Tassen und das Besteck, räumte alles weg, trug die Stühle und den Tisch ins Häuschen und schloss sorgfältig ab. Wehmütig betrachtete sie noch einmal die drei Königin-von-Saba-Birnen und verließ dann den Garten. Dass weder das letzte Stück Streuselkuchen noch irgendwelche Krümel auf der Kuchenplatte gelegen hatten, als sie sie ins Haus trug, war ihr gar nicht aufgefallen.

Das letzte Streuselkuchenstück, das vorher noch auf der Kuchenplatte gelegen hatte, schwebte nun vom Apfelbaum knapp über dem Rasen in Richtung Gartenhäuschen.

„Du musst den Kuchen tiefer halten, Zipfelmaus, sonst rollen doch die ganzen Streusel runter!“, kam es vom vorderen Ende.

„Kannst du es denn nicht höher halten?“ Zipfelmaus versuchte, das schwankende Stück auszubalancieren.

„Nein, ich bin nicht so stark wie du. Wo bleibt denn Kevin? Er wollte doch auch tragen helfen?“

„Keine Ahnung. Aber wir schaffen das auch ohne ihn!“ Zipfelmaus legte das Kuchenstück auf die Schulter. „So besser?“

„Viel besser. Da wird Spitzmaus aber Augen machen, wenn wir mit dem Kuchen in der Spelunke auftauchen. Das wird ein Fest!“

In dem Moment schossen zwei Marienkäfer kläffend aus dem dichten Rasen heraus. Zipfelmaus und Shakira fuhren zusammen und hätten fast den Kuchen fallen gelassen.

„Keine Angst, meine Lieben, sie wollen nur spielen!“, flötete es aus dem Rasen. Dann teilte sich ein großes Grasbüschel und Tante Fee schaute heraus. Die Marienkäfer kläfften wie toll und schnappten nach Shakira.

„Hanni! Nanni! Sofort hört ihr auf mit dem Lärm.“

Augenblicklich verstummten die Käfer. Tante Fee lächelte. „Sie freuen sich bestimmt auf den Kuchen, die kleinen Racker!" Sie stieg aus dem Grasbüschel und tätschelte die Marienkäfer, die sofort zu fiepen begannen. „Jaja, Geduld meine Prinzessinnen! Erst einmal müssen wir unsere Lieben hier begrüßen und dann ein schönes Plätzchen zum Kuchenessen finden!" Sie sah auf. „Zipfelmaus, hier könnte auch mal wieder der Rasen gemäht werden!"

„Ähm, ja, Tante Fee, da hast du natürlich recht, aber ich, wir, äh ..."

„Na, das musst du ja nicht gleich machen. Wo wollen wir denn den Kuchen essen?"

„Den Kuchen wollten wir eigentlich zur Spitzmaus in die Spelunke ..."

„Da unter dem Birnbaum!", rief Tante Fee. „Da ist es doch zauberhaft!"

„Aber wir wollten den Kuchen eigentlich ...!"

„Oh, Zipfelmaus, ich habe dich ja noch gar nicht begrüßt! Wie unaufmerksam von mir!" Tante Fee schüttelte den Kopf.

Zipfelmaus und Shakira legten behutsam das Kuchenstück auf den Rasen. Sofort fielen die Marienkäfer darüber her.

„Aber, aber!", rief Tante Fee. „Wollt ihr wohl nicht so gierig sein! Sind sie nicht einfach goldig, die kleinen Vielfraße?"

„Der Kuchen war eigentlich ...", begann Zipfelmaus.

„Zipfelmaus, nun lass dich erst mal drücken! Meine Güte, wie groß du geworden bist!" Tante Fee umarmte Zipfelmaus und zog an der geringelten Mütze. „Die könnte auch mal wieder gewaschen werden!"

„Ja, Tante Fee. Mach ich morgen!"

„Was du heute kannst besorgen ...!" Tante Fee hob mahnend den Zeigefinger. „Und wen haben wir da?"

„Das ist Shakira, Tante Fee."

„Zauberhaft! Aber was für ein ungewöhnlicher Name für eine Fledermaus!" Tante Fee umarmte auch Shakira.

„Und das ist Fiffi!", sagt Shakira.

„Eine prachtvolle Hummel!" Tante Fee beugte sich hinunter und kraulte Fiffi. „Könnte aber auch mal gebürstet werden", meinte sie streng. „Ich poliere meine beiden jeden Tag!"

„Ich glaube nicht, dass es Fiffi gefallen würde, wenn ich sie jeden Tag bürsten würde!", wandte Shakira vorsichtig ein.

„Unsinn Kindchen! Probiere es einfach mal. Das Fell wird dann wunderschön glänzen!"

„Aber Fiffi mag es nicht so sehr, wenn man ..."

„Und wer ist das?", rief Tante Fee. „Was naht sich da für ein düsterer schwarzer Gesell!"

„Das ist Kevin!", sagte Zipfelmaus. „Kevin, das ist Tante Fee! Er hat in Onkel Benns Kirche gewohnt, aber nun ist er bei uns im Garten."

„Und er hat uns geholfen, den Goldkratzer* zu fangen!" Shakira nickte mit dem Kopf.

Kevin machte einen Diener. Hanni und Nanni schnupperten interessiert an Kevins Beinen.

„Aus!", rief Tante Fee und verscheuchte die beiden. „Du bist also Kevin! Und wie gut erzogen! Einen Diener!" Sie drehte sich zu Zipfelmaus um. „Dein Freund weiß wirklich, was sich gehört!"

**siehe Band 2: Zipfelmaus und der geheimnisvolle Goldkratzer*

Zipfelmaus sah zu Boden.

„So, nun wollen wir uns aber mal dem Kuchen widmen!“, rief Tante Fee munter. „Zipfelmaus und Shakira, ihr tragt den Kuchen unter den Birnbaum, und Hanni, Nanni, ihr lasst Kevins Beine zufrieden!“

Die Käfer knurrten.

„Sag Zipfelmaus, hast du noch meinen alten Schaukelstuhl, den ich dir mal geschenkt habe?“

Zipfelmaus nickte und wuchtete das Kuchenstück auf die Schulter.

„Wo steht er denn?“, wollte Tante Fee wissen. Aber das Kuchenstück schwankte schon durch den Rasen davon.

„Auf der Veranda hinter dem Blumentopf!“, sagte Kevin.

„Oh, Kevin, wie wunderbar!“ Tante Fee schlug die Hände zusammen. „Wärst du denn bitte so lieb, Kevin, mir den Schaukelstuhl unter den Birnbaum zu tragen, wir wollen dort nämlich Kuchen essen. Und du bist natürlich ganz herzlich dazu eingeladen!“

„Ich ähm, der, also, weil ...“, stammelte Kevin.

„Was meinst du? Ach so, die Reisetasche?“ Tante Fee zog die Tasche hinter dem Grasbüschel hervor. „Die kann mir Zipfelmaus gleich herübertragen. Hol du mir nur erst einmal den Schaukelstuhl. Du musst dich ja schließlich nicht um alles kümmern!“

Damit wandte sie sich um und ließ den verdutzten Kevin neben der Reisetasche stehen. Die Marienkäfer saßen zu Kevins Füßen und schauten zu ihm hinauf.

„Hanni, Nanni! Aber schnell!“, ertönte es im Befehlston. Mürrisch erhoben sich die beiden und trotteten Tante Fee hinterher. Und Kevin verschwand in Richtung Terrasse.

„Sag mal, Zipfelmaus, deine Tante ...“, kam es vom vorderen Ende des Kuchenstücks.

„Sie ist eigentlich meine Großtante!“, kam es von hinten.

„Also deine Großtante, Zipfelmaus ...“

„Ja?“

„War die schon mal hier?“

„Ja. Das ist aber ewig her.“

„Und bleibt sie jetzt länger?“

„Keine Ahnung!“, seufzte Zipfelmaus. „Aber wenn sie mit der Reisetasche anrückt, denke ich schon.“

„Wo wird sie denn wohnen? In deiner Wohnung?“

„In meiner Wohnung?“ Zipfelmaus fuhr der Schreck in alle Glieder. „Das geht nicht!“ Warum kamen nur alle ihre Verwandten immer ohne Anmeldung zu Besuch? Ohne ihr auch nur den Hauch einer Chance zu lassen, wenigstens ein bisschen aufzuräumen? Vor Kurzem erst Onkel Benn und nun Tante Fee.

„Was geht nicht?“, fragte Tante Fee, die sie eingeholt hatte. Hanni und Nanni sprangen an Shakira hoch und versuchten, an den Kuchen heranzukommen. „Hanni! Nanni! Aus jetzt! Sofort! Ihr bekommt gleich etwas!“

„Wir haben überlegt, wo du wohl schlafen wirst!“, sagte Shakira.

„Das findet sich", sagte Tante Fee und schaute nach oben in den Birnbaum. „Ich glaube, hier ist es perfekt für unseren Kuchen. Stellt ihn genau hier hin!" Zipfelmaus und Shakira stellten den Kuchen vorsichtig auf den Boden.

„Wunderbar!", rief Tante Fee. „Jetzt fehlt nur noch mein Schaukelstuhl." Sie stellte sich auf die Zehenspitzen und hielt nach Kevin Ausschau. „Wo er nur bleibt! Ah! Da kommt er ja!" Vom Gartenhäuschen schwankte ein Schaukelstuhl heran.

„Warte Kevin, ich helfe dir!", rief Zipfelmaus und lief ihm entgegen.

Endlich saßen sie alle um den Kuchen herum. Tante Fee wollte nur ein klitzekleines Stückchen Streusel. Und dann noch eines, aber ein ganz kleines. Und dann zum Abschluss noch ein ganzganz winziges. Am Ende hatte sie fast den ganzen Streusel aufgegessen oder an Hanni und Nanni verfüttert. Zipfelmaus, Shakira und Kevin kauten lustlos auf dem streusellosen Boden herum. Tante Fee wollte tatsächlich ein paar Tage hierbleiben. Denn Frau Bienenstichs Mutter, mit der sie sich eine Wohnung teilte, würde ja nach Wien verreisen, was sollte sie da alleine in der riesigen Wohnung? Morgens kein Frühstück – *Zipfelmaus, ich hoffe, du hast Honig, ich brauche ja wirklich kaum etwas, aber zum Frühstück muss ich meinen Honig haben!* – kein Fernsehen, keine Knabberbox am Abend, die Frau Bienenstichs Mutter regelmäßig vergaß wegzuräumen, wenn sie vor dem Fernseher eingeschlafen war. Und keinen Rotwein! Frau Bienenstichs Mutter trank jeden Abend ein Glas Rotwein. Das schaffte sie allerdings nie, weil sie ja immer beim Fernsehen einschlief. Da erbarmte sich Tante Fee stets und trank das Restchen aus. Natürlich nur ein winziges Schlückchen. Apropos, Wein hätten sie hier wahrscheinlich nicht? Nein? Naja, man könne ja auch nicht alles erwarten. In einem der Nachbargärten vielleicht?

„Aber wir haben die Spelunke!", sagte Shakira.

„Spelunke?", fragte Tante Fee. „Und da gibt es Rotwein?"

„Nein, aber Punsch." Zipfelmaus betrachtete den abgenagten Kuchenrest. „Da wollten wir eigentlich den Kuchen hinbringen."

„Ja, aber worauf warten wir denn dann noch?" Tante Fee sprang aus ihrem Schaukelstuhl. „Kevin nimmt den Kuchen, Zipfelmaus holt meine Tasche und Shakira begleitet mich!" Damit hakte sie sich bei Shakira unter und spazierte plaudernd mit ihr in Richtung Spelunke.

„Und der Schaukelstuhl?", rief ihnen Kevin hinterher.

„Ach ja, den solltet ihr wirklich erst zurück auf die Terrasse tragen", Tante Fee hob den Zeigefinger, „denn, was du heute kannst besorgen ...! Aber trödelt nicht herum! Wir gehen schon mal vor!"

Kevin schüttelte den Kopf. „Ist deine Tante immer so?"

„Wie ist sie denn?"

„Naja, Anweisungen gibt sie ja anscheinend sehr gerne, oder?" Kevin richtete sich auf, nahm Tantefeehaltung an und sagte mit Tantefeestimme: „Ach Zipfelmaus, ich habe hier zwar den ganzen Sack Erbsen verschüttet, aber so kann das nun wirklich nicht bleiben. Räum das rasch auf. Trödel aber bitte nicht rum, denn es gibt noch genug zu tun!"

Zipfelmaus kicherte.

„Denn", fuhr Kevin fort und hob sehr spitz den Zeigefinger, „was du heute kannst besorgen ..."

„Hör auf!", prustete Zipfelmaus. „Komm, wir tragen erst den Schaukelstuhl auf die Terrasse, und dann holen wir die Kuchenreste."

Sie machten sich an die Arbeit, und der Schaukelstuhl schwankte über den Rasen zum Häuschen. Auf dem Rückweg zum Baum sammelten sie die Reisetasche von Tante Fee ein, und als sie wieder bei dem Birnbaum angelangt waren, war der Kuchen verschwunden. Sie gingen einmal um den Baum herum, nichts. Kein Kuchen.

„Wohin mag der denn nun verschwunden sein?" Kevin kratzte sich zwischen den Hörnchen. „Wir waren doch nur ganz kurz weg."

„Ein Vogel?" Zipfelmaus sah in den Wipfel hinauf. Aber da war niemand.

„Wohnt hier irgendwer im Birnbaum?", fragte Kevin.

„Ich glaube nicht. Weißt du übrigens, wie die Birnen heißen?"

„Haben die einen Namen?"

„Ja, sie heißen *Königin von Saba*!"

„Cool. Woher weißt du das?"

„Das hat Frau Bienenstich vorhin gesagt." Zipfelmaus erzählte, dass Frau Bienenstich verreisen musste und sehr traurig war, dass sie ihre Birnen nicht ernten konnte. „Die müssen nämlich fast reif sein!", sagte Zipfelmaus und suchte die Birnen im Baum. „Ich sehe sie aber gar nicht. Es sollen drei Stück sein."

Zusammen suchten sie den Baum genau ab, und schließlich fanden sie die drei Birnen. Eine links, eine rechts und eine oben.

„Zipfelmaus!", flüsterte Kevin. „Da sitzt ein Vogel!"

„Wo?", flüsterte Zipfelmaus zurück.

„Da. Bei der linken Birne. Er ist grün. Siehst du ihn?"

Der Vogel war kaum zu erkennen. Er hatte einen roten Schnabel und war ansonsten völlig grün.

„Der sieht aus wie eine Birne!“, wisperte Kevin.

„Frechheit!“, kam es von oben. „Ich sehe nicht aus wie eine Birne!“

„Doch. Du bist genauso grün. Wie heißt du?“

„Ticker!“

„Und was machst du da oben?“

„Ich schaue nach meinen Birnen. Sie sind fast reif!“

„Das sind nicht deine Birnen!“, rief Zipfelmaus.

„Nicht?“

„Nein. Sie gehören Frau Bienenstich!“

„Papperlapapp! Frau Bienenstich ist verreist, und nun gehören sie mir.“

„Gar nicht gehören sie dir. Geh weg!“

„Und wenn nicht?“ Ticker trippelte auf dem Ast hin und her.

„Dann kommen wir rauf und rupfen dir eine Schwanzfeder aus!“, rief Kevin hinauf.

„Frechheit! Frechheit!“, kreischte Ticker und flog schimpfend davon.

„Der hat bestimmt auch den Kuchen geklaut!“, sagte Kevin.

„Kann sein. Aber nun komm, wir müssen los!“ Sie schnappten die Reisetasche von Tante Fee und huschten davon.

In der Spelunke ging es hoch her. Der Punsch floss in Strömen. Alle saßen um Tante Fee herum. Sie erzählte gerade eine Geschichte, und die Runde wollten sich ausschütten vor Lachen.

„Huhu Zipfelmaus!“, rief Shakira. „Wusstest du, dass Tante Fee und ich die gleiche Schuhgröße haben? Morgen werde ich ihr meine Schuhe zeigen.“

„Super!“, sagte Zipfelmaus und stellte die Reisetasche neben Tante Fee ab.

„Hallo Zipfelmaus! Auch einen Punsch?“ Ehe Zipfelmaus etwas sagen konnte, stand schon ein Glas Punsch vor ihr, und Spitzmaus war wieder im Gewühl verschwunden.

„Danke! Und was ist mit Kevin?“

„Kommt gleich! Moment!“ Spitzmaus war überall und nirgends. Zack, stand das Glas für Kevin da. „Deine Tante ist echt gut fürs Geschäft!“, raunte Spitzmaus Zipfelmaus zu und war schon wieder hinter der Theke.

„Haha, Zipfelmaus, da bist du ja!“, rief Maulwurf und prostete ihr zu. „Stimmt es wirklich, dass du, als du klein warst, gedacht hast, du wärst eine Möhre?“

Zipfelmaus wurde rot. „Wie kommst du denn darauf?“

„Hat deine Tante erzählt. Die ist echt lustig, deine Tante.“

Zipfelmaus wäre am liebsten im Boden versunken. Das würde ja ein lustiger Abend werden, wenn Tante Fee hier eine peinliche Kindergeschichte nach der anderen über sie erzählte. Wurde es aber dann doch nicht. Tante Fee hörte auf, lustige Geschichten über

Zipfelmaus zum Besten zu geben und begann stattdessen zu singen. Sie kannte unglaublich viele Lieder, bei denen man mitsingen konnte, und bald brodelte die Spelunke! Zum Abschluss sang sie noch *Für mich soll's rote Rosen regnen!*, und nun gab es wirklich kein Halten mehr. *Alles oder nichts!* Welche Frage! Alles natürlich! Auf den Händen wurde Tante Fee ums Haus herum getragen, über die Terrasse bis vor die Tür zum Gartenhäuschen. Zipfelmaus schleppte die Reisetasche und die beiden Marienkäfer, die schon tief und fest schliefen, hinter dem ausgelassenen Zug her.

„Kinder, mit euch kann man wirklich feiern!", rief Tante Fee, als sie wieder auf dem Boden stand, und alle jubelten ihr zu. „Aber nun alle *huschhusch* ins Bettchen! Morgen ist auch noch ein Tag!" Sie winkte allen noch einmal zu, nahm einen Marienkäfer unter jeden Arm, und verschwand unter der Tür. Die Gesellschaft stand noch etwas verloren auf der Terrasse herum, aber dann murmelten alle „Gute Nacht!" und „Schlaf schön" und verschwanden in der Nacht. Zipfelmaus schob die Tasche unter der Tür hindurch und krabbelte hinterher. Wo war Tante Fee? War sie schon zur Zipfelmauswohnung im Küchenschrank hinaufgeklettert? Hoffentlich nicht! Zipfelmaus dachte mit Unbehagen daran, wie ihre Wohnung aussah. Nein, das ging gar nicht!

„Tante Fee?"

Ihr weißer Kopf schaute über den Schrankrand.

„Oh, du bist schon oben?"

„Aber natürlich! Stell die Tasche einfach unter den Schrank, ich hole mir schon, was ich brauche."

„Aber Tante Fee, möchtest du nicht lieber hier unten schlafen?

Da hast du es doch viel bequemer und musst nicht immer so viel hinauf- und hinunterklettern."

„Neinnein! Es ist kein Problem. Ich habe das Loch in der Rückwand gesehen. Ich finde schon alles. Gute Nacht! Schlaf schön!"

„Tante Fee, ich ..."

„Gute Nahacht!" Weg war sie.

‚Mist!', dachte Zipfelmaus. ‚Mist! Mist! Mist!' Sie schob die Reisetasche unter den Schrank, schlüpfte unter der Tür hindurch und trottete über die Veranda auf den Rasen.

„Na?“, fragte es aus der Dunkelheit. „Rausgeflogen?“

„Kevin?“, fragte Zipfelmaus. „Bist du das?“

„Klar!“, sagte Kevin und trat aus dem Schatten. Über ihnen leuchtete ein riesiger Vollmond, und ringsum blitzten tausend Sterne. Irgendwo sang noch ein letztes Rotkehlchen, das nicht schlafen konnte.

„Willst du bei mir pennen?“

„Danke, ist aber, glaube ich, nicht nötig. Ich finde schon was im Haus.“

„Ist ja nur für ein paar Tage!“

„Hoffentlich!“, seufzte Zipfelmaus.

„Klar!“, sagte Kevin und stupste Zipfelmaus in die Seite. „In einer Woche ist ja auch die Bienenstichmutter wieder da.“

„Stimmt!“, sagte Zipfelmaus erleichtert.

„Na siehst du. Spätestens dann hast du deine Wohnung wieder. So, ich gehe nun schlafen. Gute Nacht!“

„Gute Nacht!“, murmelte Zipfelmaus und schaute Kevin nach, bis er verschwunden war. Dann schlich sie müde zurück ins Gartenhaus.

Zipfelmaus hatte miserabel geschlafen. Ohne Kopfkissen, ohne Decke – sie dachte wehmütig an ihr wunderbares Bett in der Puppenwohnung im Küchenschrank. Da wohnte nun Tante Fee. Wer weiß wie lange! Und sie würde bestimmt alles aufräumen und umräumen, und dann würde man nichts mehr wiederfinden. Ach! Natürlich war alles ein bisschen unordentlich, aber es war ja auch ihre Wohnung. Zipfelmaus seufzte tief. Dann beschloss sie, erst einmal aufzustehen. Sie hatte in einem alten Bastkörbchen geschlafen, in dem Frau Bienenstich Samentütchen aufbewahrte. Nicht sehr weich. Zum Zudecken gab es einen müffelnden, alten Spüllappen und als Kopfkissen ein hartes, raschelndes Tütchen mit Mangoldsamen. Zipfelmaus reckte sich, dass alles in ihr nur so knackte. Sie musste unbedingt etwas zum Auspolstern finden. Aber erst einmal frühstücken. Es gab noch eine Haselnuss und zwei Haferflocken. Nicht gerade üppig. Keine Rosinen. Zipfelmaus grübelte, wo sie wieder Rosinen herbekommen könnte, und trug die Sachen auf die Terrasse.

„Guten Morgen!“, tönte es ihr fröhlich entgegen. „Ich dachte schon, du würdest nie aufstehen!“ Tante Fee. Frisch wie der junge Morgen.

„Guten Morgen!“, murmelte Zipfelmaus. „Ich habe gar nicht gemerkt, dass du aufgestanden bist.“

„Das glaube ich, du hast ja geschlafen wie ein Stein! Ich bin schon ein paarmal rauf und runter geklettert und habe meine Sachen eingeräumt. Das Ordnungssystem in deiner Wohnung habe ich noch nicht so ganz verstanden, aber ich bin ja noch etwas länger hier."

„Ja!", sagte Zipfelmaus.

„Aber das mit den Köttelchen unter dem Schrank, das geht gar nicht!"

„Ja!", sagte Zipfelmaus.

„Die müssen fort!"

„Ja!"

„Und dann möchte ich da keine mehr sehen!"

„Ja!"

„Fein. Und was willst du denn mit der Nuss da?" Tante Fee zeigte mit spitzem Finger auf die Haselnuss.

„Frühstück!" Zipfelmaus verstand einfach nicht, wie man so früh am Morgen vor dem Frühstück so viel reden konnte – genau wie Onkel Benn. Man merkte, dass die beiden verwandt waren.

„Nüsse? Zum Frühstück? Was ist denn das wieder für eine neumodische Sitte?" Tante Fee schüttelte den Kopf. „Und diese traurigen Lappen da willst du auch zum Frühstück essen?"

„Das sind Haferflocken."

„Was manche Leute so frühstücken! Nüsse und Haferflocken! Sonst nichts? Kein Obst?"

„Doch, manchmal gibt es noch Rosinen dazu. Aber es sind gerade keine da."

„Rosinen? Das ist aber doch kein Obst."

„Man nennt es Müsli!"

„Ach, es hat sogar einen Namen! Erstaunlich. Also ich halte nichts von diesen neuen Frühstücksmoden. Ich brauche nur ein wenig Honig und etwas Obst."

Zipfelmaus überlegte, wo sie Honig herbekommen sollte. Irgendwann hatte es mal ein halbleeres Glas im Gartenhäuschen gegeben, weil Frau Bienenstich Honig in ihrem Tee liebte. Aber wo mochte es sein? Irgendwo in dem Regal über dem Herd vielleicht? Da kam man allerdings kaum hinauf. Die reinste Kletterwand! Und Obst? Vielleicht gab es noch ein paar Himbeeren? Hinter dem Schuppen? Es war jedenfalls eine Heidenarbeit, in den Büschen herumzuklettern, sie zu pflücken und sie dann noch auf die Terrasse zu bringen. Und das alles vor dem Frühstück. Unschlüssig betrachtete Zipfelmaus Haferflocken und Haselnuss.

„Wo werden wir denn frühstücken?" Tante Fee spähte hinaus.

„Ich frühstücke immer auf der Terrasse!"

„Oh nein! Bei diesem herrlichen Wetter gibt es nur einen Platz zum Frühstücken!"

Zipfelmaus sah Tante Fee fragend an.

„Unter dem Birnbaum natürlich!"

„Aber Tante Fee, dann müssen wir doch alles rübertragen. Ich finde es auf der Terrasse viel schöner, denn ..."

„Unsinn! Unter dem Birnbaum ist es wunderbar! Der perfekte Frühstücksplatz! Bringst du mir bitte den Schaukelstuhl dorthin?"

„Den Schaukelstuhl?", fragte Zipfelmaus entsetzt, betrachtete Nuss und Haferflocken und dachte an Honig und Himbeeren.

„Oh ja, bitte. Ich gehe schon mal vor!" Und weg war sie.

‚Das darf doch nicht wahr sein!', dachte Zipfelmaus. ‚Jetzt kann ich hier auch noch tausend Sachen hin- und hertragen. Und alles vor dem Frühstück! Ich hasse es!' Missmutig starrte sie nach oben ins Küchenregal. An der Wand konnte sie nicht hinaufklettern. Vom Schrank war es zu weit. Aber da war ein Stromkabel. An dem konnte man hochklettern. Zipfelmaus legte Nuss und Haferflocken auf einen Untersetzer. Dann hechtete sie zum Kabel und hangelte sich langsam hinauf. Als sie endlich auf dem Regal saß, war ihr schlecht. Solche Anstrengungen vor dem Frühstück konnten einfach nicht gesund sein. Wo war nun das Honigglas? Es gab eine grüne Flasche mit einer vertrockneten Blume, ein paar leere Dosen, einen goldenen Flaschenöffner und ein Glas. Was war da drin? Honig? Nein, *Löwensenf*. Gut, dass sie heimlich lesen gelernt hatte! Da hätte Tante Fee aber geguckt! Hinter der Flasche, da war noch etwas! Ein kleines Glas, halb gefüllt mit gelbem Inhalt. Sie drehte das Glas herum, und auf dem Etikett stand *Löwenzahn-Honig*. Ob das ging? Ach was, Honig ist Honig. Basta! Allerdings brauchte Zipfelmaus noch eine kleine Schüssel zum Honigschöpfen. Mist! Warum hatte sie nicht vorher daran gedacht? In ihrer Wohnung in der Puppenküche gab es kleine Schüsselchen. Zipfelmaus sah sich auf dem Regalbrett um. Gab es denn so gar nichts, in das man den

Honig füllen konnte? Was war das da neben dem Flaschenöffner? Ein Kronkorken. Das könnte gehen. Zipfelmaus schnupperte daran, er roch ein wenig wie Fleckis Bierflaschen. Ob das Tante Fee stören würde? Egal. Erst einmal das Glas öffnen. Zipfelmaus zog das Glas ein wenig nach vorne, hielt es mit den Füßen fest und versuchte, den Deckel aufzudrehen. Keine Chance. Sie versuchte es noch einmal. Der Deckel bewegte sich keinen Millimeter. Sie verkrallte sich in Glas und Deckel und zog und schob, bis ihre Knochen ganz schrecklich knackten. Nichts. Vertrackt!

„Kann denn nicht einmal etwas einfach funktionieren?", schimpfte Zipfelmaus und trat gegen das Glas. „Aua!", brüllte sie, hüpfte auf einem Bein herum und hielt sich den Fuß. Fast wäre sie auch noch von Regal gefallen. ‚Gut!', dachte sie. ‚Ganz ruhig bleiben. Alles der Reihe nach.' Was tat Frau Bienenstich immer, wenn sie ein Glas nicht öffnen konnte? Irgendwas machte sie doch? Ah, richtig, sie klopfte mit einem Messer rundherum um den Deckel. Dann ging das Glas immer auf. Zipfelmaus schaute sich um. Womit konnte man an den Deckel klopfen? Da war der goldene Flaschenöffner! Super. Zipfelmaus wuchtete ihn hoch, er wog Tonnen! Wahrscheinlich pures Gold! Egal. POCK, gegen das Glas, Flaschenöffner absetzen, zwei Schritte weiter um das Glas herum, Flaschenöffner hochwuchten, POCK, weiter. Als Zipfelmaus das Glas einmal umrundet hatte, war sie nass geschwitzt und musste sich erst einmal ausruhen. Warum wollte Tante Fee denn nur Honig zum Frühstück haben? Und warum stand der Honig hier oben? Und warum ging der verflixte Deckel nicht auf? Und das alles auch noch vor dem Frühstück! Seufzend rappelte sich Zipfelmaus wieder auf und versuchte noch einmal den Deckel aufzuschrauben. Es ging so leicht, dass er mit einem leisen KNÄCK vom Glas sprang.

So. Weiter! Honig schöpfen, Deckel aufs Glas und wieder hinunter, letztes Stück springen. Tadellos! Jetzt noch die Himbeeren pflücken, den Schaukelstuhl und alles andere zur Tante schleppen und endlich, endlich frühstücken. Ihr Magen knurrte. Zipfelmaus huschte hinüber zu Haselnuss und Haferflocken. Die Haferflocken waren noch da, die Haselnuss war verschwunden. Zipfelmaus war fassungslos. Wo war die Nuss? Hatte Tante Fee sie schon geholt? Das war eher unwahrscheinlich. Aber wo konnte sie sein? Zipfelmaus suchte überall, aber die Nuss blieb verschwunden. Das war heute wirklich nicht ihr Tag. Sie schnappte sich die beiden Haferflocken und trug sie mit dem Honig hinaus auf die Terrasse. Behutsam legte sie alles auf den Schaukelstuhl und machte sich auf die Suche nach den Himbeeren. Sie wuchsen hinterm Haus am Zaun. Allerdings hatte Frau Bienenstich die meisten Beeren schon geerntet. Hier und da gab es noch ein paar Nachzügler. In der Regel ziemlich weit oben, also musste man wieder klettern. Auf dem Weg zu den Büschen begegnete Zipfelmaus mindestens vier Schnecken, die alle nach dem Raketenmolch fragten. Geduldig zeigte Zipfelmaus ihnen den Weg, denn Raketenmolch wohnte auf dem Dach des Häuschens. Alle stöhnten sie und sahen hinauf zum Dach. Zipfelmaus fragte sich, was all die Schnecken wohl vom Raketenmolch wollten. Vielleicht in seiner Dachwasserbahn schwimmen? Raketenmolch hatte immer irgendwelche Projekte laufen, und man wusste nie, was er gerade auf seinem Dach so trieb. Die Schnecken machten sich seufzend und jammernd an den Aufstieg, und

Zipfelmaus suchte die Büsche nach Himbeeren ab. Viele gab es wirklich nicht mehr. Sie entdeckte zwei reife Beeren. Genug für ein paar Tantenfrühstücke. Fein! Eigentlich mochte Zipfelmaus Tante Fee sehr gerne, sie war nur ein wenig anstrengend und hatte so ihre Angewohnheiten, von denen sie nur im äußersten Notfall abweichen wollte. Honig und Früchte zum Frühstück! Aber nun war alles beisammen, und Zipfelmaus huschte zurück zum Schaukelstuhl. Dort lag nur noch eine Haferflocke, und vom Honig war auch nur noch die Hälfte da. Das war doch wie verhext! Wer klaute denn hier die ganzen Sachen? Zipfelmaus sah sich um, aber bis auf zwei Schnecken, die wissen wollten, wo sie denn den Raketenmolch finden könnten, war niemand zu sehen. ‚Eigenartig!', dachte Zipfelmaus. ‚Die Schnecken mögen doch keine Nüsse und Haferflocken! Ich muss besser aufpassen!' Sie legte die Himbeeren auf den Schaukelstuhl und wollte ihn gerade hochwuchten und zum Birnbaum wanken, als sie einen dünnen Hilferuf aus dem Weinlaub an der Hauswand hörte. Eine kleine Schnirkelschnecke mit einem sehr zierlich gemusterten Häuschen hatte sich auf dem Weg hinauf aufs Dach im Weinlaub verfangen und war außer sich vor Angst. Mit einem leisen PLOPP zog Zipfelmaus sie von der Wand und befreite sie aus den Weinblättern. Sie wollte sich gar nicht beruhigen. Zipfelmaus trug sie um die Ecke und setzte sie an die Wand ohne Weinlaub. Nachdem sie der Schnecke gut zugeredet hatte, fasste diese neuen Mut und setzte ihren Weg nach oben fort. Kopfschüttelnd kehrte Zipfelmaus zurück zum Schaukelstuhl. Da lag noch eine einzige Himbeere. Und vom Honig war nur noch ein kleiner Rest übrig.

„Das darf doch nicht wahr sein!“, rief Zipfelmaus und starrte die Reste an.

„Was ist denn los?“, fragte es hinter ihr. Sie fuhr zusammen und drehte sich um.

„Ach du, Kevin. Bitte erschreck mich doch nicht immer so!“

„Sorry!“ Kevin zeigte auf den Schaukelstuhl. „Aber warum starrst du den Schaukelstuhl so an? Hat er dich gebissen?“

„Nein, da lagen vorhin noch zwei Haferflocken drauf, zwei Himbeeren und die Schüssel war bis oben voll mit Honig.“

„Schüssel?“, fragte Kevin.

„Naja, der Kronkorken da. Das ist eine Notschüssel!“

„Und wohin ist das alles verschwunden?“

„Weg!“, rief Zipfelmaus entrüstet. „Alles geklaut. Einfach so, sobald ich dem Schaukelstuhl den Rücken kehre, ist die Hälfte weg!“

„Krass!“ Kevin schüttelte den Kopf. „Wozu brauchst du den Kram denn? Willst du einen Kuchen backen?“

„Quatsch! Honig und die Himbeeren für Tante Fee, Haferflocken und Haselnuss für mich. Frühstück!“

„Oh, da ist ja nicht mehr viel von übrig.“

„Nein!“, stieß Zipfelmaus hervor und starrte den Schaukelstuhl böse an. „Und die Haselnuss ist sogar schon im Häuschen verschwunden.“

„Komm, wir tragen den Schaukelstuhl zu deiner Tante. Erst mal frühstücken und dann sehen wir weiter.“

Zusammen hoben sie den Schaukelstuhl hoch, auf dem sie den Honigrest und die Himbeere balancierten, stiegen vorsichtig über eine gefleckte Schnecke, die wissen wollte, wo sie den Raketenmolch finden konnte, und schwankten in Richtung Birnbaum.

Sie wurden mit großem Hallo empfangen! Spitzmaus war da und die Gräfin, die alte Schnecke, die im Schnittlauch neben dem Brunnen lebte. Wo sie denn nur so lange geblieben wären?! Wenn sich die gute Spitzmaus nicht so ritterlich eingesetzt hätte, wäre Tante Fee schon längst verhungert! Zipfelmaus und Kevin setzten den Schaukelstuhl ab und plumpsten auf den Rasen. Spitzmaus hatte eine Stachelbeere gepflückt und in Achtel zerteilt. Die aßen sie gerade.

„Ist sie nicht zu sauer?", fragte Zipfelmaus.

„Aber keineswegs! Sie ist wunderbar reif und süß!" Tante Fee reichte den beiden ein Stachelbeerachtel. „Spitzmaus ist Stachelbeerenspezialist!"

Spitzmaus sah zu Boden.

„Dochdoch!", rief Tante Fee. „Keine falsche Bescheidenheit!" Hanni und Nanni bettelten auch um etwas Stachelbeere. Aber Tante Fee scheuchte sie weg.

Zipfelmaus fand die Stachelbeere zu sauer. Sie vermisste ihre Haferflocken und die Nuss. Von den Rosinen mal ganz zu schweigen.

„Wir haben dir eine Himbeere mitgebracht. Und Honig." Kevin reichte Tante Fee beides.

„Oh, das ist reizend. Die Himbeere ist schon etwas überreif, aber wir könnten sie zum Nachtisch nehmen. Und der Honig ...", Tante Fee schnupperte an dem Kronkorken, „der riecht etwas eigenartig. Nach Bier würde ich sagen."

„Bier?", fragte die Gräfin. Hanni und Nanni schlichen wieder heran.

„Ja, hier, riechen Sie mal!" Tante Fee schob den Kronkorken zur Gräfin.

„Oh ja, Sie haben recht. Da ist ein Hauch von Bier. Aber wussten Sie, wie gesund Bier ist?"

Tante Fee sah die Gräfin ungläubig an.

„Nun, wir trinken in unseren Kreisen ja eigentlich nicht so ein einfaches Getränk wie das Bier." Die Gräfin hüstelte. „Aber ich muss gestehen, dass ich es doch ab und zu ganz gerne mag."

„Wirklich?", fragte Tante Fee. Hanni und Nanni knurrten.

„In Maßen natürlich!", sagte die Gräfin streng.

„Natürlich!" Tante Fee nickte. „Zipfelmaus, du hast mir gar nicht erzählt, dass du so reizende Nachbarn hast!" Bevor Zipfelmaus etwas antworten konnte, wandte sie sich wieder an die Gräfin. „Ich hoffe, meine Liebe, dass mein Großneffe sich hier auch ordentlich benimmt!"

„Aber natürlich!" Die Gräfin nickte. „Und unsere Zipfelmaus führt ja auch ein äußerst interessantes Leben!"

„Oh! Wirklich?" Tante Fee sah sich ungläubig um. „Hier?" Die Marienkäfer kicherten leise.

„Zipfelmaus ist Detektiv!", kam es von oben aus dem Birnbaum. Alle sahen nach oben.

„Oh! Guten Morgen Shakira!", rief Tante Fee. Dann sah sie Zipfelmaus streng an. „Du bist ein Detektiv?"

„Och, ich hab da nur mal so ein bisschen ..."

„Zipfelmaus hat schon zwei Fälle gelöst! Und Fiffi und ich haben dabei geholfen. Wir sind nämlich ein Team!“

„Zwei Fälle!“ Tante Fee wollte es gar nicht glauben. Alle redeten nun durcheinander und erzählten Tante Fee, wie sie zusammen den Vogeldieb gefangen hatten*, und wie dann irgendwann Onkel Benn im Garten aufgetaucht war und Zipfelmaus um Hilfe gebeten hatte, weil in seiner Kirche ein geheimnisvoller Goldkratzer sein Unwesen trieb.

„Und den habt ihr auch geschnappt?“, fragte Tante Fee kopfschüttelnd. „Wie seid ihr denn überhaupt zu der Kirche gekommen? Die ist doch bestimmt nicht im Nachbargarten, oder?“

„Zipfelmaus kann fliegen, wie Fiffi und ich!“

„Nicht möglich!“ Tante Fee schlug die Hände zusammen. Hanni und Nanni begannen, ihre durchsichtigen Flügel auszubreiten. „Aus!“, rief Tante Fee. „Sofort!“ Maulend falteten sie ihre Flügel wieder zusammen und verstauten sie unter den getupften Deckelflügeln. „Du kannst *fliegen*?“

„Nein, ich bin nur schon mal – aber nur so ein bisschen ...“ Zipfelmaus war dieses Thema etwas unangenehm. Sie flog ja eigentlich nur im äußersten Notfall, und dann wurde ihr auch immer schlecht dabei.

„Zweimal!“, verkündete Shakira.

„Zweimal? Wirklich?“

„Zipfelmaus fliegt super! Und schneller als ich!“

„Und wie?“, fragte Tante Fee ungläubig. „Wir Mäuse haben doch keine Flügel!“

Diese Frage musste unbeantwortet bleiben, denn das Gartentörchen quietschte, und alles hechtete in die nächsten Blumenbeete. Wer konnte das sein? Sechs Augenpaare spähten aus den Blumen-

** siehe Band 1: Zipfelmaus jagt den Vogeldieb*

büscheln heraus, nur Hanni und Nanni trödelten noch auf dem Rasen herum.

„Hanni! Nanni! Aber ganz schnell!“, zischte Tante Fee, und die Marienkäfer trotteten über den Rasen. Vom Törchen her kam Frau Fabelhaft in den Garten. Sie sah sich unschlüssig um und ging dann zum Birnbaum. Dort betrachtete sie die Königin-von-Saba-Birnen, beugte sich hinunter und nahm den winzigen Schaukelstuhl in die Hand. Dann schüttelte sie den Kopf und flüsterte: „Hoffentlich sieht mich jetzt keiner. Die halten mich ja alle für verrückt!“ Sie sah sich noch einmal um, räusperte sich und sagte dann mit lauter Stimme: „Also, ich hoffe, dass ihr mich alle hört!“

„Meint die uns?“, wisperte Shakira in Zipfelmaus' Ohr.

„Keine Ahnung, aber sonst ist ja niemand hier!“

„Ich weiß nicht, ob ihr es mitbekommen habt“, fuhr Frau Fabelhaft fort, „aber ich habe gestern versprochen, dass ich auf diese Birnen hier aufpassen werde, während Undine verreist ist.“

„Hat sie das wirklich versprochen, Zipfelmaus?“

„Klar!“

„Hab ich gar nicht mitbekommen.“

„Scht!“, kam es aus der Pfingstrose.

„Undine sind diese Birnen sehr wichtig. Sie hat lange auf sie gewartet, und nun muss sie verreisen und kann nicht auf sie aufpassen.“

„Pech für sie, hähä!“, zischelte es aus einem verblühten Liliengestrüpp.

„Und deshalb wollte ich das für sie tun. Was ich aber gestern vergessen hatte, ist, dass ich gar nicht auf die Birnen aufpassen *kann*.“

„Aber warum denn nur?“, flüsterte Shakira.

„Ich bin nämlich gar nicht hier. Morgen verreise ich mit der Kirche für ein paar Tage nach Trier. Und darauf habe ich mich so sehr gefreut, dass ich das nicht absagen möchte.“

„Das kann man aber doch verstehen, nicht wahr Zipfelmaus? Sie hat sich so sehr auf die Reise gefreut!“

„Klar, aber wer passt nun auf die Birnen auf?“ Zipfelmaus kratzte sich unter der Mütze.

„Ruhe da drüben!“, zischte es aus der Pfingstrose, und die Marienkäfer knurrten leise.

„Also kurz und gut“, fuhr Frau Fabelhaft fort, „ich wollte euch alle bitten, die Birnen in Ruhe zu lassen, sie nicht anzunagen, sie nicht zu pflücken, sie nicht herunterzuwerfen. Lasst sie einfach dort am Baum hängen, damit Undine, wenn sie von ihrer Reise zurückkommt, endlich weiß, wie die Königin von Saba schmeckt.“ Frau Fabelhaft drehte sich einmal rundherum. „Ich weiß ja nicht, wer hier alles lebt, wer mich nun hört und wer diese Birnen essen möchte. Aber ich bitte alle die, die mich jetzt hören und verstehen, verschont die Birnen. Sagt es allen weiter und gebt gut auf sie acht. Ihr könnt ansonsten alles essen, was hier im Garten wächst. Die Stachelbeeren ...“, Frau Fabelhaft sah sich um, „die Salatpflänzchen, die Möhren, die letzten Himbeeren, meinetwegen auch die Äpfel, aber bitte nicht die Königin von Saba!“ Frau Fabelhaft betrachtete den Schaukelstuhl in ihren Händen. „Das wär's eigentlich!“, murmelte sie. „Ich verlasse mich auf euch!“ Dann trug sie den Schaukelstuhl auf die Terrasse und verließ den Garten wieder. Das Gartentörchen quietschte, und weg war sie.

„Sie hat gar nicht *fabelhaft* gesagt!“, flüsterte Shakira.

„Stimmt!“, sagte Zipfelmaus leise. „Nicht ein einziges Mal!“

Am Abend gab es in der Spelunke kaum ein anderes Thema als die Rede von Frau Fabelhaft. Tante Fee war nicht mitgekommen, denn sie fühlte sich ein wenig erschöpft nach dem aufregenden Tag.

„Amüsiert euch, Kinder, ich muss heute früh ins Bett", hatte sie ihnen zugerufen und war mit den enttäuschten Marienkäfern winkend und gähnend im Haus verschwunden. Shakira wollte auch nach Hause, Fiffi ins Bett bringen, denn Fiffi war auch sehr müde. Aber sonst waren alle da. Ali und Maulwurf, die Siebenschläfer Flip und Flop aus Frau Fabelhafts Garten und drei Schnecken, die niemand kannte. Frau Fabelhafts Rede an die Gartenbewohner hatte sich blitzartig herumgesprochen.

„Die hat bestimmt nicht uns gemeint!" Alle sahen Maulwurf an.

„Wen denn sonst?", fragte Flip.

„Keine Ahnung, aber woher soll sie denn wissen, dass wir sie verstehen?"

„Vielleicht von Frau Bienenstich?"

„Gut, aber meinst du, dass die einen von uns kennt? Die weiß doch gar nicht, wer hier alles wohnt und wer wir sind."

„Wer ist *die*?", fragte Flop.

„Frau Fabelhaft!", sagte Flip.

„Aber klar kennt sie uns. Sie findet mich süß!"

Flip sah ihn entgeistert an: *„Dich?“*

„Ja klar, wen denn sonst?“

„Na mich!“

„Dich?“

„Ja klar. Total.“

„Und wie kommst du darauf?“

„Das hat sie gesagt!“

„Und wem soll sie das gesagt haben?“ Flop verschränkte die Arme vor der Brust.

„Dem Flecki.“

„Unsinn!“

„Wieso Unsinn?“ Die beiden musterten sich aus schmalen Augenschlitzen.

„Weil sie ihm erzählt hat, dass ...“

Zipfelmaus räusperte sich. Flip und Flop sahen Zipfelmaus an. Dann sahen sie zu Boden.

„Er hat angefangen!“, murmelte Flop.

„Das stimmt ja gar nicht. Ich habe nur gesagt ...“

Zipfelmaus räusperte sich noch einmal, und die beiden schwiegen.

„Also Frau Fabelhaft meinte wirklich uns?“, fragte Ali.

„Ich denke schon.“ Zipfelmaus nahm einen Schluck Punsch.

„Darf ich auch einen Punsch?“, fragte Kevin.

„Malen oder was?“, blaffte Spitzmaus.

„Bekommen.“

„Geht doch!“, murmelte Spitzmaus und knallte Kevin ein Glas Punsch auf den Tisch.

„Und was bedeutet jetzt der Auftritt von Frau Fabelhaft?“ Maulwurf versuchte Ordnung in Birnen, Frau Fabelhaft und Reisen nach Trier oder Wien zu bekommen.

„Na, dass wir diese Birnen nicht essen dürfen!“, blaffte Spitzmaus.

„Und warum nicht?“

„Weil wir sonst aus dem Garten vertrieben werden!“, sagte Kevin.

„Vertrieben?“ Neun Augenpaare starrten Kevin an.

„So ein Blödsinn!“, rief Spitzmaus.

„Wie kommst du denn da drauf?“, fragte Zipfelmaus.

„Das geht aber doch nicht, wir haben das doch gebucht!“, piepste eine der Schnecken. „Ich werde mich beschweren!“ Die anderen beiden Schnecken nickten empört.

„Das ist eine Geschichte aus der Grübel, erinnerst du dich Zipfelmaus?“

„Die Grübel?“ Zipfelmaus dachte nach. „Das war doch das dicke Buch in der Kirche von Onkel Benn. Mit der Geschichte von der Arche Noah.“

„Genau. Da sind ganz viele Geschichten drin. Und es gibt so eine ähnliche Geschichte wie hier mit unseren Birnen, nur mit Äpfeln.“ Kevin sah in die Runde. „Von einem Garten, in dem dürfen alle alles essen, nur nicht von dem Apfelbaum.“

„Und die Besitzerin von dem Garten ist auch verreist?“, fragte Flip.

„Sozusagen.“ Kevin nickte.

„Auch nach Trier?“, fragte Flop.

„Möglicherweise.“

„Und die in dem Garten“, flüsterte Ali, „die essen die Äpfel?“

„Ratzekahl!“, sagte Kevin. „Alle!“

Atemloses Schweigen.

„Und dann?“, fragte Zipfelmaus.

„Dann wurden sie alle aus dem Garten verjagt.“ Und PENG, knallte Kevin sein leeres Glas auf den Tisch. „Für immer!“

„Aber das geht doch nicht!“ Ali hatte Tränen in den Augen. „Man kann uns doch nicht einfach so vertreiben. Wir wohnen doch hier!“

„Und wir wohnen drüben im Garten von Frau Fabelhaft. Wir werden nicht vertrieben, nicht wahr Flip?“ Flip nickte.

„Unsinn!“ Spitzmaus sammelte die leeren Gläser ein.

„Wieso Unsinn?“ Flop sah Spitzmaus mit großen Augen an.

„Meinst du denn, wenn Frau Fabelhaft alle aus diesem Garten vertreibt, wird sie in ihrem eigenen Garten Gnade walten lassen?“

„Aber ...!“

„Nix aber. Für Frau Fabelhaft steckt ihr doch mit uns unter einer Decke!“

„Das tun wir aber doch gar nicht. Wir kommen nur ab und zu mal hier in die Spelunke!“ Flop sah sich hilfesuchend um. „Und außerdem haben wir selber Birnen, nicht wahr Flip?“ Flip nickte. „Und wenn wir mal auf die Idee kämen, Birnen zu klauen, dann würden wir doch auf jeden Fall unsere eigenen nehmen!“

„Mitgehangen, mitgefangen!“, knurrte Spitzmaus.

„Umgekehrt!“

Spitzmaus sah Zipfelmaus an. „Wieso umgekehrt?“

„*Mitgefangen, mitgehangen* muss es heißen.“

„Natürlich. Der schlaue Herr Zipfelmaus weiß natürlich wieder mal alles besser!“

„Kevin, steht denn in der Grübelgeschichte auch was über den Nachbargarten?“ Flop gab nicht auf.

Kevin schüttelte den Kopf. „In der Grübelgeschichte gibt es keinen Nachbargarten.“

„Siehst du!“, rief Flop triumphierend. „Gibt's nicht. Und aus etwas, was es nicht gibt, kann man nicht vertrieben werden.“

„Flop, das ist nicht ganz logisch!“, sagte Flip.

„Das ist mir egal. Hauptsache, wir können zu Hause bleiben!“

Spitzmaus starrte die Flipflops grimmig an. „Wir werden auf jeden Fall alle vertrieben! Und ihr auch.“

Jetzt redeten alle durcheinander. Ali fand es ungerecht, nur wegen ein paar doofen Birnen verjagt zu werden, Maulwurf bezweifelte, dass die Vertreibung ihn betraf, weil er ja streng genommen nicht im Garten lebte, sondern darunter, und die Schnecken mochten keine Birnen, nur die mit der Piepsstimme. Aber die überlegte, ob sie nicht sowieso abreisen sollte, wenn man hier so unfreundlich behandelt wurde.

„Moment mal!“ Alle sahen Zipfelmaus an. „Also noch wird hier niemand vertrieben!“

„Nicht?“ Ali schöpfte Hoffnung.

„Nein. Noch sind die Birnen ja alle da. Drei Stück, richtig Kevin?“

„Korrekt!“

„Und solange die Birnen am Baum hängen, können alle hierbleiben.“

Gemurmel.

„Wir auch?“, fragte die piepsige Schnecke.

„Klar!“ Zipfelmaus nickte. „Wir müssen nur aufpassen, dass die Birnen nicht verschwinden.“

„Also bewachen?“

„Richtig Ali. Tag und Nacht bewachen, bis Frau Bienenstich zurückkommt.“ Zipfelmaus sah in die Runde. „Wer fängt an?“

Schweigen.

„Keiner?“ Zipfelmaus sah Spitzmaus an.

„Also ich muss jetzt erst mal die Spelunke aufräumen und putzen. Und dann muss ich schlafen gehen, denn ich hatte heute echt einen langen Tag. Und gestern auch. Und morgen soll doch auch wieder alles für euch parat sein, oder?“

„Hm!“, machte Zipfelmaus. „Ali?“

„Ich muss nachts immer schlafen, weil ich so müde bin!“

„Gut, dann machst du die Tagschicht. Wir sollten vielleicht immer zu zweit aufpassen. Maulwurf, willst du mit Ali morgen tagsüber aufpassen?“

„Im Prinzip schon, aber ich habe zur Zeit schrecklich viel zu tun, die Gänge müssen gewartet werden, überall Wurzeln, die müssen gekappt werden, sonst kommt man da ja nicht mehr durch. Das wächst alles total schnell zu und ...“

„Gut. Ihr beide morgen tagsüber. Wer übernimmt die Nacht?“

Man hätte eine Tannennadel fallen hören können.

„Flip? Flop?“

„Nachts?“, fragte Flop.

„Ja klar. Ihr seid doch nachtaktiv, oder?“

„Nicht immer!“ Flop sah Flip unsicher an. „Heute Nacht zum Beispiel nicht, nicht wahr Flip?“ Flip nickte. „Heute wollten wir früh ins Bett, weil wir so müde sind.“ Flip gähnte ausgiebig.

„Und ihr?“ Zipfelmaus sah die Schnecken an.

„Wir haben Ferien!“

„Also gut“, seufzte Zipfelmaus. „Ich habe meine Tante Fee zu Besuch, und morgen früh erwartet sie ein prachtvolles Frühstück mit Obst und Honig. Aber ich übernehme die erste Nachtschicht. Irgendeiner muss es ja machen. Kevin, machst du mit?“

„Klar! Bin dabei.“

„Super. Kevin und ich also bis morgen früh, dann übernehmen Ali und Maulwurf. Die Flipflops wachen die nächste Nacht. Und dann kann Shakira mit Tante Fee die nächste Tagschicht machen. Oder mit Spitzmaus. Aber das sehen wir dann. Noch irgendwelche Fragen?“

Bis auf die Schnecken, die wissen wollten, ob sie auch dieses prachtvolle Frühstück mit Obst und Honig bekommen könnten, gab es keine Fragen mehr, und so brachen alle auf. Kevin und Zipfelmaus machten sich auf den Weg zum Birnbaum, der Rest verschwand raschelnd in der Dunkelheit.

Die beiden überquerten den Rasen. Ein riesiger Vollmond stand hinter dem Birnbaum, und die Königinnen von Saba glänzten matt im Silberlicht. Sie betrachteten die Birnen.

„Alle drei noch da!“, verkündete Kevin.

Zipfelmaus nickte. „Hoffentlich bleiben sie das auch noch ein Weilchen.“

„Was machen wir eigentlich, wenn jemand kommt und die Birnen haben will?“

„Keine Ahnung. Uns fällt schon was ein.“

„Meinst du?!“ Kevin war sich nicht sicher.

„Du könntest mit deinen Hörnern rammen.“

„Hm!“, machte Kevin. „Wo verstecken wir uns denn zum Bewachen?“

Zipfelmaus sah sich um. „Hier unten ist es zwar bequemer, aber auch gefährlicher. Zurzeit sind wieder viele Katzen unterwegs. Besonders wenn es dunkel ist. Vielleicht sollten wir uns im Baum verstecken? Dann können wir auch direkt zuschlagen, wenn jemand die Sababirnen pflücken will.“

„Zuschlagen?“

„Na, beißen oder so.“

„Ich beiße nicht.“

„Nicht?“ Zipfelmaus war schon bei den ersten Ästen angelangt.

„Das tut man nicht!“ Kevin sah nach oben.

„Komm. Geht ganz einfach.“ Im Wipfel raschelte es.

„Zipfelmaus?“

„Ja?“

„Ich kann nicht klettern. Ich komme da nicht rauf.“

Zipfelmaus’ Kopf tauchte aus den Blättern hervor. „Jetzt echt nicht?“

„Wirklich! Ich kann es nicht!“ Kevin sah zu Boden.

„Warte, ich komme runter und mache dir die Räuberleiter.“ Es raschelte ein paar Mal heftig, dann stand Zipfelmaus wieder unten.

„Räuberleiter?“

Zipfelmaus erklärte Kevin, was bei der Räuberleiter zu tun war. Kevin sah sehr skeptisch aus.

„Und?“, fragte Zipfelmaus. „Worauf wartest du?“

„Das Problem ist, wenn ich erst mal oben bin, komme ich nicht mehr runter.“

„Da helfe ich dir auch. Kein Problem. Nun aber los!“

„Wenn ich oben bin, wird mir bestimmt übel!“ Kevin sah unsicher in den Wipfel.

„Warum?“

„Ich bin nicht schwindelfrei.“

„Aber in der Kirche ist dir doch auch nicht schwindelig geworden, als wir zum Klabautermann heraufgeklettert sind.“

„Das war auch eine Strickleiter!“

„Kevin?“

„Ja?“

„Rauf jetzt!“

Kevin jammerte, aber Zipfelmaus kannte kein Erbarmen. Kevin setzte einen Fuß in die Räuberleiter und hielt sich an Zipfelmaus’ Schulter fest.

„Jetzt greif nach dem Ast da oben, ich hebe dich hoch!“ Zipfelmaus versuchte Kevin hochzuheben, aber der klammerte sich an Zipfelmaus’ Schultern fest. „Kevin, nimm den Ast!“

Kevin wimmerte, löste eine Hand von Zipfelmaus’ Schulter, schrie auf und klammerte sich wieder fest. So fest, dass Zipfelmaus keine Luft mehr bekam.

„Los! Jetzt!", keuchte Zipfelmaus und stemmte Kevin mit aller Kraft nach oben. „Greif nach dem Ast!"

Kevin griff nach oben, und Zipfelmaus fiel um. Kevin hing im Baum wie ein nasses Tempotaschentuch. „Hilfe!", rief Kevin. „Alles dreht sich!"

„Sei nicht albern Kevin, da kann sich gar nichts drehen, du hängst doch nur!"

„Ich falle!", schrie Kevin. Aber da stand schon Zipfelmaus unter ihm und schob die Schultern unter Kevins Füße. „So, jetzt kannst du von Ast zu Ast raufklettern. Und hör bitte auf mit dem Gejammer."

„Ich jammere nicht!", maulte Kevin und begann nach oben zu klettern. Raschelnd verschwand er im Wipfel und war nicht mehr zu sehen.

„Bist du jetzt oben?" Zipfelmaus spähte in die Blätter.

„Mir ist schlecht."

„Dann bleib ruhig sitzen. Ich komme jetzt auch." Zipfelmaus sprang hinauf und griff nach dem untersten Ast. Als sie dort hing, hörte sie Schritte. Wie der Wind war sie oben.

„Zipfelmaus, wenn ich hier jemals wieder runterkomme ..."

„Pscht!"

„Wieso *Pscht*?"

„Hör mal!", wisperte Zipfelmaus. „Schritte!" Beide lauschten. Die Schritte knirschten näher. Sie blieben stehen. Es machte POCK. Dumpf. Dann gingen sie weiter. Kamen näher. Blieben vor dem Garten stehen. Kevin und Zipfelmaus hielten die Luft an. Das Törchen quietschte. Durch die Blätter sah man kaum etwas. Ein Stück bunte Mütze, ein Stück buntgefleckten Bauch, einen gelben Schuh. Eine rote Nase wanderte an den Blättern entlang. Eine Hand griff nach einer Königin von Saba, strich behutsam darüber, verschwand wieder. Dann entfernten sich die bunten Flecken. Das Tor quietschte, es machte dumpf POCK, und die Schritte knirschten davon.

„Was war das?“, fragte Kevin, als die Schritte nicht mehr zu hören waren. Er spähte durch die Blätter hindurch.

„Keine Ahnung. Aber hast du gesehen, wie genau er sich die Sababirnen angesehen hat?“

Kevin nickte. „Woher wusste er denn, dass es hier solche Birnen gibt?“

„Vielleicht treibt er sich öfter in den Gärten herum und hat gelauscht, als jemand von den Birnen erzählt hat. Beim Streuselkuchen oder als Frau Fabelhaft ihre Rede gehalten hat.“

„Und warum hat er keine Sababirne gepflückt?“ Kevin klopfte vorsichtig an die Birne, die über ihm hing.

„Weil sie noch nicht reif sind?“

„Die wirkt aber schon ziemlich reif!“ Kevin roch an der Birne. „Riecht fein!“

„Meinst du, der kommt noch mal wieder?“

„Nö!“

„Was hat der Bunte da eigentlich noch gemacht?“

„Wieso *noch*?“ Kevin begann, auf seinem Ast zu wippen.

„Nicht! Hör auf!“

„Warum?“

„Nachher fällst du noch runter!“

Augenblicklich hörte Kevin auf zu wippen.

„Hast du nicht dieses *Pock* gehört?"

„Stimmt. Als ob er gegen Holz geklopft hat." Kevin klopfte gegen den Stamm des Birnbaumes, und es machte sehr dumpf POCK.

„So ähnlich." Zipfelmaus machte auch POCK am Stamm. „Vielleicht hat er am Pfosten vom Gartentörchen gepockt?"

„Wir können ja mal nachsehen." Kevin sah am Stamm entlang nach unten. „Meinst du, dass ich da wieder runterkomme?"

„Und nachher wieder rauf?"

„Ich glaube nicht, dass da noch jemand kommt. Ein Verdächtiger am Tag reicht ja wohl, oder meinst du, dass heute Nacht Karawanen von möglichen Birnendieben durch den Garten ziehen?" Kevin wollte gerade versuchen, einen Fuß auf den Ast unter sich zu setzen, als es am Boden raschelte. Augenblicklich erstarrte Kevin. Wieder ein Rascheln, aber leiser. Es kam vom Kugelbusch. Kevin und Zipfelmaus verschmolzen mit dem Dunkel der Blätter. Vom Kugelbusch her löste sich eine kleine Gestalt aus dem Schatten. Was war das? Die Gestalt betrat den Rasen, der im Mondlicht lag, aber in diesem Moment schob sich eine Wolke vor den Vollmond.

„Mist!", entfuhr es Zipfelmaus leise. Die kleine Gestalt blieb stehen. Zipfelmaus sah zum Himmel hinauf, wo die Wolke es sich vor dem Mond gemütlich zu machen schien. Warum zog sie nicht weiter? Quälend langsam bewegte sie sich nach links, aber anscheinend wurde sie immer größer, denn der Mond blieb verborgen. Die kleine, dunkle Gestalt blieb unschlüssig am Rand des Rasens stehen. In diesem Moment passierten drei Dinge. Die Wolke gab den Mond frei, am Rasenrand leuchtete die kleine Gestalt im Mondlicht

kupferrot auf, und Kevin nieste. Sehr laut. Dann geschahen wieder drei Dinge, die kleine Kupfergestalt verschwand blitzartig im Kugelbusch, die Wolke bedeckte wieder den Mond, und eine Stimme rief von oben: „Gesundheit!“

„Du Trottel!“, zischte Zipfelmaus.

„Entschuldigung!“, murmelte Kevin.

„Ich sehe euch! Alle beide!“, rief die Stimme. „Spielt ihr ein Spiel?“

„Shakira, kannst du bitte mal etwas leiser sein!“, fauchte Zipfelmaus.

„Oh! Spielt ihr Verstecken? Cool! Darf ich mitspielen? WUSCH hing Shakira über Zipfelmaus am Ast. „Wer sucht?“, flüsterte sie verschwörerisch.

„Wir!“

Shakira sah Zipfelmaus mit großen Augen an. „Ihr?“

„Genau!“

„Aber ihr habt euch doch versteckt! Da könnt ihr doch nicht suchen.“

„Wir suchen den Birnendieb!“, flüsterte Kevin von unten.

„Hier im Baum?“ Shakira sah sich um.

„Nein, hier im Baum haben wir uns nur versteckt.“

„Und jemand hat die Birnen geklaut?“

„Nein, sie sind noch alle drei da.“

„Und wer ist dann der Birnendieb, wenn niemand die Birnen geklaut hat?“

Kevin und Zipfelmaus erklärten ihr, was geschehen würde, wenn die Sababirnen geklaut würden. Die Vertreibung aus dem Garten. Und dass sie deshalb in der Spelunke beschlossen hatten, dass sie die Birnen bewachen wollten.

„Falls der Birnendieb kommt?“

„Genau!“

„Oh, ist das spannend!“ Shakira schaukelte an ihrem Ast hin und her.

„Shakira, bitte hör auf zu schaukeln!“, stöhnte Kevin. „Mir wird übel!“

Shakira hörte auf zu schaukeln. „War er denn schon hier?“

„Bisher waren zwei Verdächtige hier.“ Zipfelmaus berichtete von der Hand, die die Sababirnen betastet hatte und von dem geheimnisvollen Wesen mit dem Kupferfell, das im Kugelbusch verschwunden war.

„Und ich darf auch eine Wache übernehmen?“

Zipfelmaus und Kevin nickten.

„Jaaaa!“ Shakira sprang in die Luft und sauste um den Baum herum. „Wann?“

„Morgen Nacht. Mit Tante Fee oder mit Spitzmaus.“

„Nein, mit Fiffi! Fiffi will unbedingt mal nachts aufbleiben. Und wenn jemand kommt, dann sticht sie!“ Sie bremste in der Luft. „Fiffi ist die beste Wächterin der Welt!“

„Ihr könnt ja auch zu dritt Wache schieben, das ist noch sicherer.“

„Tante Fee wird dann bestimmt Hanni und Nanni mitbringen. Das wird total lustig.“

„Ihr sollt natürlich keine Fete hier feiern.“ Zipfelmaus überlegte, ob es eine gute Idee war, Shakira für die Wachen einzuplanen. „Nach unserem Geschnatter hier weiß ja sowieso jeder im Garten, dass wir im Baum sitzen.“

„Aber das ist ja im Prinzip auch egal.“

Shakira und Zipfelmaus sahen Kevin an. „Wieso?“

„Na, wir müssen den Baum doch nur rund um die Uhr bewachen, dann kann niemand heimlich die Sababirnen klauen. Es ist sogar gut, wenn alle wissen, dass immer jemand hier ist. Wir dürfen den Baum nur nicht aus den Augen lassen. Eigentlich müssen wir uns gar nicht verstecken.“

„Stimmt. Allerdings haben wir aus dem Versteck schon zwei Verdächtige beobachtet. Die hätten wir nicht gesehen, wenn wir mit einem Lagerfeuer unter dem Baum gesessen hätten.“

„Oh ja, Zipfelmaus!“ Shakira sauste wieder um den Baum herum. „Wir machen ein Lagerfeuer! Das ist total romantisch. Wir können

Stachelbeeren grillen!“

„Das wird Tante Fee bestimmt gefallen!“ Auch Kevin war Feuer und Flamme. „Ich habe bei mir da hinten ganz viel Holz. Das können wir morgen hierhin tragen, und wenn es dunkel ist, machen wir ein schönes Feuer.“

„Wieso hast du denn so viel Holz bei dir?“, fragte Zipfelmaus und überlegte, ob das Feuer den Birnen schaden könnte. Vielleicht würde es ja auch ungebetene Gäste anziehen? Hätte sie doch nur nichts von einem Lagerfeuer gesagt.

„Hinterm Haus liegt ein großer Haufen Äste und Zweige“, Kevin senkte die Stimme, „Frau Bienenstichs Totholzhecke.“

Zipfelmaus lief es eiskalt den Rücken herunter. „Das klingt voll gruselig.“

„Das ist auch gruselig. Und ihr glaubt gar nicht, wer da alles drin wohnt!“ Kevin kicherte.

„Und du hast keine Angst?“ *Totholzhecke!* Zipfelmaus schüttelte sich. Kevin wohnte hinterm Haus in einem alten Grill, den Frau Bienenstich vor langer Zeit einmal selbst gemauert hatte. Er hatte aber nie richtig gezogen, war völlig verrußt und mittlerweile auch schon ziemlich verfallen und von Efeu und Brennnesseln überwuchert. Überhaupt war es hinter dem Haus nicht ganz geheuer. Und wenn es da nun auch noch eine Totholzhecke mit zwielichtigen Bewohnern gab ... Zipfelmaus nahm sich vor, diesen Teil des Gartens nicht mehr zu betreten.

„Nö. Man gewöhnt sich daran. Mein Grill steht mittendrin in der Totholzhecke.“

„Du wohnst in der Totholzhecke?“ Zipfelmaus war sprachlos.

„Das ist total cool!“ Shakira schien Kevins Vorliebe für Gruselorte zu teilen.

„Ich find's auch klasse. Nette Nachbarn, immer was los und wenn ich meine Ruhe haben will, ziehe ich mich in meinen Grill zurück.“

Zipfelmaus dachte sehnsüchtig an ihre schöne, versteckte, gemütliche Wohnung im Küchenschrank. Wie lange Tante Fee wohl bleiben würde? Sehr viel besser als Kevins Rußhöhle war ihr Notbett mit den harten Samentüten und dem alten Spüllappen auch nicht. Aber wenigstens nicht rußig. Und es lag nicht in der Totholzhecke.

„Ach übrigens ...!“ Shakira flatterte auf der Stelle. „Da am Pfosten vom Gartentürchen hängt was.“

Die beiden sahen Shakira an. „Was denn?“

„Sag ich nicht!“

„Och Shakira, sag schon! Was hängt da?“

„Sagichnichtsagichnichtsagichnicht!“ Shakira flog kichernd um den Baum herum.

„Sie will's nicht sagen!“, meinte Zipfelmaus.

„Und weißt du, warum?“

„Na?“

„Weil da gar nichts hängt an dem Pfosten!“, rief Kevin.

„Doch hängt da was!“ Shakira bremste in der Luft und flatterte wieder auf der Stelle.

„Unsinn!“

„Kein Unsinn!“

„Doch Unsinn. Es würde ja runterfallen.“

„Kann es aber gar nicht, weil ja der Zettel mit einer Nadel am

Pfosten festgemacht ist."

„Ein Zettel?" Zipfelmaus dachte an all die Nachrichten, die ein geheimnisvoller Schreiberling ihr immer schickte. „Der ist bestimmt für mich!"

„Eine SMS?", fragte Kevin.

„Genau. Eine *Schnelle Maus Sendung*. Aber die habe ich ja eigentlich nur in der Kirche bekommen. Im Garten bekomme ich immer nur Zettel."

„Ihr habt mich reingelegt!", maulte Shakira.

„Und du bist reingefallen!" Kevin kicherte.

„Kannst du den Zettel denn bitte holen?" Zipfelmaus hatte lange keine Nachricht mehr von dem geheimnisvollen Zettelschreiber bekommen. Sie hatte ihn schon fast vergessen.

„Warum?" Shakira war beleidigt.

„Weil er für Zipfelmaus ist. Zipfelmaus bekommt doch manchmal diese Zettel mit geheimen Nachrichten."

„Darf ich ihn denn auch lesen, Zipfelmaus?"

„Natürlich darfst du das."

„Shakira kann lesen?" Kevin wollte es nicht glauben.

„Klar kann ich lesen. Wie hieß der Buchstabe nochmal, den ich kann?"

„A!"

„Genau. *A* kann ich!"

„Na großartig, Shakira. Dann hol den Zettel mal, damit wir nachsehen können, ob es auf dem Zettel ein *A* gibt!"

„Jaaa!" WUSCH, weg war sie. Und WUSCH, war sie wieder da.

„Und?“ Zipfelmaus sah sie erstaunt an. „Wo ist der Zettel?“

„Was bekomme ich dafür, wenn ich ihn hole?“

„Shakira, wir sind ein Team. Und da muss jeder mitarbeiten. Da bekommt man nix für.“ Kevin schüttelte den Kopf.

„Ok!“, seufzte Shakira und flog wieder in Richtung Gartentörchen. Und ZACK, war sie wieder da. „Du, Zipfelmaus?“

„Ja?“

„Wir sind doch ein Team, stimmt's?“

Zipfelmaus nickte.

„Also ein Team von Detektiven.“

„Genau.“

„Und ich bin auch eine Detektivin, weil ich im Team bin?“

„Richtig.“

„Aber weißt du, was ich dann unbedingt brauche?“

„Unbedingt?“

„Na, als Detektivin!“

„Nein. Weißt du das, Kevin?“ Kevin schüttelte den Kopf.

„Also?“

„Ich brauche eine Sonnenbrille.“

„Du brauchst was?!?“

„Eine Sonnenbrille. Detektivinnen haben immer eine Sonnenbrille. Das weiß doch jeder.“

„Aber ich habe doch auch keine Sonnenbrille. Und Kevin auch nicht."

„Ihr seid ja auch keine Detektivinnen. Ihr seid nur Detektive." Shakira flatterte hin und her.

„Und was hat das mit dem Zettel zu tun?" Zipfelmaus verstand nicht.

„Ohne Sonnenbrille kann ich den unmöglich holen. Da erkennt mich doch jeder!"

„Ach so."

„Du hast doch bestimmt eine in deiner Wohnung, oder?"

Zipfelmaus dachte nach. War da eine Sonnenbrille? Bestimmt. Aber wo? Sie musste suchen. Ob Tante Fee das recht wäre? „Ok!", seufzte sie schließlich. „Morgen bekommst du deine Sonnenbrille. Aber nun hol bitte den Zettel."

„Zipfelmaus, ich brauche sie natürlich jetzt gleich, sonst kann ich nicht als Detektivin ..."

„Shakira!"

Shakira sah Kevin an. „Ja?"

„Es ist stockdunkel. Da brauchst du keine Sonnenbrille."

„Aber ich ..."

„Es sieht keiner, dass du keine Sonnenbrille trägst."

„Das stimmt natürlich, aber ...!"

„Und morgen bekommst du deine Sonnenbrille."

„Versprochen?"

Kevin nickte. Wie der Blitz war Shakira am Torpfosten und ZACK wieder zurück und übergab Zipfelmaus den Zettel.

„Der ist nicht vom Zettelschreiber!", stellte Zipfelmaus fest. „Das ist Werbung."

Die drei steckten die Köpfe zusammen.

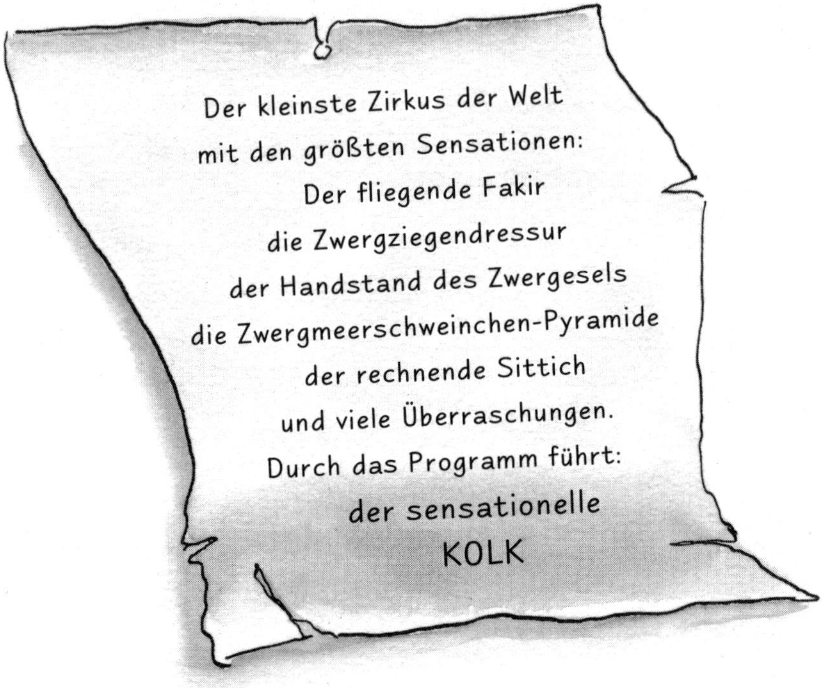

„Wer ist denn *der sensationelle Kolk*?“ Zipfelmaus hatte den Namen noch nie gehört. „Ein Zwerg?“

„Keine Ahnung, aber das ist bestimmt dieser Zirkus, von dem Frau Fabelhaft beim Streuselkuchen erzählt hat.“ Kevin strich den Zettel glatt. „Schönes Programm!“

„Und eine ganze Menge *A*s!“

Die beiden sahen Shakira an.

„Ja, doch, hier und hier und hier auch! Da ist noch eins. Ziemlich viele, würde ich sagen.“

„Kannst du denn den Rest auch lesen?“

„Das ist ohne die Sonnenbrille etwas schwierig!“ Shakira starrte den Zettel an.

„Soll ich es mal vorlesen?“, fragte Zipfelmaus. Shakira nickte, und Zipfelmaus las alles vor.

„Eine Zwergmeerschweinchen-Pyramide!“, seufzte Shakira. „Die müssen wir uns unbedingt ansehen!“

„Mal sehen, wann wir Zeit dazu haben, wir müssen ja die Birnen bewachen.“ Zipfelmaus drehte den Zettel um. Was war das? Zipfelmaus wollte ihren Augen nicht trauen. „Kevin, guck mal. Ist das nicht ...?“

„Bunte Mütze, buntgefleckter Bauch, rote Nase. Das ist er.“

„Ist das dieser Kolk?“, wollte Shakira wissen.

„Kolk? Ja, tatsächlich, da steht es: *Der sensationelle Kolk*. Das ist er. Aber weißt du, Shakira, wo dieser Kolk vorhin war, kurz bevor du zu uns gekommen bist?“ Zipfelmaus tippte auf die rote Nase.

„Na, in seinem Zirkus wahrscheinlich, mit den winzigen Zwergmeerschweinchen die Pyramide üben.“ Shakira lächelte versonnen. „So süß!“

„Nein, er war hier im Garten.“

„Hier im Garten?“

„Genau, das war der, der unter dem Baum stand und die Birnen befühlt hat.“

Shakira war sprachlos. „Das war der Kolk?“

„Genau. Na, jetzt wissen wir wenigstens, mit wem wir es zu tun haben.“ Kevin faltete den Zettel zusammen. „Auf den müssen wir ein Auge haben!“

„Und natürlich auf die kleine Gestalt mit dem Kupferfell.“ Zipfelmaus starrte grimmig in die Dunkelheit.

Shakira musste nun nach Hause fliegen, um nach Fiffi zu sehen. Sie durfte sie nicht zu lange alleine lassen. SCHWUPPS, schwang sie sich in die Luft und flatterte davon. Kevin gähnte herzhaft. Zipfelmaus war auch müde, aber die Nacht war nun fast vorüber. Am

Horizont konnte man schon einen schmalen, hellen Strich erahnen. Das Rotkehlchen war erwacht und begann verträumt, sein Lied zu singen. Im Nachbargarten sang eine Amsel, hier eine Drossel, dort eine Grasmücke, und nach und nach fielen hunderte von Vogelstimmen in dieses Konzert ein. Bevor das Licht die Welt erstrahlen ließ, verzauberte die Vogelsinfonie die Gartenwelt. Der Igel kehrte schnaufend von seinem nächtlichen Rundgang heim, eine Katze schlich am Garten vorüber. Der Garten duftete. Und dann tauchte sie auf, die Sonne. Erst wehte ein Wind aus Osten, der alle Blätter erbeben ließ, dann schob sich das Sonnengold langsam, aber unaufhaltsam über den Horizont.

Zipfelmaus und Kevin betrachteten versonnen das morgendliche Schauspiel. Jetzt würden Ali und Maulwurf sicher bald aufkreuzen. Zipfelmaus freute sich auf ihr Bett. Kevin begann leise zu schnarchen. Die Sonne stieg höher. Ticker flog eine Runde über den Garten und verschwand wieder, aber kein Ali, kein Maulwurf. Wo sie nur blieben? Zipfelmaus döste vor sich hin. Nun war es hell. Der Morgen war da. Wo blieb die Ablösung? Nichts! Niemand kam. Nur eine lange, gefleckte Schnecke kroch schnaufend und jammernd den Baumstamm hinauf. Ob hier Raketenmolch wohnte. Natürlich nicht. Zipfelmaus zeigte auf das Dach des Häuschens. Die Schnecke stöhnte. Wieder runter? Und dann aufs Dach? Das würde sie nicht schaffen. Niemals. Sie sah hinter sich am Stamm hinunter, vor sich hinauf, und dann verkündete sie mit fester Stimme, dass sie hier im Baum bliebe. Basta!

Die Sonne war nun schon ein gutes Stück am Himmel hinaufgeklettert. Tante Fee betrat die Terrasse und blickte in den morgendlichen Garten. Wo war Zipfelmaus? Wo war ihr Frühstück? Hanni und Nanni schossen kläffend an ihr vorbei auf den Rasen und tobten dort herum. Tante Fee entdeckte den Schaukelstuhl auf der Terrasse und schüttelte den Kopf. Also wirklich! Sollte sie den etwa selber unter den Birnbaum tragen? Das ging natürlich nicht. Sie pfiff ihre Marienkäfer herbei und schlenderte zum Birnbaum. Dort angekommen, vernahm sie leises Schnarchen im Wipfel des Birnbaumes. „Scht!“, machte sie, weil Hanni und Nanni eine Heuschrecke ankläfften, die sich auf dem Rasen sonnte. Mit einem SPROING hopste sie ein Stück weiter und sonnte sich dort. Die Marienkäfer beschnüffelten neugierig den Platz, auf dem sie gesessen hatte. Tante Fee spähte in den Baumwipfel. Da saßen sie an den Stamm gelehnt und schliefen tief und fest, Kevin und Zipfelmaus. Also wirklich! Im Birnbaum! Tante Fee kam aus dem Kopfschütteln nicht heraus. Eine gefleckte Schnecke kroch geschäftig hin und her.

„Na, Jnädigste? Womit kann ick dienen?“

Tante Fee sah hinauf. „Meinen Sie mich?“

„Na, Ihnen oder irgendjemand in die Schlange hinter Sie!“

Tante Fee sah sich um. „Aber da ist doch gar keine Schlange!“

„Dit warn Wihitz!“ Die Schnecke kicherte.

„Ach so.“ Tante Fee räusperte sich. „Womit wollen Sie mir denn dienen?“

„Na, ick hätt heut jute Birnen im Anjebot.“

„Nein, vielen Dank, aber ich brauche keine Birnen. Aber Sie könnten meinen Großneffen bitte wecken.“

„Welcher von die beden is et denn?“ Die Schnecke sah vom einen zum anderen. „Der mit die Hörner?“

„Nein, natürlich nicht. Habe ich vielleicht Hörner?“

„Nich direkt.“

„Na also. Der mit der gestreiften Mütze.“

„Na, ne Mütze ham Se nu och nich jrad uf!“

„Also wirklich!“

Die Schnecke stupste Zipfelmaus, und Zipfelmaus zuckte zusammen. Wo war sie? Im Baum? Warum? Birnen! Königin von Saba!

Bewachen! Eins, zwei, drei – alle noch da. Gottseidank! Wer war da noch mit im Baum? Kevin! Schlief tief und fest. Und was saß da neben ihr und stupste? Flecken? Himmel! Ein Monster!

„Juten Morgen junger Mann! Die Frau Tante wär denn da!"

„Großtante!", kam es von unten.

„Die Frau Jroßtante natürlich. Wie konnt ick nur!"

Da unten ein weißer Fleck. Ein vorwurfsvoller weißer Fleck. Tante Fee.

„Guten Morgen Tante Fee!" Zipfelmaus' Stimme war etwas belegt. „So früh schon auf?"

„Früh?!"

Kevin regte sich. Er gähnte, reckte sich, schlug die Augen auf und sah hinunter. „UAHHHHH! Wo bin ich! Hilfe!" Er klammerte sich am Stamm fest.

„Im Birnbaum. Aber nun komm, wir müssen runter."

„Das kann ich nicht!"

„Doch, klar kannst du das. Du bist ja auch raufgekommen."

„Warum bin ich hier?" Kevin verstand gar nichts.

„Wir haben die Birnen bewacht."

„Wollt ihr gleich ene mitnehmen? Die sind janz frisch!"

„Oh nein, die Sababirnen bleiben hier am Baum." Zipfelmaus sah die Tüpfelschnecke streng an.

„Dit sind Sababirnen? Jottchen, wat vornehm!"

„Ein Frühstück heißt Frühstück, weil man es früh zu sich nimmt!", drang es vom Rasen in den Wipfel hinauf. „Sonst hieße es Nachtstück."

„Tante Fee, du übertreibst!"

„Dit is, weil se Hunger hat, die Jute. Wollter nich doch so ne Birne ...?“

„Nein!“

„Na, ick dacht ja nur!“

Kevin tastete mit einem Fuß zwischen den Ästen herum und jammerte leise. Er wollte nie wieder auf Bäume steigen. Er hasste Bäume! Bäume waren böse! Außerdem hatte er einen fiesen Albtraum gehabt. Eine riesige Katze war im Garten herumgeschlichen und hatte mit funkelnden Augen und gebleckten Zähnen in den Birnbaum gestarrt.

„Na so lange sie nur unten rumgeschlichen ist, konnte dir ja hier oben nichts passieren!“, versuchte Zipfelmaus Kevin aufzumuntern.

„Die war aber schon ein bisschen größer als so eine handelsübliche Katze!“, grunzte Kevin. Irgendwann stand er stocksteif wieder unten auf dem Rasen, und einen Augenblick später stand Zipfelmaus neben ihm.

„So groß wie Balsora?“

„Nein, viel größer! Und eher gelb.“

Tante Fee musterte die beiden. „Was um alles in der Welt habt ihr denn da im Baum gemacht?“ Zipfelmaus erklärte ihr, warum die Birnen bewacht werden mussten.

„Vertreiben? Aus dem Garten? Unsinn! Was sind denn das für Märchen!“

„Steht aber so in der Grübel!“ Kevin erwachte allmählich aus seiner Starre.

„Grübel?“

„Na, das dicke Buch in Onkel Benns Kirche.“

„Ach so. Die Grübel. Stimmt." Tante Fee sann einen Augenblick nach. „Aber da ist die Geschichte doch mit Äpfeln."

„Wer viel jrübelt, kriegt kene Birne!", ertönte es aus dem Wipfel über ihnen.

„Was ist das nur für eine volkstümliche Person im Baum dort!" Tante Fee sah nach oben.

„Du kennst diese Grübelgeschichte?" Zipfelmaus sah Tante Fee erstaunt an. „Kannst du denn lesen?"

„Natürlich nicht." Tante Fee sah nach Hanni und Nanni, die mit zwei winzigen Schnecken Fangen spielten. „Nicht so wild!"

„Aber woher kennst du dann die Geschichte aus der Grübel?"

„Oh, da kommt ab und zu eine Dame zu Frau Bienenstichs Mutter, die uns vorliest."

„Na, dit nenn ick vornehm!" Die drei sahen nach oben.

„Und diese Dame liest euch immer was vor?" Zipfelmaus war begeistert. „Was denn so?"

„Nun, aus der Grübel, aus der Zeitung und ab und zu Romane. Schöne, lange Geschichten."

„Toll!"

„Nun, sicher. Es ist recht kurzweilig. Aber wollen wir nicht allmählich frühstücken?"

„Ich gehe den Schaukelstuhl holen!", rief Kevin und flitzte zur Terrasse. Zipfelmaus sah ihm hinterher.

„Für mich bitte nur etwas Obst und Honig. Aber das weißt du ja mittlerweile sicher!"

„Ick hätt hier noch die vornehmen Birnen! Wie hießense noch? Ach ja – Sabbatbirnen."

„Sababirnen!“ Zipfelmaus sah streng nach oben. „Und die bleiben auch da am Baum!“

„Is ja jut, is ja jut, ick dacht ja nur!“

„Also wieder Honig!“, seufzte Zipfelmaus.

„Und Obst!“ Tante Fee war unerbittlich.

„Meinst du, du könntest uns da hinten schon mal ein paar Stachelbeeren pflücken?“ Zipfelmaus zeigte zu den Büschen am Zaun. „Ich hole dann deinen Honig.“

Tante Fee sah Zipfelmaus mit großen, fragenden Augen an.

„Na gut, ich gehe erst mal deinen Honig holen, und dann kann ich ja die Stachelbeeren pflücken!“

Tante Fee nickte.

„Und du passt mittlerweile auf die Sababirnen auf, ja?“

„Wo Kevin nur mit meinem Schaukelstuhl bleibt!“, murmelte Tante Fee und wandte sich ihren Marienkäfern zu. Nanni war auf den Rücken gefallen und konnte sich nicht mehr umdrehen. „Habe ich nicht gerade noch gesagt, nicht so wild?“ Behutsam drehte sie Nanni wieder um und polierte ihr die roten Flügel. „Ganz schmutzig bist du, törichtes Ding!“

Zipfelmaus sah ihrer Großtante kopfschüttelnd zu und machte sich auf den Weg zum Gartenhäuschen. Jetzt hieß es klug planen. Für den Honig brauchte sie ein Schüsselchen aus der Puppenküche in ihrer Wohnung. Wenn sie gerade mal dort war, konnte sie auch gleich nach der Sonnenbrille für Shakira suchen. Also: erst Wohnung, Schüssel, Sonnenbrille, vielleicht auch rasch ein Kopfkissen, dann hui hinauf auf das Honigregal und ab mit Honig und Brille unter den Frühstücksbaum. Das war der Plan. Zipfelmaus stieg vorsichtig über eine Schneckenfamilie hinweg, die sich auf dem Rasen sonnte, huschte über die Terrasse und – halt! Was war das? Da stand der Schaukelstuhl. Wollte den nicht Kevin holen? Der war bestimmt in Gedanken nach Hause gegangen und schnarchte in seinem Bett. Im verfallenen Grill in der Totholzhecke. Voll gruselig! Egal, um den Schaukelstuhl musste sie sich später kümmern. Erst mal die Sachen holen. Zipfelmaus betrat ihre Wohnung und blieb wie angewurzelt stehen. Was war denn hier passiert? War das ihre Wohnung? Nein! Niemals. Wo war ihre Unordnung? Weg! Alles weg! Der ganze Raum war völlig leer. Wo waren all ihre Sachen? Die Streichholzschachtel? Die Murmeln, der Flummi? Die Stifte und die alten Zettel vom Zettelschreiber? Die Kastanie? Der Gummihase? Nur ein schrecklich leeres Sofa gähnte sie an. Zipfelmaus ging über einen Teppich, von dem sie gar nicht gewusst hatte, dass es ihn unter all ihren Sachen gegeben hatte, ins Schlafzimmer. Sie erkannte den Raum nicht wieder. Die Schlafecke mit den vielen Kissen und Decken war fort. Stattdessen stand das Bett mit dem Kopfende an der Wand. Völlig kahl und ungemütlich. In der Ecke eine Vase mit Blumen. Wo hatte sie die gefunden? In der Küche? Zipfelmaus öffnete den Schrank. Ordnung, soweit das Auge reichte. Alles gefaltet und zusammengelegt, was vorher so praktisch im Schlafzimmer herumgelegen hatte. Zipfelmaus hätte heulen können! Wie sollte sie nun überhaupt etwas wiederfinden? Sie zog eine Schublade auf und sah hinein. Da lag die Sonnenbrille. Nun gut, so eine Ordnung hatte vielleicht auch gewisse Vorteile, zumindest, was Sonnenbrillen betraf. Zipfelmaus schloss die Schublade. Nun noch rasch in die Küche, die Schüssel suchen. Zipfelmaus blieb wie angewurzelt vor der Küchentür stehen. Ach du je! Alles sauber, alles weggeräumt. Das war doch keine Küche mehr! Nichts lag herum. Alles, was man brauchte, war weg. Tante Fee hatte ganze Arbeit geleistet. Es würde ewig dauern, bis Zipfelmaus alles wieder wie vorher haben würde. Seufzend machte sie sich auf die Suche nach der Schüssel. Die konnte ja nun überall sein. Ohne viel Hoffnung öffnete Zipfelmaus den ersten Schrank. Vier Schüsseln, gelb, blau, grün, rot, fein säuberlich ineinander gestapelt. Alle blitzblank. Erstaunlich! Zipfelmaus schnappte sich die rote Schüssel und verließ die irgendwie fremdgewordene Wohnung.

Unten setzte sie die Sonnenbrille auf, nahm die Schüssel zwischen die Zähne, hechtete zum Stromkabel und kletterte zum Honigtopf hinauf. Es war stockduster so mit der Sonnenbrille. Zipfelmaus legte sie vorsichtig neben sich auf das Regalbrett. Diesmal ging das Honigglas ganz leicht auf. Sie schöpfte eine Schüssel voll Honig, stellte sie neben sich, schloss das Glas wieder und machte sich mit der süßen Fracht auf den Rückweg. Man konnte am Stromkabel herunterrutschen, und im HUI war man wieder unten. Gerade, als sie das Haus verlassen wollte, fiel ihr die Sonnenbrille ein. Die hatte sie oben auf dem Regal vergessen. Mist! Mist! Mist! Also: Wieder nach oben. Zipfelmaus stellte das Honigschüsselchen unter den Tisch und machte sich auf den Rückweg. Hechtsprung, klettern, Sonnenbrille auf, runterrutschen. Cool! Als sie unten ankam, war die Schüssel verschwunden.

Zipfelmaus stand eine Weile völlig regungslos da mit Sonnenbrille und Zipfelmütze. Dann schrie sie: „Neinneinneinneinnein!" und trat mit voller Wucht gegen das Tischbein. Jammernd hüpfte sie auf einem Bein herum und hielt sich den Fuß. „Das gibt es doch nicht! Das darf doch nicht wahr sein! Das ist einfach …“ Fast hätte sie noch einmal mit dem wehen Fuß gegen das Tischbein getreten, aber sie besann sich. Nicht noch mal! Dann eben keinen Honig. Basta! Sollte Tante Fee doch sehen, woher sie ihn bekam. Hier im Gartenhäuschen herrschten böse Mächte, und gegen die hatte Zipfelmaus keine Chance. Also raus zur Tante und wenigstens Stachelbeeren pflücken. Vielleicht gelang ihr ja wenigstens das. Und diesen Schaukelstuhl musste sie ja auch noch über die Wiese schleppen. Wütend stampfte Zipfelmaus auf die Terrasse. Im Schaukelstuhl saß eine dicke, fette Schnecke.

„RAUS!“, herrschte Zipfelmaus sie an. Die Schnecke rührte sich nicht. „Hast du nicht gehört? Raus! Und zwar zackzack!“

Die Schnecke fuhr ein Auge aus und öffnete es träge. „Und warum?“

„Weil das nicht *dein* Schaukelstuhl ist. Und weil ich ihn jetzt brauche. Also: Bitte RAUS!“

„Raketenmolch hat gesagt, wir dürfen hier alles benutzen, was wir wollen.“

„Raketenmolch?“

„Ja, der Typ da auf dem Dach. Einfach rauf, kannst ihn gar nicht verfehlen.“

„Ich weiß, wo Raketenmolch wohnt.“

„Na dann!“ Die Schnecke fuhr ihr Auge wieder ein. „Ach übrigens ...“, das Auge stoppte.

„Ja?“

„Coole Brille!“

„Ich ... Wieso? ... Ach so!“ Zipfelmaus schüttelte den Kopf. Verrückt! Und das alles vor dem Frühstück. Tief durchatmen. Eins, zwei, drei. So, nun erst mal zu Tante Fee, die bestimmt schon längst verhungert war. Was hatte nur Raketenmolch mit all den Schnecken zu schaffen? Sie musste ihn dringend besuchen.

Zipfelmaus verließ die Terrasse und ging über den Rasen zum Birnbaum. Schon von weitem sah sie: Da war niemand. Keine Tante Fee, keine Marienkäfer, kein Kevin, niemand. Auch Ali und Maulwurf, die die Tagwache übernehmen sollten, waren nicht da. Wo steckten sie denn alle? Warum passte niemand auf die Sababirnen auf?

Plötzlich hörte sie Geräusche vom Brunnen her. Waren sie alle bei der Gräfin? Na, die konnten aber was erleben! Entschlossen stapfte Zipfelmaus zum Brunnen. „Und seitdem leben Sie hier?“, hörte sie Tante Fee fragen. Wahrscheinlich erzählte die Gräfin wieder einmal die Geschichte von der Vertreibung von ihren Gütern.

„Richtig, meine Liebe, seitdem lebe ich hier. Freilich eher schlecht als recht, denn wissen Sie, man liebt hier den Salat nicht.

Kaum Salat, soweit das Auge reicht. Eine wahre Salatwüste."

„Das ist tragisch. Vertrieben und dann noch nicht einmal etwas zu essen!" Tante Fee strich Hanni über die Flügel. „Wovon leben Sie denn nur?"

„Nun, ich muss mit bitterem Löwenzahn vorliebnehmen."

„Das ist hart und bitter im doppelten Sinne!" Nanni stupste Tante Fee in die Seiten. Auch sie wollte gestreichelt werden.

„Ich danke für Ihr Mitgefühl!" Die Gräfin schwieg gerührt. „Aber wissen Sie, was mich nun, nachdem ich mich hier so halbwegs eingerichtet habe, aufs Neue in tiefe Verzweiflung stürzt?"

„Nein, meine Liebe, ich muss gestehen, ich weiß es nicht!" Tante Fee richtete sich auf. „Erzählen Sie!"

„Selbst den billigen Löwenzahn will man mir nehmen!"

„Sie sehen mich fassungslos!" Hanni und Nanni stupsten Tante Fee von beiden Seiten und winselten leise, aber sie lauschte gebannt der Gräfin. „Haben Sie denn jemanden im Verdacht?"

„Ich bin eine scharfe Beobachterin!"

„Ich würde nicht wagen, dies in Zweifel zu ziehen!"

„Ich danke Ihnen!" Die Gräfin hüstelte.

„Aber so reden Sie!" Tante Fee presste die Hände zusammen. „Wer?" Selbst Hanni und Nanni sahen die Gräfin erwartungsvoll an.

„Könnt ihr mir bitte mal sagen, warum niemand beim Birnbaum ...?"

„Schweig!" Tante Fee sah Zipfelmaus mit sehr hochgezogenen Augenbrauen an. „Wie siehst du überhaupt aus! Aber zu dir kommen wir später!" Sie wandte sich wieder der Gräfin zu.

Zipfelmaus nahm die Brille ab. „Ich wollte doch nur wissen ...!"

Ein Tantenblick genügte, sie zum Verstummen zu bringen. Auch Hanni und Nanni rührten sich nicht.

„Bitte meine Liebe! Wer?!“

„Eine Invasion!“

„Eine Invasion?“ Tante Fee schlug die Hände vor den Mund. „Heuschrecken?“ Hanni und Nanni knurrten.

„Schlimmer!“

„Schlimmer? So spannen Sie uns doch nicht so arg auf die Folter!“

„Schnecken!“, sagte die Gräfin mit Grabesstimme.

„Nicht möglich!“ Tante Fee ließ die Hände sinken.

„Doch sicher, die sind doch überall!“, rief Zipfelmaus. Tante Fee sah Zipfelmaus an. Zipfelmaus sah zu Boden.

„Ich bin ja nun“, die Gräfin räusperte sich, „selber eine Schnecke ...“

„Nun, nun!“ Tante Fee klopfte ihr begütigend auf die Schulter.

„Dochdoch!“ Die Gräfin seufzte tief. „Ich weiß das! Aber ich bin keine Invasion!“

„Niemand verdächtigt Sie dessen!“ Tante Fee sah die Gräfin mit festem Blick an. „Und niemand wird es wagen zu behaupten, dass Sie etwas mit diesen Geschöpfen zu tun haben!“

„Danke!“ Tante Fees Worte taten der Gräfin sichtlich wohl.

„Aber sie sind wirklich überall!“ Zipfelmaus machte eine weit ausholende Armbewegung. „Man stolpert ständig über sie. Sogar im Birnbaum!“

„Zipfelmaus hat recht!“, nickte die Gräfin. „Und sie machen sich über jeden Löwenzahn her. Sie finden ihn überall! Sie haben ihn nahezu *ausgerottet*!“ Die Gräfin sah traurig in die Ferne. „Ich werde hungers sterben! Bald!“ Sie wandte sich ab und verschwand mit einem leisen „Adieu!“ raschelnd im Schnittlauch. Schweigend sahen ihr Zipfelmaus und Tante Fee nach. Selbst Hanni und Nanni waren mucksmäuschenstill.

„Zipfelmaus! Zipfelmaus!“, rief jemand aus der Luft. Eine Hummel schoss summend um sie herum.

Tante Fee sah nach oben. „Oh, guten Morgen Shakira!“

„Guten Morgen Tante Fee!“ Shakira war völlig außer Atem. „Ihr müsst ganz schnell zum Birnbaum kommen!“

„Warum? Ist etwas passiert?“ Zipfelmaus fiel vor Schreck die Sonnenbrille zu Boden.

„Ja!“ Shakira flatterte in Richtung Birnbaum. „Schnell!“ Zipfelmaus rannte los. Fiffi war schon fast am Baum.

„Aber was ist denn geschehen?“ Tante Fee und ihre Käfer eilten Zipfelmaus so gut es ging hinterher.

„Irgendwas mit den Sababirnen?“, keuchte Zipfelmaus. Sie ahnte Schlimmes.

„Ja! Kommt!“

Am Baum angekommen sahen sie, was passiert war. Es waren nur noch zwei Birnen da! Eine Königin von Saba war verschwunden.

Sie standen alle etwas ratlos um den Birnbaum herum und sahen nach oben. Aber so oft sie auch nachzählten, es blieben zwei Sababirnen, die da im Baum hingen.

„Vielleicht weiß ja die Tüpfelschnecke etwas!“ Tante Fee spähte in die Blätter hinein.

„Ick weeß von jar nüscht!“ Sie drehten sich alle um. Da kam sie angekrochen.

„Ja, wo waren Sie denn nur?“, rief Tante Fee.

„Na, jrad mal für kleene Ringelnattern. Wird man ja wohl noch dürfen, oder?“ Ächzend machte sie sich wieder an den Aufstieg auf den Birnbaum.

„Ach, Sie unglückseliges Geschöpf!“

„Warum denn dit nu wieder?“

„Während Sie fort waren, ist eine von den Sababirnen gestohlen worden!“

„So wat!“ Die Tüpfelschnecke schien das nicht weiter zu stören. „Sind ja noch zwee da.“

„Haben Sie denn gar nichts bemerkt? Haben Sie vielleicht jemanden im Garten herumschleichen gesehen?“ Zipfelmaus überlegte, wie jemand die Birne klauen konnte, ohne dass man es bemerkte.

„Da war keener. Nur ihr beeden da bei die Jräfin." Nun war sie wieder oben angekommen.

„Eigenartig. Da muss uns jemand sehr genau beobachtet haben, oder er hatte einfach Glück."

„Guck mal, Zipfelmaus, das Gartentörchen!" Shakira flatterte vor, und die anderen folgten ihr. Das Törchen stand sperrangelweit offen.

„Das war aber zu", stellte Zipfelmaus fest. „Definitiv!"

„Woher weißt du das denn so genau?" Shakira flatterte hin und her.

„Weil gestern Abend dieser Kolk, nachdem er hier im Garten war, das Törchen verschlossen hat. Und dann hat er den Zettel hier festgemacht." Zipfelmaus zeigte auf die Reißzwecke, die noch im Pfosten steckte.

„Und vorher war er hier im Garten?" Tante Fee wollte gar nicht glauben, was alles so passierte, wenn sie schlief. „Was wollte er denn hier?"

„Er hat sich die Sababirnen angesehen."

„Aha!", rief Tante Fee. „Dann haben wir doch den Übeltäter! Wo ist er hin? Wir werden ihn zur Rede stellen, den Spitzbuben!"

„Aber wir wissen doch gar nicht, ob er es überhaupt war. Er ist nur ein Verdächtiger!"

„Sehr verdächtig!" Tante Fee pflückte Hanni und Nanni vom Torpfosten und setzte sie wieder auf den Rasen.

„Aber Zipfelmaus, dann müssen wir ganz schnell in den Zirkus und nach der Birne suchen!"

Tante Fee sah Shakira erstaunt an. „Zirkus?"

Zipfelmaus erzählte Tante Fee von dem Zirkus auf der Wiese hinter den Gärten und von dem Zettel, auf dem all die Sensationen angekündigt waren.

„Eine Zwergmeerschweinchen-Pyramide!“, seufzte Shakira.

„Genau“, fuhr Zipfelmaus fort, „und dieser Kolk ist da der Chef oder sowas.“

„Der Zirkusdirektor?“ Tante Fee schien sich in Zirkusdingen gut auszukennen.

„Er hatte ganz bunte Sachen an, nicht wahr Zipfelmaus?“ Shakira flatterte auf der Stelle.

„Genau. Und gelbe Schuhe!“ Zipfelmaus nickte.

„Gelbe Schuhe?“ Shakira vergaß einen Moment lang zu flattern und sauste nach unten. Kurz vor dem Boden fing sie sich wieder. „Das ist ja cool!“

„Und eine rote Nase hatte er“, erinnerte sich Zipfelmaus.

„Dann weiß ich, was er ist!“ Shakira und Zipfelmaus sahen Tante Fee neugierig an. „Das ist der Clown!“

Nachdem sie das Tor mit vereinten Kräften wieder geschlossen hatten, überlegten sie auf dem Rückweg zum Birnbaum, wie sie nun vorgehen sollten. Tante Fee plädierte dafür, erst einmal zu frühstücken und dann weiterzusehen. Ihr würde auch ein wenig Obst genügen. Also gingen sie beim Stachelbeerbusch vorbei und pflückten zwei Stachelbeeren. Hanni und Nanni begannen sofort, schnüffelnd im Busch herumzuklettern und nach Läusen zu suchen. Als sie mit den Stachelbeeren beim Birnbaum angekommen waren, saß dort eine Gruppe von Schnecken und machte ein Picknick. Also gingen sie weiter zum Apfelbaum. Dort irrte eine sehr aufgeregte

Schnecke umher, die ihre Reisegruppe suchte. „Picknick unterm Birnbaum!“, rief sie verzweifelt. „Und niemand da!“

„Dies ist auch kein Birnbaum, meine Liebe!“, sagte Tante Fee. „Der Birnbaum ist dort hinten.“

Seufzend machte sich die Schnecke auf den Weg.

Zipfelmaus sah nach oben, ob sie vielleicht Dickespinne irgendwo entdecken konnte, aber sie war nirgends zu sehen.

„Wir müssen also heute Abend in den Zirkus“, begann Zipfelmaus und schob die Sonnenbrille auf die Stirn, „und gleichzeitig müssen wir die Birnen hier im Garten bewachen.“

„Du, Zipfelmaus, ist das meine Sonnenbrille?“

„Ach ja, stimmt!“, sagte Zipfelmaus und gab Shakira die Brille.

Sie setzte sie sofort auf und sah in die Runde. „Na?“

„Wie *na*?“

„Sehe ich aus wie eine Detektivin?“

„Aber natürlich, liebes Kind!“ Tante Fee lächelte ihr zu. „Das sieht doch wirklich jeder sofort!“ Dann richtete sich ihr Blick in die Ferne. „Hanni! Nanni! Sofort kommt ihr hierher. Aber schnell!“ Die Marienkäfer rissen sich sehr widerwillig von der Picknickgesellschaft los und kamen zum Apfelbaum geschlichen. „Ihr sollt nicht betteln, wie oft soll ich euch das noch sagen?“

Zipfelmaus hüstelte. „Können wir jetzt mal wieder über den Plan reden?“

„Natürlich!“ Tante Fee biss in ihre Stachelbeere.

Shakira nickte detektivinnenhaft. „Zirkus und Birnen bewachen. Wer macht was?“

„Meinst du wirklich, dass der heute noch eine zweite Birne

klaut?“ Blitzfix hatte Tante Fee die Stachelbeere verputzt und schielte nach der zweiten. Zipfelmaus rollte sie zu ihr herüber. „Danke!“, flüsterte sie und polierte die Beere.

„Und wenn dieser Kolk im Zirkus beschäftigt ist, kann er ja auch nicht hier im Garten Birnen klauen, nicht wahr?“

„Da hat Shakira natürlich recht!“, sagte Tante Fee mit vollem Mund. Zipfelmaus sah sie schweigend an. „Tschuldigung!“, murmelte sie.

„Es könnte aber auch sein, dass Kolk gar nicht der Birnendieb ist!“ Zipfelmaus dachte an das kupferrote Wesen, das da nachts im Garten herumgeraschelt hatte. „Und deshalb muss der Baum auch bewacht werden, wenn wir im Zirkus sind.“

„Ich will mit in den Zirkus. Und Fiffi auch!“, stellte Shakira fest und flüsterte Tante Fee zu, dass es dort eine Zwergmeerschweinchen-Pyramide gäbe. Tante Fee nickte verständnisvoll.

„Gibt es denn auch“, fragte sie, „eine Nummer mit Raubtieren?“

„Ich glaube nicht.“

„Ach du liebes bisschen! Keine Löwen?“ Tante Fee schüttelte den Kopf. „Aber eine Pferdedressur?“

Zipfelmaus dachte nach. „Es gibt eine Nummer mit Zwergziegen und eine mit einem Esel.“

„Und einen rechnenden Sittich und einen fliegenden Fakir!“, sagte eine Stimme hinter ihnen.

„Kevin!“, rief Zipfelmaus. „Wo warst du denn die ganze Zeit?“

„Ich bin auf dem Weg zum Schaukelstuhl aus Versehen zu mir nach Hause gegangen, und dann war ich auf einmal so müde, dass ich ein bisschen schlafen musste.“

„Armer Junge!“ Tante Fee sah Kevin mitleidig an. „Aber den Schaukelstuhl kann doch auch Zipfelmaus holen, nicht wahr?“

„Aber wieso denn ich?“

Keiner sagte etwas, und so machte sich Zipfelmaus murrend auf den Weg zum Haus. ‚Immer ich!’, dachte sie. ‚Zipfelmaus hier, Zipfelmaus da! Ich bin auch müde, und ich kann mich ja auch einfach ein wenig schlafen legen.’ Hoffentlich lag wenigstens diese fette Schnecke nicht mehr auf dem Schaukelstuhl. Missmutig betrat sie die Terrasse. Die Schnecke war nicht mehr da. Aber was war das? Da lag etwas anderes auf dem Schaukelstuhl! Da lag ein Zettel. Zipfelmaus setzte sich und las: ZÄHL DIE BIRNEN! ‚Tja, lieber Zettelkünstler‘, dachte Zipfelmaus, ‚hab ich schon. Und weißt du was? Es fehlt eine. Aber das weiß ich auch ohne deine Botschaft!‘ Wütend warf sie den Zettel auf den Boden. ‚Blödmann!‘, dachte sie und schaukelte leise vor sich hin. Fast wäre sie eingeschlafen. Mit einem Ruck sprang sie aus dem Stuhl, wuchtete ihn auf die Schultern und schwankte in Richtung Apfelbaum. Da war niemand mehr.

„Menno!“, rief Zipfelmaus und ließ den Schaukelstuhl auf den Rasen krachen. Wo waren die denn jetzt wieder alle? Dann sollten sie doch bleiben, wo der Pfeffer wächst. Zipfelmaus warf sich in den Schaukelstuhl und schaukelte grübelnd hin und her. Wie gemein, dass Ali und Maulwurf noch nicht einmal vorbeigekommen waren, um nachzusehen, ob sie noch irgendetwas tun konnten. Ob sie vergessen hatten, dass sie die Sababirnen heute tagsüber bewachen sollten? Oder ob ihnen etwas zugestoßen war? Hoffentlich nicht! Vielleicht hatte Zipfelmaus sich ja auch zu undeutlich ausgedrückt?

Oder zu selbstherrlich entschieden, wer wann Wache schieben sollte? Eigentlich hatte ja keiner so richtig zugestimmt oder sich einverstanden erklärt. ‚Ich bin einfach zu unsensibel und zu arrogant!', dachte Zipfelmaus. ‚Und das habe ich nun davon, nun kann ich die ganze Wache alleine übernehmen! Wer war noch heute Abend dran? Die Flipflops. Na, die werden ja bestimmt auch nicht kommen.'

„Na? Mittagsschlaf?"

Zipfelmaus fuhr herum. „Dickespinne! Meine Güte, hast du mich erschreckt!"

„Sorry!"

„Ist schon gut. Nein, kein Mittagsschlaf!"

„Nicht? Sah aber ganz so aus!"

„Nein, ich suche die anderen."

„Wen denn? Die Schnecken?"

„Nein, Shakira, Kevin, Tante Fee."

„Die wollten zum Zirkus gehen."

„Sind sie schon losgegangen? Ohne mich?"

„Keine Ahnung. Vielleicht sind sie auch woanders hingegangen. Wenn ihr verabredet wart?"

Dickespinne schaukelte im gleichen Takt wie Zipfelmaus.

„Nein, eigentlich waren wir das nicht. Wir waren gerade dabei, einen Plan zu machen, und dann sollte ich für Tante Fee den Schaukelstuhl holen. Und als ich wieder zurückkam, waren alle weg."

„Plan?"

„Wer die Sababirnen bewacht, und wer in den Zirkus geht."

„Warum müssen denn diese Sababirnen bewacht werden?" Zipfelmaus erklärte Dickespinne, warum. „Vertrieben? Aus dem Garten?" Zipfelmaus nickte. „So ein Quatsch!"

„Und wenn doch?" Zipfelmaus hörte auf zu schaukeln. „Eine Birne ist immerhin schon geklaut worden!"

„Krass!" Dickespinne hatte auch mit Schaukeln aufgehört und hing wie ein Lot vom Baum.

„Du hast nicht zufällig gesehen, wer sie geklaut hat?"

Dickespinne schüttelte den Kopf. „Ich wusste ja nicht, dass man auf diese kostbaren Birnen achtgeben muss."

„Hast du nicht Lust, mit uns zu ermitteln? Du gehörst doch zum Team!"

„Keine Zeit. Ich mache eine Schulung in Web-Design! Wir haben gerade Pause."

„Hätte ja sein können!" Zipfelmaus begann wieder zu schaukeln.

„Habt ihr denn schon jemanden im Verdacht?"

„Ja, so einen bunten Typen. Ein Clown vom Zirkus, sagt Tante Fee. Er heißt Kolk."

„Oh, der war schon oft hier." Auch Dickespinne begann wieder zu schaukeln. „Seit ein paar Tagen. Immer mal wieder. Aber ich habe nicht gesehen, dass er Birnen weggeschleppt hat. An den Äpfeln hier war er jedenfalls nicht."

„Hm", machte Zipfelmaus.

„Hm", machte Dickespinne. „Und eine ziemlich große gelbe Katze war ein paarmal hier." Dickespinne breitete die Arme aus. „Riesig!"

„Naja, Katzen haben wir hier wirklich mehr als genug!", seufzte Zipfelmaus.

„Tja, ich muss wieder! Die Pause ist gleich zuende!"

„Na, dann viel Erfolg! Ich werde erst mal diesen verflixten Schaukelstuhl wieder auf die Terrasse zurücktragen." Zipfelmaus sprang aus dem Stuhl heraus. „Tschüss!"

„Tschüss!", antwortete Dickespinne und verschwand mit einem leisen HUI im Apfelbaum.

Zipfelmaus wuchtete den Stuhl auf die Schulter und schlug den Weg zur Terrasse ein.

„He!"

Zipfelmaus drehte sich um. Eine lilafarbene Schnecke mit Sonnenhut und einer Tüte Löwenzahnblätter stand hinter ihr. „Ja?"

„Wenn du den Schaukelstuhl nicht mehr brauchst, kannst du ihn mir ruhig hier stehenlassen!" Zipfelmaus sah die Schnecke verständnislos an. „Den Schaukelstuhl! Hier lassen! Danke!", sagte die Schnecke noch einmal und steckte sich ein Löwenzahnblatt in den Mund.

„Aber der gehört mir!"

„Wie bist du denn drauf?", fragte die Schnecke erstaunt.

„Das ist mein Stuhl, und ich entscheide, wer darauf sitzen darf. Auch wann und wo!"

„Frechheit!“

„Du kannst dich ja beschweren gehen!“, raunzte Zipfelmaus und stapfte davon.

„Das werde ich auch!“, zeterte die Schnecke. „Darauf kannst du dich verlassen!“

„Haha, und bei wem? Bei mir?“

„Beim Raketenmolch!“

„Jaja. Mach das mal!“, murmelte Zipfelmaus. „Raketenmolch, Raketenmolch. Was hat der eigentlich mit all diesen Schnecken zu schaffen?“ Sie musste unbedingt hinauf aufs Dach, um mit Raketenmolch zu reden. Auf der Terrasse pfefferte sie den Schaukelstuhl in eine Ecke und überlegte, was sie nun tun sollte. Eigentlich wollte sie am liebsten zu den anderen in den Zirkus. Aber wer sollte dann die Sababirnen beaufsichtigen? Sie könnte natürlich auch erst einmal hinauf zum Raketenmolch klettern. Vielleicht hatte er ja auch etwas gesehen? Den Birnendieb? Oder Kolk? Zipfelmaus starrte auf den Boden. Was stand da? In der Ecke? Das war doch ... Langsam schlich sie näher. Das war die kleine Schüssel, mit der sie heute Morgen Tante Fees Honig geschöpft hatte. Da stand sie wieder. Allerdings nicht leer. Da lag etwas drin. Was war das? Das war ein Stöckchen mit einer Kugel dran. Ein verführerischer Duft stieg ihr in die Nase. Zipfelmaus schloss die Augen. Köstlich! Ob man das essen durfte? Oder war es Gift? Man hörte so viel in letzter Zeit. Vergiftete Köder, sahen lecker aus, aber man krümmte sich vor Schmerzen, wenn man sie aß. Nur essen, was man kennt! Aber dies hier? Dieser Duft ... Hmmmm! Vielleicht ein winziges Stückchen? Zipfelmaus biss ein klitzekleines Häppchen ab. Sie schmolz dahin.

Es schmeckte noch viel besser, als es duftete. Das *konnte* kein Gift sein! Mit einem Happs war das Kügelchen weg. Himmlisch! Zipfelmaus leckte sich die Lippen. Behutsam stellte sie das Schüsselchen wieder an seinen Platz. ‚Vielleicht liegt morgen ja wieder was drin?', dachte sie. Dann machte sie sich kurzentschlossen auf den Weg aufs Dach. Schließlich konnte sie sogar von dort oben, während sie mit Raketenmolch redete, den Sababirnenbaum im Auge behalten. Sie wählte den Weg durch das Weinlaub, weil sich an der Regenrinne zu viele Schnecken herumtrieben. Zwar hätte sie sich wie an einer Kletterwand von Schneckenhaus zu Schneckenhaus hangeln können, aber das hätte den Schnecken sicher nicht sehr gefallen. Auch im Weinlaub irrten einige Schnecken von teilweise erstaunlicher Größe herum, aber Zipfelmaus kletterte rasch an ihnen vorbei. Ob Caspar, David und Friedrich zu Hause waren? Zipfelmaus hatte die drei Weberknechte, die hier wohnten, lange nicht mehr besucht.

„Caspar?" Kein Caspar. Vielleicht war er vor den Schneckenmassen geflohen, die die Hauswand bevölkerten. Oder er war bei David?

„David?" Auch kein David. Alles verlassen. Es war ihnen doch hoffentlich nichts zugestoßen? Zipfelmaus raschelte weiter nach oben. „Friedrich?"

„Ah, Zipfelmaus. Das ist aber schön, dass du mich noch einmal besuchen kommst!"

„Naja, du kennst das ja, viel zu tun und nun auch noch Besuch von Tante Fee. Die Zeit fliegt nur so davon!"

„Wem sagst du das!"

„Aber schön, dass wenigstens du da bist! Sind Caspar und David bei dir?"

„Die sind schon weg."

„Weg?"

„Umgezogen. Zwei Gärten weiter."

„Warum?"

„*Warum*? Ist dir nichts aufgefallen? So in letzter Zeit?"

„Tja, doch. Diese vielen Schnecken zum Beispiel."

„Genau. Diese vielen Schnecken. Grauenhaft. Und du weißt sicher auch, wer wieder einmal dahintersteckt?"

„Raketenmolch?"

„Genau. Der feine Herr da oben!"

„Aber was hat er denn angestellt?"

„Er betreibt einen Campingplatz. Und weißt du, wo der Campingplatz ist?" Zipfelmaus schüttelte den Kopf. „Da unten!" Friedrich zeigte auf den Garten.

„Unser Garten?"

„Richtig. Der feine Herr hockt da oben und vermietet an Schnecken."

„Nicht möglich! Das kann er doch nicht machen!" Zipfelmaus spähte hoch aufs Dach.

„Und ob er das kann. Und deshalb ziehen wir weg." Friedrich sah traurig in die Ferne.

„Du auch? Das ist ja schrecklich!" Zipfelmaus riss wütend ein

Weinlaubblatt ab und pfefferte es in die Tiefe. „Kann man denn nicht mit ihm reden?“

„Zu spät. Da kommt auch schon meine Drohne!“ Friedrich zeigte auf eine große Biene, die heransummte.

„Ach, das ist so traurig. Ihr könnt doch nicht einfach auswandern!“ Zipfelmaus ließ die Schultern hängen. Die Drohne landete auf einem Weinblatt und Friedrich kletterte auf ihren Rücken.

„Doch, können wir und müssen wir. Auch wenn wir nicht wollen.“

„Kommt ihr denn vielleicht zurück? Ich werde mit Raketenmolch reden. Jetzt gleich.“ Zipfelmaus sah böse nach oben.

„Da muss er sich schon sehr ändern. Und ich glaube nicht, dass er sich jemals ändern wird.“ Friedrich ruckelte etwas hin und her, aber er schien sicher auf der Biene zu sitzen.

„Komm mal her, Junge!“, sagte er. Zipfelmaus kletterte vorsichtig auf den Zweig, auf dem die Drohne saß. Sie summte warnend.

„Schon gut!“, murmelte Friedrich und dann drückte er Zipfelmaus ganz fest mit all seinen dünnen Ärmchen. „Mach's gut!“, sagte er und stupste Zipfelmaus in die Seite. Dann rief er: „Wir können los, mein Lieber!“ Brummend schossen sie davon. Friedrich winkte, und Zipfelmaus winkte, bis sie nur noch einen winzigen Punkt im Himmel sah. Und dann war auch der Punkt verschwunden.

„Na der kann was erleben!“, schimpfte Zipfelmaus und raschelte entschlossen hinauf aufs Dach.

Mit einem Klimmzug schwang sich Zipfelmaus in die Regenrinne, wo sie erst einmal neben einem alten Tennisball verschnaufen musste. Der Tennisball starrte sie mit weit aufgerissenen Augen an, die irgendein Witzbold auf den Ball gemalt hatte. Zipfelmaus sah hinunter in den Garten. Von hier aus hatte man alles gut im Blick. Der perfekte Beobachtungsposten. Rechts der Apfelbaum, links der Birnbaum. Alles lag friedlich da. Von hier aus konnte man sogar die beiden verbliebenen Sababirnen sehen. Vielleicht hatte Raketenmolch ja etwas beobachtet. Und was war das? Wer schlich da hinten am Zaun entlang? Hinter den Disteln? Ali! Wahrscheinlich hatte er seinen Wachdienst vergessen, hatte nun ein schlechtes Gewissen und wollte nicht gesehen werden.

Wie immer, wenn Zipfelmaus auf dem Dach war, begann sie zu dösen. Es war so friedlich hier oben. Eine Amsel zischte unter ihr durch den Garten, winzige Meisen spielten in der hohen Hecke hinter dem Gartenzaun, und irgendwo, beruhigend weit weg, zankten sich ein paar Elstern. Ein Schmetterling taumelte an der Dachrinne entlang. Mal sah man ihn, mal tauchte er wieder ab. Der Tennisball starrte Zipfelmaus unverwandt an.

„Und?“ Zipfelmaus sah den Ball an und verschränkte die Arme hinter ihrem Kopf. „Hast du vielleicht etwas gesehen?“

Der Tennisball nickte. Zipfelmaus fuhr zusammen. Was war das für ein Tennisball? Verzaubert?

„Du hast wirklich etwas gesehen?“

Der Tennisball nickte wieder. Zipfelmaus hoffte inständig, dass keiner sah, wie sie mit dem Tennisball sprach. Sie kam sich zwar ziemlich albern vor, fragte aber weiter. „Du weißt, worum es geht?“

Der Tennisball nickte, diesmal fast unmerklich. Er schien aber Bescheid zu wissen.

„Und“, versuchte Zipfelmaus es weiter, „du hast also gesehen, wer die Sababirne gestohlen hat?“

Der Tennisball machte eine Verbeugung und richtete sich langsam wieder auf. Was bedeutete das? Ja? Nein? Tschüss? Zipfelmaus war ratlos. Da sagte plötzlich eine Stimme: „Er ist zu schwer. Ich bekomme ihn nicht weggerollt.“ Und eine andere Stimme piepste: „Dann müssen wir doch über ihn drüber klettern!“ Der Ball begann zu wackeln und zu beben, und dann erschienen zwei Augen, die über den Ball schauten. Als sie Zipfelmaus entdeckten, verschwanden sie wieder hinter dem Ball.

„Da ist jemand!“, flüsterte eine Stimme.

„Und wer?“, piepste die andere.

„Keine Ahnung, sieht aber nicht aus wie ein Molch!“

„Dann frag das Ding doch einfach, wo der Molch ist. Irgendwo hier muss er doch sein!“

Eines der Augen erschien wieder über dem Ball. „He du!“

„Ja?“ Zipfelmaus stand auf. Das Auge ging in Deckung.

„Was wollt ihr denn?“ Zipfelmaus spähte über den Ball. Zwei Schnecken klebten daran.

„Wir suchen den Molch!“, piepste die Kleinere. Sie hatte ein grünes Schneckenhaus.

„Den Raketenmolch!“, ergänzte die andere mit einem hellbraunen Haus.

„Den suche ich auch gerade!“

„Willst du dich auch anmelden zum Camping?“

„Nein, ich wohne hier.“

„Hier oben?“ Die kleine Grüne kroch nun ganz auf den Ball herauf.

„Nein, da unten im Garten.“ Zipfel maus zeigte in Richtung Apfelbaum.

„Du wohnst auf dem Campingplatz?“ Die große Braune wollte es gar nicht glauben. „Bist du der Hausmeister?“

„Nein. Und das ist auch kein Campingplatz, sondern ein Garten.“

„Kein Campingplatz?“ Die kleine Grüne sah die große Braune unsicher an. „Haben wir uns verlaufen?“

„Aber nein!“, sagte eine Stimme über ihnen. „Ihr seid hier goldrichtig!“ Die drei sahen nach oben.

„Raketenmolch!“ Zipfelmaus kletterte aus der Dachrinne aufs Dach. „Was um aller Welt treibst du eigentlich hier?“

„Wieso?“

„Der Campingplatz und die ganzen Schnecken. Was hat das alles zu bedeuten?“

„Einen Augenblick!“ Raketenmolch nickte Zipfelmaus zu. „Erst die Kundschaft. Gleich habe ich Zeit für dich!“

„Aber ...“

„Kein *aber*, Junge, geh schon mal vor zum Pool, ich bin gleich bei dir!“

Während Zipfelmaus das Dach hinaufstieg, begrüßte Raketenmolch die Schnecken. Sie fragten nach einem Platz im Halbschatten nicht zu weit weg von den Gemüsebeeten und möglichst mit Blick auf den See. Ach ja, der See, hörte sie Raketenmolch seufzen, der sei in dieser Saison noch nicht fertig geworden, leider, leider, aber nächstes Jahr ganz bestimmt. Kein See? Die Schnecken waren sehr enttäuscht. Dann war Zipfelmaus oben auf dem Dachfirst. Von hier aus konnte man durch die Hecke hinter dem Haus das gelb-rot-lila gestreifte Zirkuszelt sehen, das auf der Wiese hinter der Hecke stand. Es war wirklich nicht sehr groß. Neben dem Zelt gab es drei Wagen, und vor den Wagen grasten ein paar Zwergziegen. Ein Esel lag im Schatten und döste vor sich hin. Auf dem mittleren Wagen lag Schwarzekatze, eine alte Bekannte von Zipfelmaus, der sie aber am liebsten aus dem Weg ging, und sonnte sich. Eine feuchte, kalte Hand legte sich auf Zipfelmaus' Schulter. „Na Junge?“

Zipfelmaus fuhr zusammen. „Musst du mich immer so erschrecken!“

„Nana. Immer noch so schreckhaft?“ Raketenmolch schüttelte den Kopf. „Was führt dich zu mir? Du warst ja ewig nicht mehr hier.“

„Die Schnecken!“

„Oh ja! Dieses Jahr ist ein ausgesprochen gutes Schneckenjahr.

Nicht zu heiß, nicht zu trocken, das lieben sie."

„Sie sind überall!"

„Schnecken sind immer überall. Mal sieht man sie, mal sieht man sie nicht."

„Molch!"

„Sollen wir nicht zum Pool?" Raketenmolch wies zur hinteren Dachrinne. „Da kann man doch viel angenehmer plaudern."

„Stimmt das mit dem Campingplatz?" Zipfelmaus blieb stehen, wo sie war. Jetzt nur nicht in den lauwarmen Pool und sich da von Raketenmolchs Uraltabenteuern einlullen lassen.

„Campingplatz?" Raketenmolch blickte versonnen den Dachfirst entlang.

„Ja, Campingplatz." Zipfelmaus blieb hartnäckig. „Die Schnecken erzählen, dass du den Garten als Campingplatz vermietest."

„Du hast mit ihnen gesprochen?"

„Ja, hab ich. Das bleibt ja auch nicht aus, denn sie sind überall und fragen ständig nach dir."

„Wollen wir nicht vielleicht doch zum Pool?"

„Molch!"

„Jajaja!", knurrte Raketenmolch. „Ich vermiete ein paar winzige Plätzchen an ein paar winzige Schneckchen. Der Garten ist riesig, und da stören die paar Schnecken wohl niemanden."

Zipfelmaus schüttelte den Kopf. „Wo man hinkommt, sind Schnecken. Auf dem Rasen, unter den Bäumen, an der Wand, auf dem Weg, auf der Terrasse."

„Naja, sie melden sich hier an und dann bekommen sie ihren Platz zugewiesen."

„Eine lag in *meinem* Schaukelstuhl! Und weißt du, was sie sagte, als ich sie bat, den Schaukelstuhl zu verlassen?“

„Keine Ahnung!“ Raketenmolch betrachtete seine Hand.

„Du hättest gesagt, dass sie alles benutzen dürfen!“

„Nun, an den Schaukelstuhl hatte ich da nicht so direkt gedacht. Aber wie soll ich wissen, was da alles im Garten rumsteht. Ich lebe schließlich hier oben und war ewig nicht mehr unten. Ihr hättet ja auch zum Informationsabend kommen können ...“

„Ja, aber wie kommst du denn darauf, da unten alles zu vermieten?!“, fiel Zipfelmaus ihm wütend ins Wort. „Du kannst doch dein Dach als Campingplatz nutzen. Dann hast du den Ärger hier oben und nicht wir da unten!“ Zipfelmaus zeigte energisch auf das Dach und auf den Garten. „Da kommen übrigens wieder ein paar.“

„Wo?“

„Hinter dir. Großfamilie!“

Raketenmolch sah sich um. „Ah, Nacktschnecken. Die haben einen eigenen Bereich.“

„Eigenen Bereich?“ Zipfelmaus sah den Molch mit großen Augen an.

„Klar. FKK. Die wollen für sich sein!“

„Und wo ist dieser eigene Bereich?“

„Da hinten!“ Raketenmolch zeigte zum Brunnen.

„Bei der Gräfin?!?“, fragte Zipfelmaus entsetzt.

„Ach ja, stimmt, die wohnt da ja auch.“

„Na, da wird sie sich aber freuen. Hast du sie denn um Erlaubnis gebeten?“ Zipfelmaus wagte sich nicht vorzustellen, was die Gräfin sagen würde, wenn sie bemerkte, dass sie mitten im FKK-Bereich eines Campingplatzes wohnte.

„Sie ist nicht zum Informationsabend erschienen."

„Informationsabend?"

„Aber ja! Ich hatte zu einem Informationsabend eingeladen. Ich mache doch nicht einfach so irgendwas, ohne die anderen zu fragen." Raketenmolch schüttelte den Kopf.

„Ich weiß nichts von einem Informationsabend!"

„Du warst ja auch nicht da!"

„Und wer war da?"

„Können wir das später besprechen? Ich muss mich jetzt erst einmal um die neuen Gäste kümmern!"

„Molch!"

„Ja?"

„Wer war da?"

„Wo?"

„Bei dem Informationsabend!"

„Och, das ist schon etwas her. Keine Ahnung!"

„Molch!" Man bekam diesen Molch wirklich kaum zu fassen.

„Wenige. Da war kaum jemand da. Kein Interesse, nehme ich an!" Raketenmolch schüttelte bedauernd den Kopf und wandte sich den neuen Schnecken zu.

„Es war keiner da, stimmt's?" Raketenmolch sah sich zu Zipfelmaus um. „Und es gab gar keinen Informationsabend, nicht wahr?" Zipfelmaus sah Raketenmolch fest in die Augen.

„Zipfelmaus, ich muss!", rief der Molch. „Die Gäste warten. Sei mir nicht böse! Komm morgen wieder, dann reden wir. Heute ist es ganz schlecht, aber morgen, da reden wir über alles!" Weg war er.

Unglaublich. Zipfelmaus schüttelte den Kopf. Dieser Molch!

Morgen wiederkommen! Morgen wäre es doch genau das gleiche. *Keine Zeit, die Gäste warten.* Grübelnd machte sie sich auf den Weg hinunter zur Dachrinne. Noch nicht einmal wegen des Birnendiebes hatte sie ihn fragen können. Wieder einmal ein völlig ergebnisloser Besuch auf dem Dach. Caspardavidfriedrich weggezogen, der Garten ein Campingplatz und keine Informationen zum Dieb. Großartig! „Da hättest du auch unten bleiben können!“, schalt sie sich selber. In diesem Moment schoss ein Schatten heran, zwei krallenbewehrte Füße setzten vor ihr auf, und ehe sie sich auch nur mit einem Sprung irgendwohin retten konnte, wurde sie von einem riesigen Schnabel gepackt und hoch gehoben.

„Mist!“, rief Zipfelmaus panisch. „Mist! Mist! Mist!“ Sie versuchte, sich herauszuwinden, aber der Schnabel war hart wie Stahl und gab keinen Millimeter nach. Da passte man mal einen Augenblick nicht auf, und *zack* wurde man von einer Elster geschnappt. Was hatte sie vor? Würde sie Zipfelmaus direkt verschlingen oder erst irgendwohin verschleppen? Elstern waren schrecklich verfressen und machten vor nichts Halt. Die Elster sprang ab und flog los. Zipfelmaus konnte nichts machen.

Sie flogen in einem großen Bogen über den Garten, über die Hecke und über das Zirkuszelt hinweg. Unten stand Kolk im bunten Gewand vor dem Zwergesel und redete auf ihn ein. Sie schienen eine Meinungsverschiedenheit zu haben, denn während Kolk vor dem Esel herumsprang und wild gestikulierte, reagierte der Esel zuerst gar nicht und drehte dann den Kopf weg. Und dann trat Kolk ihn! Einfach so! Zipfelmaus war empört. Aber schon schwenkte die

Elster wieder zurück und hielt auf einen uralten Pfirsichbaum in einem der Eckgärten am anderen Ende des Gartengebietes zu. Zipfelmaus konnte schon von weitem das Nest der Elster erkennen. In dem Nest saß ein struppiges Elsternküken und sah zu ihnen hoch. Die Elster landete auf dem Nestrand und ließ Zipfelmaus vor dem Küken ins Nest fallen. Das Küken starrte Zipfelmaus an, dann die Elster, schloss die Augen und schrie: „Iiih! Das ist ja voll eklig! Das *WILL* ich nicht!"

„Papperlapapp! Das ist sehr gesund, und deshalb wirst du das jetzt essen."

„Bäh!"

„Das ist eine frische, kleine Maus, und die wirst du jetzt essen. Meinst du, ich fliege den ganzen Tag hier herum, nur damit ich mir anhören kann *Bäh, iiiih, ich will das nicht*?!"

„Ich will Kirschen!"

„Es gibt keine Kirschen mehr!" Die Elster schüttelte den Kopf.

Zipfelmaus räusperte sich.

„Was!?" Die Elster sah Zipfelmaus unwirsch an.

„In meinem Garten gibt es noch viele, viele Kirschen!"

„Unsinn!", rief die Elster.

„Aber Mama, die kleine Maus sagt, dass es da viele Kirschen gibt!"

„Unsinn! Und damit Ende der Diskussion!"

„Doch!", rief Zipfelmaus. „Ganz viele! Und sie werden gerade reif!"

Ein spitzer Schnabel bohrte sich in ihre Brust. „Halt! Die! Klappe!"

„Mama, ich will Kirschen!" Das Küken stampfte auf.

„Du wirst jetzt diese fette Maus fressen. Vorher gibt es keine Kirschen!"

„Ich bin nicht fett!", protestierte Zipfelmaus und überlegte fieberhaft, wie sie aus diesem Nest entkommen konnte. Der Elsternschnabel kam wieder bedrohlich nahe.

„Ich mag kein ekliges Fett!" Das Küken kroch an den Nestrand.

„Na gut, du hast gehört, dass die Maus *nicht* fett ist. Also los. Runter damit." Der Elsternschnabel stupste Zipfelmaus dem Küken vor die Füße.

„Ich mag keine Mäuse!"

„Das ist mir egal!"

„Ich habe keinen Hunger!"

„Dann gibt es auch keine Kirschen!"

„Ich *WILL* aber Kirschen!"

„Wer keinen Hunger hat, braucht auch keine Kirschen. Basta!"

Zipfelmaus schob sich unauffällig in Richtung Nestrand. Was sollte sie tun? Einfach mit einem beherzten Sprung aus dem Nest und in die Tiefe? Unten war ein Salatbeet. Sie würde also relativ weich landen. Aber der Baum war hoch.

„Du bleibst schön hier, Bürschchen!", zischte der Schnabel und schob Zipfelmaus wieder in die Nestmitte. Dann gab es eine kleine Erschütterung, und eine zweite Elster landete auf dem Nestrand.

„Papa! Papa! Mama will, dass ich diese eklige Maus esse."

Die zweite Elster öffnete den Schnabel und warf eine große Schnecke in das Nest. Das Elsternküken starrte die Schnecke entsetzt an. „Igitt! Papa, tu das weg!"

Die Schnecke wimmerte und versuchte, sich unter Zipfelmaus zu verstecken.

„Wenn du die Maus nicht magst, dann nimm die Schnecke!"

„Aber die ist doch noch viel ekliger als die Maus. Ich *HASSE* Schnecken!"

Der Elsternvater legte den Kopf schief. „Wenn ich wiederkomme, ist eins von beiden weg." Damit breitete er die Flügel aus und flog davon. Das Elsternküken begann bitterlich zu weinen. Es wollte doch diese ekligen Sachen nicht fressen. *Mäuse*. Alleine schon diese Zipfelmütze! Da würde ihm sofort übel! Und dann noch diese oberschleimige Schnecke! Das könnte man doch nicht essen!

„Aber, aber!" Die Elsternmutter stupste ihr Küken mit dem Schnabel.

„Ich will Kirschen!", schluchzte es. „Und Himbeeren!"

„Guck mal, wir essen jetzt jeder erst mal ein halbes Schneckchen, und dann gucken wir weiter."

„Schnecken sind aber *soooo* eklig!“

„Und wenn wir das Schneckchen verputzt haben, dann schälen wir uns das Mäuslein!“

„Schälen?“, piepste das Küken.

„Aber ja, die Mütze kommt runter, die kann man doch nicht essen! Und die darfst du dann behalten.“

„Ja?“

„Aber ja!“

„Und dann krieg ich Kirschen?“ Das Küken kuschelte sich an die Brust der Mutter.

„Dann bekommst du Kirschen.“ Vorsichtig schnäbelte die Elster im Federflaum ihres Kükens herum, bis es kicherte.

Jetzt war der Augenblick gekommen, zu handeln. Sollten sie ruhig schön weiterkuscheln! Zipfelmaus schätzte den Abstand zum Nestrand. Das wäre ein Satz und dann in die Tiefe. Sie hatte keine andere Wahl! Unten im Salat würde sich ein Versteck finden. Sie schnappte die wimmernde Schnecke, war mit einem Sprung fast am Nestrand, stolperte und fiel hin.

„Mist!“, entfuhr es Zipfelmaus.

„Aua!“, jammerte die Schnecke.

„Halt!“, kreischte die Elster.

Aber da hatte sich Zipfelmaus schon wieder aufgerappelt. Mit einem Satz war die Elster auf dem Nestrand, aber Zipfelmaus war schneller. Bevor der Elsternschnabel zupacken konnte, sprang sie in die Tiefe. Dann ging alles sehr schnell. Zipfelmaus purzelte von Zweig zu Zweig. Zu schnell für die Elster, die neben ihr her flatterte, aber sie nicht packen konnte, da Zipfelmaus nach jedem Zweig in eine andere Richtung geschleudert wurde. Sie hielt die Schnecke, die ihre Augen fest zupresste, umklammert. Nach einigen Zweigen landete Zipfelmaus mit einem unsanften Knall auf einem Brett. Sie brauchte einen Moment, um zu erkennen, wo sie da gelandet war: auf einem Meisenkasten! Die Elster war ihr dicht auf den Fersen. Aber sie hatte die Zwischenlandung nicht bemerkt und war zu tief geflattert. Nun suchte sie Zipfelmaus und entdeckte sie auf dem Meisenkasten. Kreischend versuchte sie, zwischen den Ästen und Zweigen hindurchzufliegen. Was sollte Zipfelmaus tun? Wieder springen? Der Elster die Schnecke zuwerfen? Das würde sie ablenken, aber nein. Das ging nicht. Da hatte sie eine Idee. Sie schwang sich am Dachrand des Meisenkastens hinunter und erreichte mit den Füßen die Öffnung. Die Elster landete auf dem Kasten – wütend, dass die Maus schon wieder verschwunden war. Wo konnte sie nur versteckt sein? Gerade hatte sie doch noch hier gestanden?! Der Kopf der Elster zuckte suchend herum. Da waren die Mäusepfoten! Und dann waren sie plötzlich weg. Mit einem Satz war die Elster am Rand. Sie beugte sich darüber und sah gerade noch die Zipfelmaus im Loch des Meisenkastens verschwinden. So ein Ärger! So ein Mist! Schimpfend flog sie davon.

Zipfelmaus purzelte mit der Schnecke im Arm durch das Eingangsloch in den Meisenkasten und landete auf einem weichen Nestrand. Aus dem Dämmer starrten sie drei riesige Augenpaare an.

„Bist du das Sandmännchen?“, piepste eine Stimme.

„Nein!“ Zipfelmaus schüttelte den Kopf und lauschte, ob noch etwas von der Elster zu hören war. Wartete sie draußen? Oder war sie weggeflogen?

„Doch! Du bist das Sandmännchen!“, piepste eine zweite Stimme. „Du hast eine Zipfelmütze auf, und du hast uns ein Leckerchen mitgebracht.“

Zipfelmaus betrachtete die Schnecke in ihrem Arm, die sich in den hintersten Winkel ihres Häuschens verkrochen hatte.

„Und jetzt musst du uns eine Geschichte erzählen!“, rief eine dritte Stimme. „Und wir essen das Leckerchen!“

„Nein, das ist kein Leckerchen, das ist eine eklige, glitschige Schnecke. Die schmeckt überhaupt nicht.“

„Iiiiiih!“, riefen die drei Stimmen.

„Ich bin nicht eklig und glitschig!“, tönte es hohl aus den Tiefen des Schneckenhauses.

„Ach!“, raunte Zipfelmaus. „Dann bist du also doch ein Leckerchen für die drei Kleinen?“

„Nein! Aber ich will hier raus! Ich hatte keinen Horrortrip gebucht bei diesem Molch. Nur Campingplatz! Erholung! Ich werde mich beschweren."

„Geschichte! Geschichte!", riefen die drei Meisenküken.

„Moment!" Zipfelmaus hatte keinen blassen Schimmer, was für eine Geschichte sie erzählen sollte. Aber wichtiger war, dass sie die Schnecke schon mal loswurde und herausbekam, ob die Elster noch auf dem Meisenkasten saß und lauerte.

„Pass auf", flüsterte sie der Schnecke zu, „du kriechst jetzt an der Wand zu dem Loch da oben hinauf und nach draußen. Und wenn die Luft rein ist, sagst du mir Bescheid."

„Luft rein?"

„Wenn die Elster weg ist."

„Ach so!" Die Schnecke spähte aus ihrem Häuschen heraus nach oben. „Ok! Mach ich. Bis gleich!" Langsam bewegte sie sich hinauf.

„Geschichte! Geschichte!", schrien die Küken.

„Jaja!" Zipfelmaus sah der Schnecke hinterher, die sich quälend langsam dem Eingangsloch näherte. Plötzlich wurde es stockdunkel. Die Schnecke erstarrte.

„Mama! Mama!", riefen die Küken.

„Na ihr Süßen! Alles klar da unten?"

„Ja, Mama. Das Sandmännchen ist hier und erzählt uns eine Geschichte!"

„Wie schön! Ich fange euch noch rasch was. Aber dann wird geschlafen!" Es wurde wieder hell, und die Schnecke kroch weiter.

‚Du liebes bisschen', dachte Zipfelmaus, ‚die braucht ja ewig!'

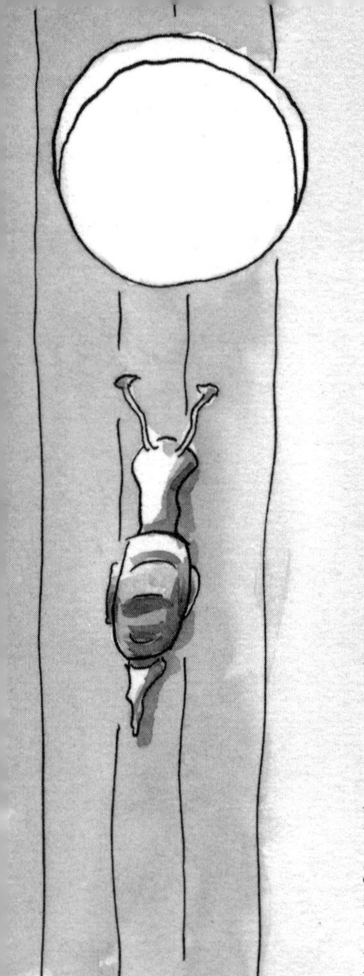

„Jetzt musst du uns aber auch die Geschichte erzählen!“, maulte das erste Küken.

„Versprochen ist versprochen!“, stellte das zweite Küken fest, und das Dritte nickte.

„Also gut!“, seufzte Zipfelmaus. Die Schnecke würde noch ein Weilchen brauchen. Sie hatte erst den halben Weg hinauf zum Eingangsloch geschafft. Die drei Augenpaare sahen Zipfelmaus erwartungsvoll an. Zipfelmaus überlegte fieberhaft, was sie den dreien erzählen sollte. Ihr Gehirn war wieder einmal leergefegt. Keine Geschichte weit und breit. In der Kirche von Onkel Benn hatte sie immer dem Kater Balsora etwas Spannendes erzählen müssen, aber da hatte ihr Dickespinne jedes Mal eine Geschichte zugewispert. Hier war aber nun weit und breit keine Dickespinne. Nur eine Schnecke, und die war mit Klettern beschäftigt.

„Es muss ja nur eine kleine Geschichte sein!“, meinte eins der Küken und die anderen beiden nickten. „Ganz kurz!“

‚Himmel, Himmel!', dachte Zipfelmaus. ‚Was mach ich nur?'

„Erzähl ihnen was von einer Raupe!", rief ihr von oben die Schnecke zu.

„Raupe?", fragte Zipfelmaus erstaunt. Was konnte man groß von Raupen erzählen?

„Jaaaaa! Raupen!", riefen die Küken im Chor. „Wir wollen eine Raupengeschichte!"

„Raupen. Na gut!", sagte Zipfelmaus. Sie wünschte, Dickespinne käme an einem langen Faden angesaust. „Es war einmal eine Raupe", begann sie schließlich. Und dann war auch schon Schluss.

„Coole Geschichte!", flüsterte eins der Küken. Mit weit aufgerissenen Augen sahen sie Zipfelmaus an. „War die grün?"

„Ja, ganz grün." Zipfelmaus zerbrach sich den Kopf, was nun mit dieser Raupe geschehen sollte. Aber dann fiel ihr etwas ein: „Und die Raupe hat ganz viel gefressen, damit sie dick und fett wurde."

„Jaaa!", riefen die Küken. „Dicke, fette Raupen!"

„Genau!", sagte sie. „Und wisst ihr auch, was die grüne Raupe am liebsten fraß?"

Die Küken schüttelten den Kopf.

„Blätter. Und deshalb war sie auch so grün."

Die Küken tuschelten.

„Wisst ihr, was Blätter sind?"

Die Küken schüttelten den Kopf.

„Stimmt", murmelte Zipfelmaus, „ihr wart ja noch nie draußen." Sie dachte nach. „Blätter sind grüne Lappen, die an den Bäumen hängen."

Schweigen.

„Bäume kennt ihr auch nicht?"

Kopfschütteln.

„Hm!“, machte Zipfelmaus. Die Küken sahen sie erwartungsvoll an. „Also das hier ist euer Nest, nicht wahr?“

Die Küken nickten.

„Und eure Mama fliegt draußen herum, nicht wahr?“

„Ja, und sie sammelt leckere Sachen für uns!“

„Genau. Und da draußen ragen so eine Art Beine in die Luft.“

Die Küken betrachteten ihre Beine.

„Ja, etwa genauso wie eure, nur viel, viel größer.“

Die Küken staunten. So etwas gab es da draußen, wo die Mama immer umherflog? Unfassbar!

„Und an so einem Bein hängt euer Zuhause.“

Die Küken wollten es nicht glauben. Zipfelmaus legte die Arme auf den Rücken. „Und wisst ihr, was noch an diesen Baumbeinen hängt?“

„Die Lappen?“ Die Küken dachten mit.

„Genau! Die grünen Lappen. Blätter. Ganz, ganz viele. So viele, wie man es sich überhaupt nicht vorstellen kann!“ Die Küken schwiegen ehrfürchtig. „Und die Raupen, die fressen diese Lappen!“ Zipfelmaus sah in die Runde. „Tagein, tagaus, Lappen für Lappen, Blatt für Blatt.“

„Und dann?“

Zipfelmaus dachte einen Augenblick nach. Sollte sie den Küken erzählen, was mit all den Raupen passierte? Oder waren sie noch zu klein für solche Dinge? Es war ja auch für Zipfelmaus immer wieder ein Wunder. Sie räusperte sich. „Nun ja, die Raupen verstecken sich alle und schlafen ganz lange. Viele Tage und Nächte.“ Atemloses

Schweigen bei den Küken. „Und irgendwann erwachen sie und können fliegen."

„Fliegen?", flüsterte eins der Küken. „Wie die Mama?"

„Genau. Wie die Mama. Sie sind nur viel kleiner. Gaukelvögelchen. Manche sind bunt, manche schneeweiß. Sie heißen Schmetterlinge. Und sie fliegen herum wie Sonnentupfen." Eins der Küken begann zu schluchzen. „Aber was ist denn?", fragte Zipfelmaus. Nun begann das zweite auch zu schluchzen, und das dritte heulte los. „Was habt ihr denn?"

„Wir ...", versuchte es das erste Küken, aber nun brach es vollends in Tränen aus.

„Warum weint ihr denn? Das ist doch sehr schön, dass sie herumfliegen, oder?"

„Ja, aber ..., aber ..."

„Was denn?" Zipfelmaus war ratlos.

„Wir fressen die doch immer!" Nun heulten alle drei. „Und wenn wir die Raupen fressen, dann werden sie doch nie Gaukelvögelchen!" Die Küken waren untröstlich. Da hatte Zipfelmaus ja etwas angerichtet mit ihrer Geschichte. Was sollte sie jetzt nur tun? Sie sah nach oben zum Eingangsloch. Die Schnecke war verschwunden. Hatte sie vergessen, Bescheid zu sagen, ob die Elster noch auf dem Dach saß, oder war sie von der Elster geschnappt worden? Ehe Zipfelmaus weitergrübeln konnte, wurde es wieder dunkel, und die Meisen-Mama saß im Eingang.

„Na, meine Süßen? Schlaft ihr denn schon?"

Die Süßen heulten.

„Was ist denn nur los?" Die Meise hüpfte zu ihren Küken hinunter. Dann sah sie Zipfelmaus. „Wer sind Sie, und was machen Sie hier in meinem Haus?"

„Ich bin das Sandmännchen."

„Das Sandmännchen. Soso. Dann würde ich sagen, dass das Sandmännchen gleich mal ganz fix aus meinem Nest verschwindet. Ich rufe sonst meinen Mann." Die Meise sah Zipfelmaus mit schmalen Augenschlitzen an. „RAUS!"

„Bin schon weg!", rief Zipfelmaus und kletterte flink hinauf zum Eingangsloch. Vorsichtig spähte sie hinaus, aber die Elster war nicht mehr da. Glück gehabt! Als sie sich auf das Dach schwang, hörte sie die Meisenmutter herumschimpfen. „Sandmännchen! Unglaublich!"

Nun musste Zipfelmaus sich erst einmal orientieren. Sie kletterte noch höher in den Pfirsichbaum hinauf. Von dort hatte sie eine gute Übersicht. Sie war hier in der einen Ecke des Gartengebietes, und sie musste genau in die andere Ecke. Das hieß hinunter, quer durch den Garten zum Zaun, den Weg dahinter entlang bis ans andere Ende und dann war sie wieder bei Frau Bienenstich. Die Sonne stand tief am Himmel, und bald würde es dämmrig werden. Summend kletterte Zipfelmaus den Baum hinunter und machte sich auf den Weg.

Der Garten war ein wenig verwildert, das Gras stand hoch, und Zipfelmaus kam sich ein wenig vor wie in der Savanne. Frau Bienenstich war einmal vor vielen Jahren in Afrika gewesen, und zur Erinnerung an diese Zeit hatte sie ein Bild im Gartenhaus aufgehängt. Das Savannenbild. Auf diesem Bild sah es fast genauso aus wie hier. Hohes Gras, und hier und da ragte ein Baum in den

Himmel. Nur die wilden Tiere, von denen Frau Bienenstich immer erzählte, gab es hier hoffentlich nicht. Zipfelmaus hatte für heute schon genug Ärger gehabt – sie wollte nur schnell nach Hause. Sie bahnte sich einen Weg durch das Gras und hoffte, dass keine Katze in der Savanne herumschlich. Besonders nicht die große Gelbe, von der Dickespinne erzählt hatte. Nach einiger Zeit kam sie an einem Wasserloch vorbei und erinnerte sich, dass Frau Bienenstich auch von Wasserlöchern erzählt hatte. Da kamen dann in der Dämmerung alle Tiere zusammen, und man konnte es nicht fassen, wer da alles friedlich beieinander stand und trank. Giraffen, Zebras, Elefanten. Sogar Löwen hatte Frau Bienenstich gesehen. Zipfelmaus hatte nicht die blasseste Vorstellung, wie all diese Tiere aussahen, aber dieser Löwe schien schon eine ziemliche Sensation zu sein. Und das Wasserloch war so etwas wie eine Savannenspelunke. Vielleicht war der Löwe ja so eine Art Spitzmaus und wischte da über die Tische. Zipfelmaus spähte aus der Savanne hinaus zum Wasserloch. Keine Tiere. Alles ruhig. Lediglich der Wind schnaufte im Gras. Zipfelmaus überlegte, ob sie um das Wasserloch herumgehen sollte. Zu schwimmen hatte sie keine Lust, denn dann war man ja nass. Zipfelmaus sah sich um. Ein Boot dümpelte am Ufer. Keine zehn Schritte entfernt. Neugierig schlich Zipfelmaus näher. Es war ein ziemlich heruntergekommenes Boot, schmuddelig. Dennoch schien es

seetüchtig zu sein. Es hatte sogar einen Namen: *African Queen*. Ein Paddel gab es auch, also schob sie das Boot kurzerhand ins Wasser und sprang hinein. Langsam zog sie das Paddel durch das Wasser und bewegte sich auf die Mitte des Wasserlochs zu. Herrlich war das. Ringsumher die Savanne und hinter den Bäumen der rote Abendhimmel. Die Sonne war fast untergegangen. Zipfelmaus sah über den Bootsrand ins Wasser. Ein dicker Frosch spähte aus der Tiefe zu ihr hinauf. Ob es in Afrika Frösche gab? Zipfelmaus paddelte weiter. Ein Sittich flog kreischend über den Garten in Richtung Abendsonne. Wahrscheinlich Ticker. Das Boot rummste auf den Grund, und Zipfelmaus sprang ans Ufer. Jetzt konnte es nicht mehr weit bis zum Zaun sein. Der Wind schnaufte wieder in ihrem Rücken. Zipfelmaus überlegte, dass man, wenn man nicht wüsste, dass der Wind so schnaufte, sich fast Sorgen machen müsste, ob einen da nicht jemand verfolgt. Eine Katze? Aber die schnauften nicht. Die schlichen, und das klang anders. Die Savanne öffnete sich, und sie stand vor einem Dschungel aus orangefarbenen Blütenpuscheln, die wie ein Sternenhimmel leuchteten. Hinter dem Sternenhimmel ragte der Zaun, und dahinter war der Weg. Sie hatte es geschafft! Zipfelmaus wollte gerade durch den Zaun schlüpfen, da flüsterte eine Stimme: „Halt! Beweg dich nicht!“

Zipfelmaus fuhr herum. Hinter ihr waren nur die Studentenblumen. Wer hatte da geflüstert? Sie drehte sich wieder um, aber die Stimme rief leise: „Warte!“

Zipfelmaus blieb stehen. Was kam jetzt? Eine Giraffe? Im Dschungel schnaufte und raschelte es. Ein unglaubliches Getöse. Zweige knackten. Die Puschel bebten. Zipfelmaus überlegte, ob sie sich nicht mit einem beherzten Sprung durch den Zaun in Sicherheit bringen sollte. Wer konnte das nur sein? Eine Katze jedenfalls nicht. Die hörte man nicht. Aber das hier hörte man über die ganze Savanne. Und dann schob es sich krachend und schnaufend aus dem Dickicht.

„Igel!" Zipfelmaus starrte ihn mit großen Augen an. „Du kannst einem aber wirklich Angst machen!"

Der Igel schüttelte sich. „Bleib hier stehen und geh nicht auf den Weg!"

„Aber warum denn?"

„Das wirst du gleich sehen. Komm, wir verstecken uns hinter dem Zaunpfahl!" Sie duckten sich und spähten hinter einer Holzlatte hervor.

„Was kommt denn da jetzt?", wisperte Zipfelmaus.

„Warte es mal ab!"

„Aber ich habe eigentlich keine Zeit, ich muss nämlich in den Garten und dann ... Ach du liebes bisschen! Was um alles in der Welt ist das?!?"

„Da staunst du, was?", flüsterte der Igel. Zipfelmaus nickte. Über den Weg schritt die größte Katze, die sie je gesehen hatte. Riesig. Sandfarben. Ein Maul wie ein Bagger. Gegen diese Monsterkatze war eine handelsübliche Miezekatze so groß wie Zipfelmaus gegen Schwarzekatze. Das war der ultimative Albtraum aller Mäuse. Wahrscheinlich nicht nur aller Mäuse.

„Wer ist das?" Zipfelmaus konnte nur heiser krächzen.

„Das ist ein Löwe."

„Löwe?", piepste Zipfelmaus und starrte dem Löwen hinterher.

Er war aus der Richtung von Frau Bienenstichs Garten gekommen und spazierte an ihnen vorbei in die andere Richtung. Zipfelmaus schluckte. „Und was macht der hier?"

„Keine Ahnung." Der Igel kratzte sich zwischen den Stacheln.

„Aber ich habe ihn noch nie hier gesehen." Zipfelmaus wunderte sich, dass der Igel das Ganze so entspannt sah.

„Normalerweise läuft er auch nicht hier herum. Ich nehme an, dass ihn der Zirkus hinter unserem Garten interessiert."

„Aber wo lebt der denn sonst?"

„Im Blümchenpark hinter den Gärten."

Der Löwe hatte mittlerweile das Tor am Gartenweg erreicht und sprang mit einem Satz über das Tor hinaus. Als er wieder auf dem Boden stand, sah er zurück und rief leise: „Yeah!" Dann setzte er seinen Weg fort und war bald in der Dämmerung verschwunden.

„So, jetzt können wir." Der Igel zwängte sich durch den Zaun hinaus auf den Weg.

„Ich verstehe überhaupt nicht, wie du so ruhig sein kannst!" Zipfelmaus schüttelte den Kopf. „Hier rennt eine Killerkatze durch die Gärten, und du tust so, als ob mal gerade ein Rotkehlchen vorbeifliegt!"

„Naja, er hat ja nichts getan."

„Und wenn doch? Vielleicht war er bei uns im Garten und hat alle aufgefressen? Ali, Maulwurf, Tante Fee, die Flipflops?"

„Das glaube ich nicht. Man sollte ihm vielleicht nicht unbedingt über den Weg laufen, aber dass er in den Gärten jagt, halte ich für unwahrscheinlich."

Zipfelmaus sah den Igel mit großen Augen an. „Unwahrscheinlich? Und warum?"

„Ich weiß gar nicht, ob er überhaupt viel jagt."

„Nicht? Er sieht ja auch total knuddelig aus mit all den Zähnen und Krallen!"

„Vielleicht jagt er ja auch gar nicht und mag nur Obst."

„Obst!", stieß Zipfelmaus hervor und dachte an die Sababirnen. Wie sollte man so einen Killerlöwen vom Birnenpflücken abhalten?

„Ja, vielleicht. Keine Ahnung, ich kenne ihn ja nicht."

„Und woher weißt du dann, wo er wohnt?"

„Tja, das ist eine lange Geschichte." Der Igel sah versonnen in den Himmel, wo nun der Mond über den Bäumen auftauchte. „Komm, wir gehen nach Hause, und ich erzähle dir etwas von den Löwen." Sie schlugen den Weg zu Frau Bienenstichs Garten ein. Zipfelmaus sah zurück zu dem Tor. Der Igel schüttelte den Kopf. „Du brauchst keine Angst zu haben, er wird uns nicht verfolgen!"

„Wenn du meinst!", seufzte Zipfelmaus, aber ganz geheuer war ihr die Sache nicht. „Eine Geschichte von den Löwen? Gibt es etwa mehrere?"

„Ja, es gibt vier."

„Vier?" Zipfelmaus sah den Igel entsetzt an.

„Genau. Das sind die vier Löwen im Blümchenpark. Sie heißen nach Kirchenvätern, sehr weisen, alten Männern, die alle etwas mit Löwen zu tun hatten. Markus, Daniel, Hieronymus und Roncalli. Roncalli ist der, den du gerade gesehen hast. Er ist der Jüngste von den vieren."

„Und die anderen drei? Schleichen die auch hier überall herum?" Zipfelmaus sah sich vorsichtshalber noch einmal um.

„Nein. Eigentlich sind die vier auch gar keine echten Löwen."

„Nicht? Der sah aber gerade ziemlich echt aus!"

„Nein. Sie sind aus Stein. "

„Aus Stein?"

„Genau. Und jeder der vier Steinlöwen hockt im Blümchenpark auf seinem Sockel, jeweils links und rechts neben einer Steintreppe, über die man in einen Blumengarten gelangt."

„Aber wieso laufen die Löwen dann überall herum, wenn sie aus Stein sind?"

„Alle können gar nicht mehr herumlaufen, das kann nur noch Roncalli."

„Und warum kann er herumlaufen und die anderen nicht?" Zipfelmaus verstand das alles nicht.

Der Igel blieb stehen und flüsterte: „Es ist ein Zauber."

„Ein Zauber?"

Der Igel nickte. „Früher konnten alle vier herumlaufen. Aber sie konnten ihre Sockel nur verlassen, wenn es dunkel war. Denn sobald ein Mensch sie sah, während sie herumstreiften, versteinerten die Löwen. Für immer."

„Aber wenn nur Roncalli sich noch bewegen kann, dann heißt das ..."

„Das bedeutet, dass ihn noch nie ein Mensch gesehen hat, genau. Er hat sich nie erwischen lassen."

Damit waren sie bei Frau Bienenstichs Garten angelangt.

Im Zirkus

Der Igel verabschiedete sich und verschwand raschelnd im Gebüsch. Er hatte noch zu tun. Nachtschicht. Zipfelmaus betrat den Garten und ging zum Birnbaum. Obwohl es fast dunkel war, konnte sie die beiden Sababirnen in den Blättern erkennen. Der Löwe hatte also keine gepflückt. Wer sollte sie heute Nacht bewachen? Nach dem Plan waren die Flipflops an der Reihe. Allerdings waren sie nicht hier. Zipfelmaus spähte in den Wipfel. Aber da schaukelten nur die Birnen im Wind. Ob die zwei sich woanders versteckt hatten?

„Flip?“, rief Zipfelmaus. „Flop?“ Nichts. Bedrückt schlich sie zum Gartenhaus. Auf der Terrasse wurde sie schon ungeduldig erwartet.

„Zipfelmaus, wo steckst du denn? Alles wartet nur auf dich. Wir wollen doch zum Zirkus! Die Vorstellung beginnt gleich!“ Tante Fee hatte eine Perlenkette um und trug einen winzigen Hut mit einer wippenden Feder. Neben ihr stand Shakira und kraulte Fiffi.

„Und wo wart ihr?“ Zipfelmaus fragte sich, warum immer nur *sie* mit Vorwürfen überschüttet wurde.

„Nun, hier!“ Tante Fee machte eine ausholende Bewegung. „Wo sollen wir schon sonst sein?“

„Vorhin wart ihr auf einmal weg. Ich habe den Schaukelstuhl geholt, und als ich mit ihm unter dem Apfelbaum ankam, war da keiner mehr.“

„Ich glaube, wir sind dann irgendwann aufgebrochen, weil es kühl wurde.“ Tante Fee sah Shakira an. „War es nicht so, mein Kind?“

„Ja, Tante Fee!“ Shakira nickte. „Wir waren in der Wohnung!“

„In meiner Wohnung?“

„Genau. Und rate mal, was wir da gefunden haben!“

„Keine Ahnung, da findet man ja nichts mehr, seitdem du aufgeräumt hast.“

„Doch, guck!“ Shakira hielt ihr einen Fuß hin.

„Was ist das? Ein Wanderschuh?“

„Wanderschuh?!?“ Shakira schob die Sonnenbrille nach oben. „Das sind DocMatics!“

„Das sind alberne Wanderschuhe mit Blümchen drauf!“

„Ach, du hast ja keine Ahnung!“ Shakira war beleidigt. „Die sind voll punkig!“

„Und wo hast du sie her?“

„Ich habe sie ihr geschenkt!“

Zipfelmaus sah Tante Fee an. „Du verschenkst *meine* Schuhe?“

„Also mein lieber Neffe ...“

„Großneffe!“

„Großneffe, meinetwegen. Aber du wirst doch wohl nicht geblümte DocMatics tragen wollen?“

„Nein!“, knurrte Zipfelmaus.

„Na siehst du. Warum soll sie dann nicht Shakira bekommen?“

„Du kannst doch nicht einfach meine Sachen verschenken!“

„Warum nicht? Sie stehen ihr doch wunderbar!“

„Aber ...“

„Nichts *aber*. Wir müssen nun los, es ist allerhöchste Zeit." Tante Fee rückte ihren Federhut zurecht und wandte sich zum Gehen. Zipfelmaus seufzte und trottete hinter ihr her.

„Du, Zipfelmaus?" Shakira tippte ihr auf die Schulter.

Zipfelmaus drehte sich um. „Ja?"

„Darf ich die DocMatics denn behalten?"

„Meinetwegen!", brummte Zipfelmaus.

„Jippiiiiiih!" Shakira schwang sich in den Abendhimmel und flatterte davon. Fiffi konnte ihr kaum folgen. ZACK, war sie wieder da: „Danke!" Und dann war sie wieder weg. Man hörte nur hier und da ihr Jubeln.

„Kommt sie eigentlich mit in den Zirkus?" Zipfelmaus hatte Tante Fee eingeholt.

„Ich denke schon. Falls sie es nicht vergessen hat. Sie ist eine sehr flatterhafte Person."

„Und Kevin? Wollte der nicht auch mit?"

„Kevin ist schon dort. Er wollte nach guten Plätzen für uns suchen."

Sie erreichten das Gartentörchen, wo die Flipflops herumturnten. Sie wussten gar nichts davon, dass sie die Sababirnen heute bewachen sollten. Weder Flip, noch Flop. Aber nein, sie wollten doch mit in den Zirkus! Und wer sollte auf die Birnen aufpassen? Das wussten die Flipflops auch nicht. Es entspann sich eine etwas gereizte Diskussion, die aber zu nichts führte, weil nur Zipfelmaus der Meinung war, dass man die Birnen bewachen musste. Tante Fee bezeichnete das Ganze als Schnickschnack und drängte zum Aufbruch, weil man ja fast schon die Musik hören konnte. Zipfelmaus gab auf und hoffte, dass die Birnen für die Zeit der Zirkusvorstellung sicher waren. Kolk konnte schließlich, wenn er der Chef vom Zirkus war, nicht einfach wegschleichen.

Kevin und Shakira warteten neben dem Eingang auf sie. Kevin hielt den Zeigefinger vor den Mund. Dann schlichen sie zu dem Platz, von dem aus sie die Vorstellung sehen sollten. Auf der Innenseite der Manege verlief rundherum eine Holzrinne, in der die Kabel für die Beleuchtung lagen. Dort konnte man bequem auf den Kabeln sitzen und hervorragend über den Rand der Rinne in die Manege schauen. Und bei Gefahr war man – *huschhusch* – in der Rinne verschwunden.

„Das sind ja wunderbare Plätze, die du uns da verschafft hast!" Tante Fee war begeistert. Auch Shakira strahlte. Tante Fee nahm Platz. „Wir sitzen noch vor dem Parkett!", wisperte sie Zipfelmaus zu. Die Flipflops schauten voller Ehrfurcht in die Zeltkuppel. Dann begannen die Lampen zu verlöschen. Tante Fee ließ einen kleinen Fächer aufschnappen und rief leise: „Es geht los!"

Und dann ging es tatsächlich los! Als es ganz dunkel war, leuchtete plötzlich ein unglaublich heller Lichtstrahl auf und sprang wie ein Kobold durch das ganze Zelt. Es war bis auf den letzten Platz besetzt. Mindestens 30 Zuschauer. Vielleicht sogar 35! Dann wurde es stockdunkel, aber einen Augenblick später wieder strahlend hell. Im Lichtkegel saß die Kapelle. Drei Musikanten, Trompete, Geige und Trommel. Sie begannen sofort zu spielen, und RUMMSTATA flog die Musik bis in die Kuppel hinauf.

„Das fegt einen ja fast weg!", flüsterte Tante Fee Shakira hinter dem Fächer zu.

So plötzlich, wie die Musik begonnen hatte, verstummte sie wieder. Der Lichtkegel wanderte von der Kapelle fort und fand Kolk. Er stand mit hocherhobenen Armen im Scheinwerferlicht und lachte in die Menge. Das Publikum applaudierte. Für alle, die ihn noch nicht kannten, er sei der sensationelle Kolk - TUSCH - und er würde nun mit seinem unglaublichen - TUSCH - unbegreiflichen - TUSCH - unfassbaren - TUSCH - Programm der Sensationen - TUSCH - beginnen. Unter jubelndem Applaus begann die Kapelle einen gutgelaunten Marsch zu spielen. Kolk zog an einer Leine einen kleinen Vorhang beiseite. Heraus trat ein Esel, schritt an Kolk vorbei und begann die Manege zu umrunden. Kolk sah ihm missmutig hinterher. Hinter ihm kamen drei winzige weiße Ziegen aus dem Gang und folgten dem Esel. Dann schaute eine noch winzigere schwarze Ziege aus dem Gang heraus. Kolk guckte streng, und sie trippelte vorsichtig in die Manege. Sie zog einen kleinen Wagen hinter sich her, auf dem eine Stange mit einem Ring befestigt war. In dem Ring saß ein grüner Vogel mit rotem Schnabel.

„Das ist doch dieser Sittich aus dem Garten, erinnerst du dich?“, flüsterte Kevin Zipfelmaus zu. „Wie hieß er noch?“

„Ticker!“

„Stimmt. Ticker. Hier gehört der also hin!“

Zipfelmaus nickte. Dann kam noch eine weitere Ziege aus dem Gang heraus, die auch einen Wagen zog. In diesem Wagen saßen die Meerschweinchen, alle mit bunten Mützchen, und winkten dem Publikum zu. Shakira war begeistert.

Als letztes stolzierte ein Hamster auf Stelzen hinter dem Zug her. Er trug einen blauen Turban, der fast so groß war wie er selber.

„Ob das der fliegende Fakir ist?“, kicherte Shakira.

„Nun, zumindest erhebt er sich mit den Stelzen hoch über seine Hamsterwelt hinaus, findest du nicht?“, flüsterte Tante Fee hinter ihrem Fächer. Den Abschluss bildete der sensationelle Kolk. Als der Zug die Manege umrundet hatte und auch Kolk hüpfend und winkend im Gang verschwunden war, glitt der Vorhang wieder vor den Gang.

Dann geschah eigentlich erst mal gar nichts mehr. Die Kapelle spielte lustige Weisen, der Lichtkegel war auf den Vorhang gerichtet, und der ruckelte ab und zu ein wenig. Doch plötzlich wurde der Vorhang beiseite gerissen, und Kolk sprang aus dem Gang heraus. TUSCH und vereinzelter Applaus. Nun, rief Kolk, käme die erste Sensation. Er bäte um äußerste Ruhe, denn diese Nummer wäre nicht ganz ungefährlich: Der fliegende Fakir! TUSCH und atemloses Schweigen.

„Ob er auf Stelzen kommt?“, fragte Flip. Doch Flop machte nur „Pscht!“

Und dann kam er. Alle Zuschauer reckten ihre Hälse, und auch in der Rinne standen alle auf. Man konnte den Fakir kaum erkennen, wenn er nicht flog, so klein war er. Es war tatsächlich der Hamster mit dem riesigen blauen Turban. Er trug eine kleine Leiter in die Mitte der Manege. Dort stellte er die Leiter leicht schräg ab, ließ sie los, und sie fiel nicht um. Stand da schräg in die Luft gelehnt. TUSCH, Beifall und Jubel.

Kevin schüttelte den Kopf. „Das geht doch gar nicht!“ Er sah Zipfelmaus an. „Wie macht er das?“

„Keine Ahnung.“

„Die Leiter müsste doch umfallen!“

„Vielleicht ist er ein Zauberer? Können Fakire zaubern, Tante Fee?“

„Natürlich können sie das!“, flüsterte Tante Fee. „Im Zirkus gibt es immer ein wenig Magie!“

Die Flipflops sahen Tante Fee ungläubig an, aber schon ging es weiter! Die Musik spielte eine leise bedrohliche Weise, und den Zuschauern wurde es etwas mulmig. Nun stieg der Fakir langsam die in der Luft stehende Leiter hinauf. Jede Sprosse wurde mit einem Tusch bedacht. Die Spannung stieg von Sprosse zu Sprosse. Zwischen den Tuschs hätte man eine Stecknadel fallen hören können. Endlich war der Fakir an der letzten Stufe angelangt. Er setzte sich neben der obersten Stufe einfach in die Luft und schubste die Leiter fort. Sie fiel quälend langsam in die Manege und erzeugte eine Staubwolke.

Das Publikum tobte. Auch in der Rinnenloge herrschte große Begeisterung. Tante Fee sprang auf und klatschte in die Hände. Sie wisperte nach links und nach rechts, dass sie entzückt sei. Dieser Fakir! Großartig!

Der Fakir saß nun tatsächlich in der Luft. Ungefähr 20 Zentimeter hoch! Wie machte er das? Nun hob er beide Hände, und augenblicklich verstummte das Publikum. Mit der leisen und schleppenden Musik begann der Fakir von der Mitte der Manege zum Rand zu schweben. Dort folgte er dann dem Manegenrund.

„Er hat mir zugezwinkert!“, rief Shakira.

„Er ist TOLL!“ Kevin war ganz aus dem Häuschen. „Er fliegt ganz ohne Stelzen!“

„Genial!“, murmelte Zipfelmaus und grübelte, wie der Fakir nur dieses Kunststück zustande brachte.

„So etwas habe ich noch nie gesehen!“, flüsterte Flop, und Flip nickte stumm.

Als er die Manege halb umrundet hatte, stand der Fakir plötzlich auf. Nun schwebte er im Stehen mit weit ausgestreckten Armen. Einen Augenblick herrschte Totenstille, dann brach der Jubel los. Wahnsinn! Dieser Fakir! Niemanden hielt es auf seinem Sitz. Drei Tuschs und der Fakir verbeugte sich tief nach allen Seiten. Dann verschwand er hinter dem roten Vorhang.

Die Zwergziegendressur, die nun folgte, war nicht so ganz der Hit. Allerdings war das Publikum von der Nummer mit dem fliegenden Fakir so begeistert, dass alle wohlwollend den kleinen Ziegen bei ihren Kunststückchen zusahen. Der Applaus war freundlich, und als die Ziegen die Manege alle wieder verlassen hatten, spielte die Kapelle *Der Kuckuck und der Esel.*

„Jetzt kommt die Nummer mit dem Zwergesel!“, jubelte Shakira. „Ich bin so aufgeregt!“

Nach der zehnten Strophe begannen die Musiker unruhig nach

dem roten Vorhang zu spähen, der im zitternden Lichtkegel glühte. War da nicht sogar ein leises Zetern zu hören?

Endlich öffnete sich der Vorhang, und Kolk stapfte mit ernstem Gesicht heraus zur Kapelle. Sehr bedrückt erzählte er, dass eine unvorhergesehene Erkrankung des Esels ihn, Kolk, zu einer Programmänderung zwinge. Gebannte Stille.

„Das arme Eselchen ist krank! Wie schrecklich!" Shakira war untröstlich. „Hoffentlich nichts Schlimmes!"

Stattdessen, rief Kolk schon etwas munterer, käme nun eine sehr seltene Nummer, die aber auch fast schon eine Rarität sei! Selten vorgeführt, aber immer wieder ein Höhepunkt in der Zirkuswelt! Er selber habe die Nummer erfunden und einstudiert. Er riss die Arme in die Höhe und rief: „Begrüßen Sie eine neue Sensation: Hier kommt der Weltenritt des Pinguins!" Tosender Beifall. Die Kapelle spielte *Einmal um die ganze Welt, und die Taschen voller Geld!* Das Publikum klatschte begeistert mit. Und da kam auch schon der Weltenritt. Der Applaus erlahmte etwas, denn unter den schmissigen Klängen der Kapelle kroch eine Schildkröte aus dem Gang heraus. Sie war nicht ganz sicher, ob sie linksherum oder rechtsherum kriechen sollte, und so musste Kolk herbeieilen und sie mit dem Fuß vorsichtig ausrichten. Dann kroch sie los. Unbeirrbar zog sie ihre Bahn. Nur etwas langsam.

„Wo ist denn der Pinguin?" Kevin spähte in die Manege. „Das ist doch eine Schildkröte und kein Pinguin."

„Aber sie ist süß!"

„Du findest wirklich alles süß, Shakira!" Auch Zipfelmaus konnte nirgendwo einen Pinguin sehen.

„Da kommt er!", rief Tante Fee und zeigte mit ihrem Fächer zum roten Vorhang. Tatsächlich! Da schoss etwas in die Manege, flitzte hinter der Schildkröte her und sprang mit einem Satz auf ihren Rücken.

„Das soll ein Pinguin sein?" Tante Fee schüttelte den Kopf.

Der Pinguin hatte einen langen gelben Schnabel, ein rotes Fell und klappte die Arme auf und ab. Während die Schildkröte langsam die Manege umrundete, trippelte er auf ihrem Rücken herum.

Zipfelmaus stutzte. „Ist das nicht ...?" Sie stupste Kevin in die Seite. „Das ist doch das rostrote Wesen, das wir gestern Nacht beobachtet haben!"

„Es ist jedenfalls kein Pinguin!", stellte Kevin fest.

„Nein, natürlich nicht!", sagte Tante Fee und ließ ihren Fächer auf- und zuklappen. „Wenn ihr ganz genau hinschaut, könnt ihr sehen, dass der Schnabel mit einem Faden befestigt ist. Es ist ein Hamster!"

Es stimmte. Nun sahen alle, dass es ein Hamster war. Rostrot und verkleidet als Pinguin. Warum nicht? Die Schildkröte hatte

mittlerweile zwei Drittel der Manege umrundet, und das Publikum begann allmählich, nervös auf den Sitzen herumzurutschen. Die Nummer war etwas lahm, und daran änderte auch die nach wie vor schmissige Musik nichts. Aber nun war es geschafft, und unter den Klängen der süßen, kleinen, frechen Biene Maja kroch die Schildkröte mit dem Hamsterpinguin auf den roten Vorhang zu. Kaum waren sie verschwunden, purzelte auch schon ein ganzes Rudel Meerschweinchen in die Manege. Jedes trug ein Mützchen, grün, rot, gelb, blau – alles durcheinander. Shakira war begeistert. Die Meerschweinchen flitzten durch die Manege. Sie liefen im Kreis, hüpften übereinander her, bildeten Brücken, Türmchen, Kreise und Sterne und zuletzt die angekündigte Pyramide. Gebannt beobachteten alle, wie die Pyramide höher und höher wuchs. Sie schwankte, aber sie fiel nicht um. Zuletzt war nur noch ein einziges Meerschweinchen mit einer roten Mütze übrig. Wie sollte es an die Spitze der Pyramide gelangen? Mit Stelzen? Oder hatte es beim Fakir fliegen gelernt? Atemlose Stille. Die Musikanten flüsterten geradezu ihre Musik. Sie war fast nur noch ein Sirren! Die Nerven der Zuschauer waren zum Zerreißen gespannt. Viel fehlte nicht! Aber da teilte sich der rote Vorhang und heraus kam ...

„Der Esel!“ Shakira war aufgesprungen. Selbst Tante Fee hatte es nicht auf ihrem Sitz gehalten. Der Esel tänzelte in die Mitte der Manege, wo die Pyramide erwartungsvoll schwankte. Da kniete er nieder. Das letzte Meerschweinchen flitzte über Eselbein, Schulter und Hals hinauf auf den Kopf, winkte einen Moment zwischen den Eselsohren, und, hops, stand es auf der Spitze der Pyramide. Die Kapelle schmetterte einen Tusch. Der Jubel kannte keine Grenzen!

„Wahnsinn!“, keuchte Shakira.

Alle waren begeistert. Tante Fee musste sich mit ihrem Fächer Kühlung verschaffen, und die Flipflops saßen ganz ergriffen Hand in Hand. Schließlich verschwanden Esel und Meerschweinchen, und der rote Vorhang fiel hinter ihnen zu. Aber was war das? Bewegte sich etwas hinter dem Vorhang? Er beulte sich, bauschte sich, öffnete sich und fiel wieder zu.

„Hast du das gesehen?“ Zipfelmaus zog Kevin an der Schulter.

„Was denn?“

„Na, da hat doch jemand den Esel getreten!“ Zipfelmaus war empört. Aber da trat Kolk schon wieder vor den Vorhang. Er hob die Hände und erbat einen Tusch und einen besonders lauten Applaus, denn nun käme die Sensation aller Sensationen. TUSCH, Jubel, Rakete. Der Vorhang öffnete sich, und zwei kleine Ziegen zogen den Wagen mit der Stange heraus, auf der der Sittich saß. Der rechnende Sittich! Die Ziegen zogen den Sittichwagen in die Mitte der Manege. Das Licht erlosch, der Lichtkegel umstrahlte Kolk und Ticker. Die Kapelle spielte *Eins und eins, das macht zwei*. Kolk hob die Hand, die Musik verstummte. Zuerst würde er selber dem Sittich ein paar Aufgaben stellen, und dann dürfe das Publikum auch einige Rechenaufgaben vorschlagen. „Alles bereit?“, rief er.

Ticker tschilpte.

„Nun, dann wollen wir mal mit etwas Einfachem beginnen, nicht wahr?“ Kolk rieb sich das Kinn. „14 minus 10?“

Ticker tschilpte viermal. TUSCH, Kolk riss die Arme hoch, tosender Beifall.

„Gut, was?“, fragte Zipfelmaus.

„Hm!“, murmelte Kevin. „Kann auch einstudiert sein!“

„Nun wird es etwas schwerer!“, rief Kolk, als wieder Ruhe eingekehrt war. „16 geteilt durch vier!“

Stille. Kolk fixierte Ticker. Der trippelte auf seiner Stange hin und her. „Nun?“ Kolk beugte sich hinunter.

„Tschilp, Tschilp, Tschilp, Tschilp!“

Kolk riss die Arme in die Luft, TUSCH und nicht enden wollender Jubel.

„Hm!“, machte Kevin.

Kolk hob die Hand, schlagartig Stille. „Und nun eine noch kompliziertere Aufgabe!“

Ticker legte den Kopf schief, die Kapelle lauerte in Startposition.

„Die letzte Aufgabe!“

Ticker sah Kolk erwartungsvoll an.

„12 plus 3“, Kolk machte eine Pause, „und die Summe geteilt durch 5!“

Man hätte wieder eine Stecknadel fallen hören können. Ticker tippelte hin und her. Er machte eine Verbeugung nach der nächsten. Dann machte er ein Häufchen.

„Alles Show!“, zischte Kevin.

„Na? Wie viel?“ Kolk stemmte die Fäuste in die Seiten.

„Tschilp, Tschilp, Tschilp, Tschilp, Tschilp!“

Schmetternder Tusch, Kolk warf die Arme in die Höhe und sprang umher. Kein Applaus. Totenstille. Kolk hörte auf zu springen.

„Das war falsch!“, piepste eine Stimme aus dem Publikum.

„Dä!“, rief Kevin.

„Wie?“ Kolk ließ die Arme hängen.

„Da kommt drei raus!“, piepste die Stimme. Zack, war der Lichtkegel da. Man sah eine riesige Brille blitzen. „Die Summe von 12 plus 3 ist 15, und das geteilt durch 5 macht 3, nicht 5!“, stellte die blitzende Brille fest.

„Tschilp, Tschilp, Tschilp!“

„Genau!“, rief die Brille. TUSCH, Jubel, Getrampel, tosender Beifall. Nur Kolk war sauer.

„Ich glaube, dieser Ticker kann tatsächlich rechnen!“, flüsterte Kevin.

„Aber er hat sich doch verrechnet!“

„Richtig Shakira, genau deshalb.“

„Das verstehe ich nicht. Du Zipfelmaus?“

„Zumindest ist das Ganze nicht abgesprochen.“ Zipfelmaus kratzte sich unter der Mütze. „Dieser Ticker wusste ganz genau, was bei der Aufgabe herauskam!“

Kevin kicherte. „Aber der Kolk, der wusste es nicht!“

„Und zwar als einziger!“, prustete Zipfelmaus los. Alle kicherten, nur Shakira versteckte sich hinter ihrer Brille und drückte Fiffi fest an sich.

Kolk beendete die Nummer. Keine Fragen aus dem Publikum! Die Ziegen verschwanden mit Ticker hinter dem Vorhang.

„Ist schon Schluss?“, fragte Flop traurig.

„Aber nein! Nun kommt noch die Schlussparade!“

Sie blieben alle sitzen und starrten den roten Vorhang an. Er wogte und wehte und wölbte sich. Dann wurde er aufgerissen, und das ganze Ensemble umrundete bejubelt die Manege.

So zogen alle ein paar Mal um die Manege herum, nur Kolk fehlte. Wo war er? Zipfelmaus hielt nach ihm Ausschau. Da war er! Er stand halb vom Vorhang verdeckt im Gang und starrte finster auf seine Truppe. Missmutig wühlte er in der Tasche herum und zog etwas heraus. Was war das? Zipfelmaus traute ihren Augen nicht. Das war doch tatsächlich ...

„Guck mal!“ Zipfelmaus stupste Kevin in die Seite.

„Aua!“

„Da, guck!“ Sie zeigte in Richtung des roten Vorhangs.

„Das ist Kolk. Beleidigt wahrscheinlich!“

„Aber was hat er da in der Hand?“

Kevin kniff die Augen zusammen. „Einen Apfel?“

„Nein, eine Birne! Und was für eine?“

„Keine Ahnung!“

„Eine Königin von Saba!“

„Echt?“

„Unverkennbar!“ Zipfelmaus starrte Kolk an. „Das ist die, die er heute Morgen geklaut hat!“

Kolk roch an der Birne, polierte sie an seinem Bauch und dann biss er hinein! Mit einem Happs war die halbe Birne weg. Drei Bissen später war sie in Kolks Bauch verschwunden. Weg war die Königin von Saba! Endgültig.

Die Zuschauer verließen den Zirkus, und auch Tante Fee mahnte zum Aufbruch.

„Wir können ja noch einen Punsch bei der Spitzmaus trinken!“

„Au ja!“ Flip stieß Flop in die Seite. „Einen können wir noch, und dann ins Nestchen!“ Er kicherte.

„Ihr habt doch heute Nacht Wache!“

Die Flipflops sahen Zipfelmaus mit großen Augen an.

„Ihr durftet ausnahmsweise mit zur Vorstellung, aber danach wolltet ihr die Birnen bewachen!“ Diesmal wollte Zipfelmaus hart bleiben.

„Aber wer soll denn jetzt noch kommen und Birnen klauen!“, maulte Flop.

„Es ist doch stockdunkel!“ Flip wedelte mit der Hand vor seiner Nase herum. „Man sieht nichts! Siehst du meine Hand Flop?“

„Nö!“

„Ich auch nicht! Und wer soll denn da irgendwelche Birnen suchen? Der müsste ja wirklich ganz schön dumm sein!“

„Find ich auch!“ Flop kickte einen Stein zur Seite.

„Und wer soll auf die Birnen aufpassen?“ Zipfelmaus stemmte die Hände in die Seiten. „Gestern Nacht waren Kevin und ich an der Reihe. Jetzt ist jemand anders dran!“

„Schöne Wächter seid ihr, eine Birne ist trotzdem gestohlen worden!“, murmelte Flip.

„Aber nicht als wir im Baum saßen.“

„Weg ist weg!“

„Wenn es drei Birnen gab, und eine ist weg, dann sind noch zwei da, nicht wahr?“Alle sahen Shakira an. „Weil, zwei und eine sind doch drei, stimmt's Zipfelmaus?“

Zipfelmaus nickte. „Und nun wissen wir auch, wer die Birne geklaut hat!“

„Wer?“ Tante Fee blieb stehen und wandte sich um.

„Kolk.“

„Bist du sicher?“

„Er hat sie gerade aufgegessen. Nach der Vorstellung!“

„Nicht möglich!“, rief Tante Fee. „Das habe ich gar nicht gesehen. Aber zutrauen würde ich es ihm. Er ist der Clown von diesem Zirkus und hat sich um seine Clownsnummer gedrückt. Mir scheint, er macht überhaupt nichts selber. Alles machen andere für ihn!“

„Nur Birnen stehlen, das kann er. Hoffentlich war es wirklich nur die, die er heute Morgen geklaut hat.“

„Wie meinst du das?“ Tante Fee sah Kevin neugierig an.

„Na, es könnte doch auch sein, dass es schon die zweite war.“

„Dann wäre nur noch eine da!“, rechnete Shakira. „Denn drei minus zwei ist ja eins!“

„Danke Shakira.“ Tante Fee nickte ihr freundlich zu. „Es ist wirklich sehr schön, dass du uns immer auf dem Laufenden hältst!“ Sie hatten mittlerweile das Tor erreicht. Zipfelmaus spähte in den Weg zwischen den Gärten, der hell im Mondlicht vor ihnen lag, aber es war kein Löwe zu sehen. Dann erreichten sie den Bienenstichgarten.

„Also ich denke, wir gehen nun erst mal auf einen Punsch in die Spelunke, und dann sehen wir weiter.“ Tante Fee nahm ihren Hut ab.

„Und die Sababirnen?“ Zipfelmaus war die Sache nicht ganz geheuer.

„Immer mit der Ruhe! Kolk scheint mir nicht der Fleißigste zu sein. Heute klaut der bestimmt keine Birnen mehr.“

„Und wenn doch?“

„Zipfelmaus, du sollst nicht räsonieren!“, ermahnte Tante Fee ihren Großneffen. „Bring bitte meinen Hut hinauf in die Wohnung und leg ihn dort aufs Bett. Legen, nicht schmeißen, und aufs Bett, nicht irgendwohin.“

„Aber ...“

„Was sollst du nicht?“

„Räsonieren!“, murmelte Zipfelmaus kleinlaut.

„Richtig!“ Tante Fee nickte. „Dann los!“

Zipfelmaus trottete mit dem Hut davon.

„Und du, Shakira, fliegst rasch zum Birnbaum und zählst die Birnen. Das kannst du doch?“

„Klar!“, rief Shakira und verschwand wie der Blitz in der Dunkelheit. Fiffi brummselte verschlafen hinter ihr her. Sie musste dringend ins Bett! SCHWUPPS, war Shakira wieder da. „Zwei Birnen sind noch da!“

„Na großartig!“ Tante Fee war sehr zufrieden. „Dann ist ja nichts geschehen, während wir im Zirkus waren.“

„Dürfen wir denn mit in die Spelunke?“ Die Flipflops standen unschlüssig herum.

„Ich denke schon. Wenigstens einen Punsch müssen wir schließlich auf diese großartige Zirkusvorstellung trinken. Wenn man nach der Vorstellung nicht darüber plaudern kann, kann man sich das Ganze auch sparen!"

„Aber danach übernehmt ihr die Wache bis morgen früh!" Zipfelmaus war wieder da.

„Das werden sie schon tun, nicht wahr Jungs?" Tante Fee sah die beiden aufmunternd an. Flop nickte, aber Flip war schon auf dem Weg zur Spelunke.

„Na, der scheint es ja eilig zu haben!", kicherte Kevin.

Shakira verabschiedete sich, da Fiffi dringend ins Bett musste. Sie war schon in ihren Armen eingeschlafen. „Wenn ich drei Hummeln hätte, und eine in jedem Arm, müsste ich die dritte auf dem Kopf tragen, denn ich habe ja nur zwei Arme. Und drei minus zwei ist eins!"

„Richtig Shakira. Und nun gute Nacht! Schlaf schön!"

„Gute Nacht Tante Fee!", rief Shakira und hechtete in die Nacht. Die anderen bogen um die Ecke zur Spelunke. Flip saß schon mit einem Punsch neben dem Maulwurf und schwärmte vom Zirkus. Der Maulwurf wollte gar nicht glauben, was es da alles zu sehen gegeben hatte. Er musste das nächste Mal unbedingt mitkommen. Ali saß hinten in einer Ecke und machte sich ganz klein, als Zipfelmaus die Spelunke betrat. Aber Zipfelmaus hatte ihn entdeckt.

„Na, Ali? Ich dachte schon, du wärst verschwunden!"

Ali nahm einen tiefen Schluck aus seinem Punschglas.

„Ali?"

Ali betrachtete sein halbleeres Punschglas.

„Hattest du deinen Wachdienst vergessen?“

„Klar hatte er ihn vergessen. Ali vergisst alles. Manchmal vergisst er sogar, etwas zu vergessen!“ Spitzmaus stellte ein Punschglas vor Zipfelmaus auf den Tisch. Ali sank in sich zusammen, und Zipfelmaus grübelte über das Spitzmaus-Orakel nach.

„Also“, begann sie und klackte mit ihrem Glas an Alis, „wenn ich Spitzmaus da gerade richtig verstanden habe, heißt das, du vergisst auch manchmal etwas nicht?“

Ali sah Zipfelmaus hoffnungsvoll an.

„Na, wenn du vergisst, etwas zu vergessen, dann vergisst du es nicht!“

Alis Blick wurde etwas unsicher.

„Doppelte Verneinung!“

Ali versuchte heimlich mit den Fingern herumzurechnen.

„Doppelte Verneinung ist Bejahung!“ Zipfelmaus lehnte sich zurück. „Nein plus Nein ist Ja!“

Ali lächelte ein wenig. „Wirklich?"

„Naturgesetz!"

„Dann habe ich es nicht vergessen?" Ali schöpfte Hoffnung.

„Doch, aber nächstes Mal vergisst du es nicht. Und das ist doch prima!" Das fand Ali auch und bekam zur Belohnung noch einen Punsch.

„Gut, dass *ich* euch nicht vergesse, was?" Spitzmaus wischte rasch über den Tisch und war schon wieder verschwunden.

„Sag mal, Zipfelmaus", fragte Ali nach einem tiefen Schluck Punsch, „stimmt es denn wirklich, dass wir aus dem Garten vertrieben werden, wenn alle Birnen geklaut werden?"

„Klar stimmt das!", sagte Kevin und ließ sich zu den beiden an den Tisch plumpsen. „So steht's jedenfalls in der Grübel."

„Und was machen wir dann? Ziehen wir rüber in Frau Fabelhafts Garten?" Ali sah von einem zum anderen. „Steht in dieser Grübel etwas über Frau Fabelhafts Garten?"

Kevin schüttelte den Kopf.

„Ich glaube nicht, dass wir in ihren Garten können", meinte Zipfelmaus. „Frau Fabelhaft hat ja selbst gesagt, dass wir auf die Birnen aufpassen sollen. Und wenn die Birnen alle weg sind und wir vertrieben werden, kann ich mir nicht vorstellen, dass sie uns in ihrem Garten haben möchte."

„Von dort würden wir sicher auch vertrieben werden." Kevin blickte düster in seinen Punsch. „Wahrscheinlich dürfen wir in keinem der Gärten hier bleiben!"

„Die in der Grübel", überlegte Zipfelmaus, „durften die auch nicht im Nachbargarten bleiben?"

„Nein!“ Kevin schüttelte den Kopf.

„Und alles nur wegen dieser Birnen?“

„Bei denen waren es Äpfel. Aber Apfel weg, Garten weg. Ganz einfach! *Game over!*“

„Aber wo sollen wir denn dann hin?“ Ali sah Kevin mit weit aufgerissenen Augen an.

„Keine Ahnung, vielleicht in den Park?“

„In den Blümchenpark? Da gibt es einen Fuchs!“ Ali war der Appetit auf den Punsch gründlich vergangen. „Ich will überhaupt nicht von hier weg. Das ist mein Zuhause, und ich möchte hierbleiben. Ich hasse Birnen!“

„Naja, noch sind ja zwei Birnen da!“ Zipfelmaus dachte an den Löwen im Park, gegen den ein Fuchs ein wahrer Kuschelmops war. Aber sie beschloss, lieber nichts von dem umherstreifenden Untier zu erzählen. Das hätte Ali nur in noch abgrundtiefere Verzweiflung gestürzt. „Aber du siehst, wie wichtig es ist, dass wir die Birnen bewachen, nicht wahr?“

Ali nickte betrübt.

„Morgen bist du dran. Wirst du es diesmal auch nicht vergessen?“

Ali schüttelte den Kopf.

„Vielleicht schaffen wir es ja?“

„Was?“, fragte Ali ohne Hoffnung.

„Dass noch Birnen da sind, wenn Frau Fabelhaft wieder zurückkommt. Dann kann sie wieder selber auf die Sababirnen aufpassen, und wir sind aus dem Schneider!“ Zipfelmaus schlug mit der Faust auf den Tisch. „Wäre doch gelacht!“

Sie bekamen alle drei noch einen Punsch, und Ali begann wieder Hoffnung zu schöpfen.

„Wisst ihr, was wir jetzt machen?“ Tante Fee klatschte unternehmungslustig in die Hände. „Wir singen ein Lied!“

„Oh nein!“, stöhnte Zipfelmaus. Immer musste Tante Fee singen. Auch Kevin sah nicht sehr glücklich aus. Aber alle anderen schienen begeistert zu sein. Besonders die Flipflops. Flop wollte sogar auf den Tisch klettern, konnte aber von Flip und Maulwurf zurückgehalten werden. Alle bekamen einen frischen Punsch und sahen Tante Fee erwartungsvoll an.

„Passt auf, wir singen einen Kanon!“

„Was ist denn ein Kanon?“, flüsterte Ali Zipfelmaus zu.

„Frag nicht!“, raunte Zipfelmaus zurück.

Tante Fee sah in die Runde, bis Stille eingekehrt war. „Ich singe ihn euch erst einmal vor!“ Dann richtete sie sich kerzengerade auf, legte die Hände ineinander und begann:

„Maus im Keller!
Maus im Keller!
Suchst du was?
Suchst du was?
Riechst du nicht den Käse?
Riechst du nicht den Käse?
Hier im Fass!
Hier im Fass!“

Tante Fee lächelte in die Runde. Alle schauten schweigend in ihre Gläser, nur die Flipflops klatschten begeistert.

„Im Fass?“ Kevin sah Zipfelmaus fragend an.

„Im Fass!“, bestätigte Zipfelmaus.

„Das ist aber ein doofes Lied!“

„Warte mal ab, es kommt noch schlimmer!“

„Noch schlimmer?“, flüsterte Kevin ungläubig. „Das glaub ich nicht!“

„Dochdoch!“ Zipfelmaus nahm einen Schluck Punsch.

„So, und nun singen wir das Lied erst einmal alle zusammen!“, fuhr Tante Fee fort. „Oder möchte es uns noch jemand vorsingen?“

Schweigen. Zipfelmaus machte sich ganz klein. Aber da hatten die Tantenaugen schon zwei Arme erspäht. „Flip und Flop! Dann mal los. Wir sind gespannt!“

Alle sahen die Flipflops an, und diese begannen zu singen. Silberglockenhell erklang nun das, was Tante Fee gerade gesungen hatte. Es war, als käme das Sonnenlicht hinter einer Wolke hervor. Sie sangen das Lied erst einstimmig und dann zweistimmig. Als sie fertig waren, herrschte völlige Stille, nur Ali war eingeschlafen und schnarchte leise.

Tante Fee fasste sich als erste und räusperte sich: „Das war wirklich wunderschön!“ Dann rief sie: „Applaus für die Flipflops!“

Tosender Beifall. Die Flipflops verbeugten sich.

„Wusstest du, dass die beiden so gut singen können?“, fragte Kevin.

Zipfelmaus schüttelte den Kopf.

„Aber nun“, rief Tante Fee in den Jubel, „alle zusammen! Ich zähle bis drei, und bei drei geht es los. Eins, zwei und drei!“

Dann ging es los, und es war grauenhaft.

„Halt!“ Tante Fee klatschte in die Hände. „So geht es nicht. Passt auf, ich singe euch nun einen Ton vor, und ihr singt ihn einfach nach. Wenn wir alle ungefähr gleich klingen, kann es losgehen.“ Sie stimmte einen Ton an, und es begann ein Gesumme, Gebrumme, Gezirpe, bis alles einigermaßen passte. Dann versuchten sie noch einmal, zusammen zu singen. Es klang schon etwas mehr nach einem Lied. Nach drei Durchgängen war Tante Fee zufrieden. „Und jetzt singen wir es als Kanon! Wisst ihr alle, was ein Kanon ist?“

Allgemeines Kopfschütteln.

„Nun, das ist ganz einfach. Wir singen das Liedchen versetzt.“ Alle sahen sie mit großen fragenden Augen an. „Wir teilen uns in zwei Gruppen auf“, fuhr Tante Fee fort. „Und wenn die erste Gruppe die ersten beiden Zeilen gesungen hat, singt sie einfach weiter, aber die zweite Gruppe beginnt dann erst mit den ersten Zeilen.“

Ungläubiges Staunen.

„Und das ist noch die einfachste Version. Man nennt es einen zweistimmigen Kanon. Wenn wir drei Gruppen bilden, und die dritte Gruppe beginnt, wenn die zweite den ersten Teil beendet hat, dann haben wir – nun“, Tante Fee sah in die Runde. „Kevin?“

„Einen dreistimmigen Kanon?“

„Genau! Gut Kevin!“ Tante Fee war sehr zufrieden.

„Gut, dass Shakira nicht hier ist!“, wisperte Kevin in Zipfelmaus' Ohr.

„Stimmt, da müsste sie ganz schön herumrechnen!“, kicherte Zipfelmaus.

„Ruhe da hinten!“ Tante Fee sah streng zu ihnen hin.

„Aber wenn wir alle durcheinander singen, dann gibt das doch ein schreckliches Kuddelmuddel!“ Ali konnte sich dieses versetzte Singen nicht so richtig vorstellen.

„Aber nein!“ Tante Fee schüttelte den Kopf. „Du wirst sehen, das geht ganz von alleine, und außerdem klingt es auch sehr hübsch!“

„Ich weiß nicht!“ Ali war nicht richtig überzeugt.

„Wir singen den Kanon ja auch nur zweistimmig, das ist ganz einfach. Den Text kennt ihr ja nun, also fangen wir gleich an!“ Tante Fee sann einen Moment lang nach. „Die Flipflops, Spitzmaus und ich singen die zweite Stimme, und der Rest fängt an.“ Sie hob die Arme und rief: „Eins, zwei und los! Maus im Keller ...“

Zipfelmaus kannte den Text, konnte aber nicht singen, und Kevin und Maulwurf tasteten sich so leidlich voran. Nur Ali trällerte „Hier im Fass!“

„Nein Ali!“, flüsterte Zipfelmaus. „Keller!“

„Hier im Keller?“

„Maus im Keller!“, sang Kevin. Aber da waren sie schon beim *Suchst du was*, und die zweite Gruppe begann mit der Maus. Ali war verwirrt. Erst bei der dritten Strophe kam er wieder hinein und sang triumphierend: „Maus im Fass!“

„Hier im Fass!“, flüsterte Kevin.

„Hier?“ Ali sah sich um.

„Nein Ali, weitersingen!“, zischte Zipfelmaus, aber Ali hatte die Orientierung verloren.

Sie näherten sich dem Ende.

„Gleich ist Schluss, was dann?“ Kevin wusste nicht weiter.

„Hier im Fass!“, sang Zipfelmaus.

„Und nun die erste Gruppe wieder von vorn!“, ertönte Tante Fees Stimme, die wie ein Feldherr die Übersicht behielt. Sie begannen wieder von vorn.

„Fein!“, rief Tante Fee. „Ob wir es dreistimmig schaffen? Flip? Flop?“ Die beiden nickten.

„Oh Gott!“, stöhnte Kevin.

„Komm, das schaffen wir!“ Zipfelmaus hielt eisern Kurs. „Mach mir einfach alles nach!“ Endlich waren sie wieder beim *Fass*, da konnte eigentlich nichts schiefgehen.

„Zipfelmaus, ich mag nicht mehr!“ Kevin sah sehr unglücklich aus. „Dreistimmig ist grausam! So ein Durcheinander!“

Fest auf Kurs stampfte das Käsefass durch die Wogen.

„Ich werde seekrank!“

„Dann sing doch einfach nur La La La!“

„Und die erste Gruppe wieder von vorn!“, ertönte Tante Fees Stimme wie ein Leuchtturmstrahl in all dem Gewoge von Keller, Käse und Fass. „Ihr seid großartig!“

Sie sangen den Kanon dreimal, und zuletzt sang sogar Kevin wieder mit. Ali sang zwar fast ausschließlich *Lalala*, aber insgesamt klang es sehr hübsch. Besonders die Flipflops sangen, das mussten alle zugeben, allerliebst. Nachdem der letzte Ton verklungen war, klatschten alle wie wild, und weil sie nach dem Singen so schrecklich durstig waren, spendierte Spitzmaus noch eine letzte Runde. Und dann noch eine Allerletzte.

Nach diesem allerletzten Punsch begleitete die ganze Gesellschaft die Flipflops kichernd zu ihrem Wachposten im Birnbaum. Sogar Spitzmaus kam mit. Flop versuchte als erster, auf den Baum zu klettern, aber er rutschte immer wieder hinunter und wollte sich ausschütten vor Lachen. Dann versuchte es Flip, aber auch er rutschte wieder runter, was Kevin mit einem lauten „In den Keller!“ quittierte. Alles kicherte. Dann versuchte es Flop wieder, und Flip und Zipfelmaus schoben ihn in die erste Astgabel. Da hing er dann wie ein nasser Sack.

„Flopsi, du musst weiterklettern, sonst komm ich ja gar nicht rauf!“, rief Flip hinauf. Flop begann mit der Geschwindigkeit eines Faultiers weiter in den Wipfel hinaufzuklettern, wobei er viel raschelte und „Auf den Baum, auf den Baum“ vor sich hin sang.

„So, Flip!“ Zipfelmaus sah Flip aufmunternd an. „Jetzt du!“

„Ins Fass?“, kicherte Flip.

„Genau! Komm, ich mache dir die Räuberleiter, und Kevin schiebt!“

„Nicht! Ich bin kitzelig!“ Flip war sehr albern. Aber irgendwann verschwand auch er Mimamäuseleiter-trällernd im Wipfel.

„Gute Nacht ihr beiden!“, rief Zipfelmaus hinauf. „Aber nicht einschlafen!“

Von oben kam nur ein leises „Suchst du was?“ und Gekicher. Alle wünschten sich eine Gute Nacht und verschwanden in allen Richtungen in der Dunkelheit. Bald hörte man nur noch hier und da ein leises Trällern, aber dann kehrte Ruhe ein.

Tante Fee und Zipfelmaus standen noch einen Moment auf der Veranda und betrachteten den Sternenhimmel.

„Das war sehr schön!“, murmelte Tante Fee. „Man sollte viel mehr singen!“

„Hm!“, machte Zipfelmaus. „Aber ob die beiden die Birnen wirklich gut bewachen?“

Tante Fee lachte leise. „Das bezweifle ich doch sehr. Aber sie singen wirklich sehr schön!“ Damit wandte sie sich zum Gehen. „Gute Nacht, Zipfelmaus! Schlaf schön!“

„Du auch, Tante Fee! Gute Nacht!“

Am nächsten Morgen wurde Zipfelmaus von leisen Stimmen geweckt. Sie duckte sich in ihr Körbchen und lauschte.

„Hu, das ist aber dunkel hier!“, wisperte die erste Stimme.

„Die reinste Rumpelkammer! Aber was mag das sein?“ Die zweite Stimme war sehr heiser.

„Vielleicht ein Museum?“

„Das kann schon sein, bei all dem alten Kram, der hier rumsteht!“

„Das ist richtig gruselig!“

„Irgendwo stehen bestimmt auch noch ein paar Ritterrüstungen herum!“, raunte die heisere Stimme.

„Und Foltergeräte?“

„Würde mich nicht wundern!“

Zipfelmaus versuchte, über den Rand des Körbchens zu schauen, aber wenn sie sich bewegte, knarzte es. Sie wollte lieber erst einmal unentdeckt bleiben.

„Ob hier jemand wohnt?“ Die heisere Stimme räusperte sich. „Hallo? Ist hier jemand?“

„Hier ist bestimmt niemand mehr!“, flüsterte die erste Stimme.

Wer mochte das sein? Einbrecher? Oder Tante Fee? Mit verstellter Stimme? Manchmal machte sie so etwas.

„Das ist hier schon seit Jahrhunderten verlassen!“

„Meinst du?“

„Bestimmt. Guck mal die Spinnweben überall!“

Spinnweben? Zipfelmaus sah nach oben. Tatsächlich. Alles voller Spinnweben. Sie wehten leise hin und her.

„Das ist eine ziemliche Drecksbude hier. Komm, lass uns lieber verschwinden“, hüstelte die heisere Stimme. „Ich bekomme sonst wieder mein Asthma!“

„Ja, ich will nur noch nachsehen, was da in diesem Körbchen ist.“

„Warum? Was soll da schon groß drin sein, so muffelig, wie das hier riecht.“

Zipfelmaus roch an ihrem Fell. Puh! Da war aber wirklich mal wieder ein Bad fällig. Jemand machte sich am Körbchen zu schaffen. Mit einem Ruck richtete sich Zipfelmaus auf und sah über den Rand. Zwei Schnecken starrten sie erschrocken an. Eine mit einem grünen Haus und die andere mit einem gelben und Pünktchen drauf.

„Was wollt ihr hier?“, fragte Zipfelmaus streng. Wo war die Mütze? Ach ja, da. Ganz zerknautscht. Sie zog an der Mütze herum und setzte sie sich auf.

Die Schnecken hatten sich rasch von ihrem Schreck erholt.

„Die ist falsch rum!“, sagte die Grüne.

„Wie?“

„Falsch rum. Das Etikett hängt vorne raus.“

„Oh!“ Zipfelmaus drehte die Mütze herum. „Also, was wollt ihr hier?“

„Wir besichtigen das Museum. Verkaufen Sie die Eintrittskarten?“

„Nein, das ist kein Museum, und es gibt auch keine Eintrittskarten. Raus!“

„Wie jetzt?"

„Einfach raus, da hinaus, wo ihr hereingekommen seid."

„Aber der Molch ...!"

„RAUS!"

Maulend zogen die Schnecken davon. Das hätte ein Nachspiel! Sie würden sich beim Molch beschweren! Und das Museum sei im Übrigen auch doof.

„Beschwert euch nur!", murmelte Zipfelmaus. Sie kletterte aus ihrem Korb und reckte sich, dass alles nur so knackte. So. Was war zu tun? Zum Birnbaum und nach den Sababirnen sehen. Ob Ali seine Wache übernommen hatte? Und Frühstück machen! Wahrscheinlich schaukelte Tante Fee schon ungeduldig in ihrem Schaukelstuhl und wartete auf Obst und Honig. Zipfelmaus schielte nach oben zum Honigtopf. Dann: baden! Ach – und bevor sie baden ging, sollte sie eigentlich die Köttelchen unter dem Schrank zusammenfegen und wegbringen. Und alles vor dem Frühstück! Sie seufzte. Warum konnte man nicht einfach mal morgens nichts zu tun haben? Keine Aufgaben, nur ein paar Haferflocken und eine Rosine suchen und zufrieden auf der Terrasse sitzen? Aber es nützte ja nichts. Zipfelmaus beschloss, mit den Köttelchen zu beginnen. Sie holte Kehrblech und Schaufel und tappte in die dunkle Ecke unter dem Schrank. Keine Köttelchen. Nanu? Wo waren sie? Alles sauber. Aber da war etwas. Ein heller Fleck. Oh! Ein Zettel! Zipfelmaus hob ihn auf und ging wieder ins Helle. Was stand da? ALLES SCHON WEG! Na klasse! Dieser blöde Briefschreiber. Jetzt kroch er ihr sogar bis auf ihr Klo nach. Hatte man denn nirgendwo seine Ruhe? Zipfelmaus zerknüllte den Zettel und kickte ihn unter den Schrank. „Behalt dein Klopapier!", murmelte sie und verließ das Gartenhäuschen. Als erstes sollte sie den Schaukelstuhl unter den Birnbaum tragen, weil ja Tante Fee dort zu frühstücken liebte. Hoffentlich saß keine Schnecke drauf. Keine Schnecke, aber auch kein Schaukelstuhl. Stattdessen pickte aber ein Zettel am Holzbalken. Nun übertrieb es der Briefschreiber aber! Tagelang überhaupt keine Nachricht, und nun hing alles voll damit. Zipfelmaus überquerte die Terrasse. Was stand da? SCHAUKELSTUHL STEHT SCHON UNTER DEM KIRSCHBAUM! Zipfelmaus stutzte. Warum denn unter dem Kirschbaum? Kopfschüttelnd betrat sie den Rasen und machte sich auf den Weg zum Birnbaum. Nun sah sie, warum der Schaukelstuhl dort nicht stehen konnte, eine Gruppe Nacktschnecken spielte dort mit einer Hagebutte Völkerball. Unter Johlen und Kreischen flog sie unter dem Birnbaum herum. Da konnte man wirklich nicht frühstücken. Der Briefschreiber war aber sehr aufmerksam. Zipfelmaus hatte ein schlechtes Gewissen, weil sie so böse von ihm gedacht hatte. Sie spähte in den Birnbaum. Beide Birnen leuchteten in der Morgensonne. Super! Aber wo war Ali? Zipfelmaus sah sich um. „Ali?"

Nichts.

„Aaaaaali!“ Ob er die Wache wieder vergessen hatte? Aber nein! Da schaute sein Kopf aus dem Gebüsch.

„Guten Morgen Ali! Alles gut?“

„Ja, alles in Ordnung. Alle drei Birnen noch da!“

„Nein, Ali, das sind nur zwei Birnen.“

„Oh, aber dann ist ja ...“

„Neinnein! Das ist schon richtig. Es müssen zwei sein. Alles super!“

Ali atmete auf.

„Und die Flipflops haben die Nacht gut überstanden?“

„Als ich sie geweckt habe, ist Flop vor Schreck vom Baum gefallen. Er war ziemlich sauer. Aber sie sind jetzt drüben im fabelhaften Garten.“

„Sehr gut!“

„Da ist nur diese Schnecke im Baum, die versucht die ganze Zeit, die Birnen zu verkaufen. Aber ich glaube, diese Sportschnecken unter dem Baum mögen keine Birnen!“

„Ja, lass sie mal. Ich glaube auch, dass sie kein Glück bei ihnen haben wird.“ Zipfelmaus gähnte herzhaft. „Ich gehe mal baden, ja? Dann mache ich Frühstück für Tante Fee. Bis gleich!“

„Bis gleich! Bringst du mir nachher bitte ein bisschen Löwenzahn mit? Ich hab solchen Hunger!“

„Mach ich!“

„Aber nur die jungen, zarten Blätter, die anderen sind viel zu bitter!“

„Klar!“, rief Zipfelmaus und ging hinüber zum Brunnen. Unter dem Brunnen gab es, versteckt hinter einem kleinen Gestrüpp, eine alte Blechschüssel, die immer halb voll mit Wasser war. Dort hatte sie ein kleines Stück Seife deponiert, denn ab und zu musste man ja mal baden. Hoffentlich lief sie nicht der Gräfin über den Weg. Sie war ja sehr nett, aber Zipfelmaus hatte schon so oft ihre Geschichte von der Vertreibung von ihren Gütern auf der anderen Seite des Flusses gehört, dass sie heute eigentlich keine besondere Lust hatte, sich das Ganze schon wieder anzuhören. Zipfelmaus schlich auf Zehenspitzen an dem Topf mit dem Schnittlauch vorüber, in dem die Gräfin wohnte. Nichts rührte sich im Schnittlauch. Zipfelmaus schlüpfte erleichtert in das dämmrige Brunnengewölbe.

„Ah, guten Morgen Zipfelmaus!“, hallte es ihr fröhlich entgegen. Tante Fee lag in der Schaumwanne, und die Gräfin saß neben ihr. „Wir plaudern gerade so nett. Aber ich bin sofort fertig, dann kannst du baden!“

„Guten Morgen!“, murmelte Zipfelmaus und zog sich wieder zurück. Besetzt. Ihr Bad! Heute war aber auch alles anders als erwartet. Nervig! Was sollte sie nun tun? Mit den Schnecken Völkerball spielen? Missmutig sah sie zum Birnbaum hinüber.

„Nur noch einen Augenblick!“, flötete es aus dem Bad.

Vielleicht sollte sie schon mal ein paar Stachelbeeren pflücken? Oder wenigstens Alis Löwenzahn? War hier irgendwo Löwenzahn? Sie sah sich um, konnte aber keinen entdecken. Aber da trat schon Tante Fee aus dem Bad heraus. Sie trug einen hohen Handtuchturban und ein sorgfältig gefaltetes, geblümtes Taschentuch über dem Arm.

„So, du kannst!“ Tante Fee nickte ihr zu. „Wenn du magst, darfst du meine Veilchenseife benutzen. Aber geh bitte sorgsam damit

um!“ Eine duftige Veilchenwolke schwebte an Zipfelmaus vorüber. Hinter ihr schob sich die Gräfin ins Helle.

„Guten Morgen Zipfelmaus!“

„Guten Morgen!“

„Wie schön, einmal eine Dame wie Ihre Tante zu Besuch zu haben!“

Zipfelmaus nickte. Die Gräfin schien zu einem Schwätzchen aufgelegt zu sein.

„Da weht doch wirklich einmal der Hauch der großen, weiten Welt durch unseren Winkel, nicht wahr?“

Zipfelmaus dachte an die Veilchenwolke.

„Ein wenig mehr Glanz täte uns in dieser Ödnis von Zeit zu Zeit sehr gut. Wir haben seinerzeit zwar auch ländlich gelebt“, sie senkte ihre Stimme, „auf unseren Gütern, dort auf der anderen Seite des Flusses, aber wir hatten bisweilen auch ein ganz herrliches Leben!“

Wie konnte Zipfelmaus ihr bloß entwischen? Sie wollte eigentlich nur rasch ins Bad.

„Die Salaternte!“, rief die Gräfin. „Was waren das für Feste!“

„Das glaube ich!“ Es gab kein Entrinnen. Zipfelmaus gab auf.

„Jaja, glauben können Sie das, mein Lieber, aber Sie haben keinerlei Vorstellungen von unseren Salatfesten! Es gab Tanz! Und Musik!“ Die Gräfin versank in ihren Erinnerungen an eine bessere

Zeit. Zipfelmaus überlegte, ob dies nicht der richtige Zeitpunkt war, sich still hinter das Gestrüpp zurückzuziehen. Aber schon war die Gräfin wieder im Hier und Jetzt.

„Ist Ihnen übrigens aufgefallen, dass all diese Schnecken hier – ich wage es gar nicht auszusprechen“, die Stimme der Gräfin wurde zu einem Flüstern, „splitternackt sind?“ Die Gräfin schüttelte den Kopf. „Also ich würde nie ohne Haus aus dem Haus gehen!“

„Natürlich!“, bestätigte Zipfelmaus.

„Wir hatten seinerzeit Tanz und Musik! Und heute?“ Sie sah mit einem traurigen Blick zum Birnbaum, wo die Hagebutte unter Juchzen hin- und herflog. „Splitternackt und Völkerball!“ Sie schüttelte den Kopf. „Die neuen Zeiten!“ Damit wandte sie sich um und bewegte sich auf ihren Schnittlauchtopf zu. Zipfelmaus wollte gerade hinter das Gestrüpp hechten, da wandte sie sich noch einmal zu ihr um.

„Ihr habt übrigens gestern wunderschön gesungen!“ Sie lächelte.

„Sie haben uns gehört?“, fragte Zipfelmaus unsicher.

„Aber ja! Das hat man weithin gehört. Es sind Zuhörer von Nah und Fern herbeigeeilt.“

„Oh!“, sagte Zipfelmaus.

„Aber völlig zu Recht. Es war wirklich zauberhaft. Ich war sehr betrübt, als es vorüber war.“

„Wer war denn alles da?“

„Ach, ich weiß gar nicht mehr. An einen Clown kann ich mich erinnern. Er war am längsten da. Aber sonst? Es war ja schon sehr spät und dunkel. Einige Schnecken vielleicht auch. Sie werden ja nicht alle ihren Lebenssinn im Völkerballspiel finden. Das hoffe ich zumindest.“

„Ja!“, sagte Zipfelmaus. Kolk war hier gewesen, während sie gesungen hatten. Das war ein Skandal! Was hatte der hier herumzuschleichen?

„Ich meine sogar“, sann die Gräfin, „dass auch ein Löwe hier war. Aber das“, sie lachte nachsichtig, „kann ja nun wirklich nicht sein. Wir sind ja schließlich nicht in Afrika, nicht wahr?“

„Nein!“, sagte Zipfelmaus.

„Nun, gleichviel! Löwe oder nicht Löwe. Das werden wir wohl nie wissen! Ich werde Sie aber nun verlassen! Es ist immer wieder bezaubernd, mit Ihnen zu plaudern. Leben Sie wohl!“ Die Gräfin nickte ihr zu und verschwand raschelnd in ihrem Schnittlauch.

Zipfelmaus starrte ihr nach. Roncalli war tatsächlich hier gewesen. Der steinerne Gast! Sie mussten in der Spelunke wirklich etwas leiser sein. Nicht vorzustellen, wenn Katzen, Marder, Iltisse oder Wiesel auf die Spelunke aufmerksam würden. Innerhalb von Sekunden würde sich die Spelunke in einen Schnellimbiss verwandeln! Sie musste mit Spitzmaus reden. Keine Kanons mehr!

So in trübe Gedanken versunken betrat Zipfelmaus die Badegrotte. Schwere Veilchendämpfe lagen in der Luft. Puh! Ein Schwamm lag auf dem Rand der Wanne. Und auf einem winzigen Tellerchen mit Veilchen Tante Fees lilafarbene Veilchenseife. Schick! Aber wo war ihre eigene Zipfelmausseife? Zipfelmaus sah überall nach. Nichts. Wahrscheinlich entsorgt. Sie ließ sich ins Wasser gleiten und grübelte ein Weilchen über Tanten, Löwen und Schnecken nach. Dann seifte sie sich mit der Tantenseife so gründlich ein, dass sie wie ein Schaummännchen aussah. Kleine Schaumwölkchen schwebten herum, und Zipfelmaus pustete sie in die Luft.

„ZIPFELMAUS!“

Zipfelmaus fuhr zusammen und ließ vor Schreck die Bürste fallen.

„Zipfelmaus!“ Ali stürzte ins Bad. „Zipfelmaus! Du musst gleich … UAAAAH! Was ist das?!“ Ali legte blitzartig den Rückwärtsgang ein. „Hilfe! *HILFE*!“

„Ali, ich bin es doch nur!“

Ali bremste. „Zipfelmaus? Kein Zombi?“

„Nein. Nur ich. Was ist denn los?“

„Du musst sofort mitkommen! Da ist jemand im Garten!“

„Wer?“ Zipfelmaus sprang aus der Wanne und legte sich erst einmal hin. Pardauz. Das Veilchentellerchen flog durch die Luft, und die Seife plumpste ins Wasser. „Mist! Mistmistmist!“

Ali starrte Zipfelmaus an wie das siebte Weltwunder.

„WER?“

„Keine Ahnung. So ein Typ mit roter Nase und gelben Schuhen.“

„Kolk!“ Zipfelmaus hatte sich aufgerappelt und stürzte an Ali vorbei aus dem Bad. „Wo ist er?“ Ali hatte Mühe, Zipfelmaus zu folgen.

Draußen lag der Garten friedlich im Sonnenschein. Kein Kolk weit und breit. Zipfelmaus ging zum Birnbaum. Die Schnecken sahen sie mit weit aufgerissenen Augen an.

„War hier gerade jemand im Garten?“, fragte Zipfelmaus.

Die Schnecken nickten stumm.

„Er hat unseren Ball zertreten!“ Eine schwarze Schnecke mit gelben Streifen zeigte auf die zerquetschte Hagebutte. „Da!“

„Und dann ist er einfach weggegangen!“, heulte eine andere mit einem lilafarbenen Streifen.

„Das ist so gemein!“

„Da habt ihr recht!“ Zipfelmaus fand das auch gemein.

„Wir haben hier doch nur gespielt!“

„Kommt, wir gehen uns beim Molch beschweren!“, rief die gelb geflammte Schnecke. Damit zogen sie alle davon. Zipfelmaus sah ihnen nach.

„Na, dit war ja 'n Auftritt!“

Zipfelmaus sah hinauf in den Baum. Die Tüpfelschnecke.

„Meinen Sie Kolk? Haben Sie ihn gesehen?“

„Ach, Kolk heeßt der? Na klar hab ick den jesehen. War ja nich zu übersehn mit seine jelben Schuhe.“ Die Tüpfelschnecke schüttelte empört den Kopf. „Und ne Birne hatter och jeklaut!“

„Was?!“ Zipfelmaus suchte die Birnen. Tatsächlich! Da war nur noch eine! Eine allerletzte Königin von Saba.

„Einfach jenomm hatter se. Und nüscht bezahlt. Nüscht!“

„Das ist eine Katastrophe!“, rief Zipfelmaus.

„Dit find ick och!“

„Jetzt wird es eng!“

„Jenau!“ Die Tüpfelschnecke sah hinauf zur letzten Sababirne. „Wenn dit so weiter jeht, kann ick den Laden hier dicht machen!“

Zipfelmaus seufzte.

„Und als wat ham *Sie* sich verkleidet? Als Jespenst?“

Zipfelmaus sah an sich hinunter. Himmel, wie lief sie denn hier herum? Sie musste dringend den Schaum ausspülen. „Ähm, also das ist nur Schaum, ich war gerade da hinten, am Brunnen ...“

„Ach so. Na bei Ihren Pelz würd ick dit auch erst mal 'n Weilchen einziehen lassen.“ Die Tüpfelschnecke nickte verständnisvoll. „Aber wat der Janove mit die Leiter wollte, dit is mir ja doch rätselhaft."

„Leiter?"

„Na, der is hinters Haus da", sie zeigte zu Frau Bienenstichs Gartenhäuschen, „und is dann mit ner Leiter da rüber jejangen."

Zipfelmaus folgte ihrem Blick in Richtung des Fabelhaft-Gartens. „Und was wollte er da drüben mit einer Leiter?"

„Keene Ahnung. Vielleicht die beeden Wonnepüschel fangen?"

„Wonnepüschel?"

„Na, die zwee, die hier heut Nacht jeschnarcht ham. Hübsch singen könn se ja, die beeden!"

„Was? Die Flipflops? Aber ..." Zipfelmaus sah zur Kiefer, in der die Flipflops wohnten, hinüber. An der Kiefer lehnte die Leiter. „Himmel!", rief Zipfelmaus. „Ali, komm mit!"

Zusammen flitzten sie los durch den Garten, über den Weg, in Frau Fabelhafts Garten, zur Kiefer. Sie sahen keuchend hinauf. Die Leiter reichte bis fast an den alten Starenkasten, in dem die Flipflops wohnten. Aber der Starenkasten war nicht mehr da. Da, wo das Heim der Flipflops sonst hing, ragte nur noch ein Nagel aus dem Stamm.

„Kolk hat sie mitgenommen!", sagte eine Stimme hinter Ali und Zipfelmaus. Die beiden zuckten zusammen, und Ali machte einen Satz ins Gebüsch.

„Nein, bleibt hier, vor mir müsst ihr nun wirklich keine Angst haben!"

„Wer bist du?" Zipfelmaus sah zurück. Hinter ihnen stand der rostrote Hamster aus dem Zirkus. Diesmal ohne Pinguinschnabel.

„Ich bin Kremi. Ich arbeite mit meinem Opa beim Zirkus. Ihr habt uns vielleicht gesehen!"

Zipfelmaus nickte.

„Mein Opa ist der fliegende Fakir!", fuhr Kremi stolz fort. „Und ich war der Pinguin auf der Schildkröte. Blöde Nummer. Aber etwas anderes darf ich nicht machen."

„Kann dir denn dein Opa nicht das Fliegen beibringen?"

„Fliegen ist kein Problem. Das kann ja nun wirklich jeder!"

„Zipfelmaus kann auch fliegen!" Ali war wieder aus dem Gebüsch herausgekommen.

„Echt?" Kremi sah Zipfelmaus erstaunt an.

„Nur ab und zu." Zipfelmaus betrachtete ihre Füße.

„Und wie machst du das?", wollte Kremi wissen.

„Mit Tupf."

„Tupf?“

„Das ist eine Taube. Mit ihr fliege ich manchmal.“

„Cool!“ Kremi sah Ali an. „Du auch?“ Aber der schüttelte den Kopf.

„Und wie macht das dein Opa?“, fragte Zipfelmaus neugierig.

„Was?“

„Na das Fliegen?“

„Ach so. Mit seinem Kamel Leon.“

„Dein Opa hat ein fliegendes Kamel?“ Die Sache wurde immer undurchsichtiger.

„Nein!“, lachte Kremi. „Leon hilft ihm nur beim Fliegen. Aber das ist jetzt alles viel zu kompliziert. Eure Freunde sind in großer Not, und ich möchte euch helfen, sie zu befreien. Kolk hat sie entführt. Sie sind jetzt im Zirkus.“

„Aber er kann sie doch nicht so einfach entführen!“ Ali war empört.

„Kolk ist böse. Er kann alles. Wenn er etwas für seinen Zirkus braucht“, Kremi schnappte mit einer Hand in die Luft, „dann holt er es sich!“ Sie sah die beiden düster an. „Und dann gibt er es nie mehr her!“

„Komm, wir gehen erst einmal rüber.“ Zipfelmaus zeigte über den Weg in den Garten von Frau Bienenstich. „Dann frühstücken wir und machen einen Plan!“

„Ja, aber wir müssen uns beeilen.“ Kremi senkte ihre Stimme. „Wenn Kolk merkt, dass ich nicht da bin, ist er sauer und sperrt mich auch ein.“

„Er kann euch doch nicht alle einsperren!“, rief Ali.

„Genau. Ihr müsst doch für die Vorstellungen proben, oder?"

„Das ist Kolk egal!" Kremi schlich traurig hinter ihnen her. „Wenn wir nicht machen, was Kolk will, dann sperrt er uns ein. Und wenn wir dann keine gute Vorstellung geben, schimpft er uns aus."

„Warum lauft ihr denn nicht einfach weg?"

„Und wohin?", fragte Kremi grimmig. „Wisst ihr einen Platz, wo wir bleiben könnten?" Sie schüttelte den Kopf. „Außerdem würden wir keinen Kilometer weit kommen, dann hätte uns Kolk wieder eingefangen." Kremi grübelte einen Augenblick. „Wisst ihr, eigentlich sind wir ja alle gerne im Zirkus. Macht ja Spaß. Nur nicht mit Kolk. Der macht alles kaputt."

Die beiden sahen den Hamster betrübt an. Zipfelmaus seufzte: „Und nun entführt er auch noch die Flipflops!"

„Ja!" Kremi hieb mit der Faust an den Pfosten des Gartentörchens. „Und deshalb müssen wir handeln!"

Sie betraten den Garten, und Hanni und Nanni stürzten ihnen kläffend entgegen.

„Da seid ihr ja!" Tante Fee schaukelte bereits im Schaukelstuhl. Neben ihr stand eine riesige Handtasche. Sie stutzte. „Zipfelmaus, wie um alles in der Welt siehst du denn aus?"

Zipfelmaus sah an sich herunter. „Oh!"

„Das finde ich auch. Ab in die Wanne!"

Zipfelmaus schlich davon. So ein Mist. Der Schaum war getrocknet und ihr Fell steinhart. Sie sah aus wie ein Igel. Hoffentlich würde das überhaupt wieder rausgehen!

„Und spute dich! Kevin hat Stachelbeeren und Himbeeren gepflückt. Und ich habe Kirschen gefunden. Reif und rot! Sie duften herrlich!"

Hanni und Nanni sprangen fiepend an Kremi hoch und schnupperten an ihr. Sie bückte sich und kraulte beide zwischen den Fühlern. Sie wollten sich gar nicht beruhigen.

„Na, dich scheinen sie aber sehr zu mögen!" Tante Fee sah dem Treiben erstaunt zu. „Sie sind sonst sehr zurückhaltend. Wie heißt du denn, mein Kind?"

„Kremi!", sagte Kremi.

„Bist du nicht die kleine Zirkusprinzessin, die auf der Schildkröte geritten ist?"

„Ja!", sagte Ali. „Und ihr Opa ist ein Fakir!"

„Nicht möglich!"

„Und sie haben auch noch ein fliegendes Kamel!" Zipfelmaus sah nun wieder wie Zipfelmaus aus. Sie schüttelte die letzten Tropfen aus dem Fell. „Es heißt Leon!"

„Das sind ja Geschichten!" Tante Fee schüttelte den Kopf. „Ein fliegendes Kamel mit so einem edlen Namen!" Sie sah in fragende Augen. „Nun, Leon war einst der letzte König von Armenien. Ein großer König. Und der Name bedeutet *Löwe*!" Andächtiges Schweigen. Zipfelmaus dachte an den Steinlöwen und seine Streifzüge durch die Gärten. Allerdings war Roncalli eher in der Dunkelheit unterwegs.

„Aber nun wollen wir frühstücken!" Tante Fee klopfte auf die Stachelbeeren. „Kevin müsste auch gleich da sein."

Während des Frühstücks erzählten Kremi und Zipfelmaus Tante Fee, was sich zugetragen hatte. Tante Fee war so überrascht, dass sie vergaß, ihr Stachelbeerachtel zu essen. Hanni und Nanni sprangen an ihr hoch und scharrten an Tante Fees Füßen. Ganz in

Gedanken reichte sie ihnen ihr Stachelbeerstück hinunter. Die Marienkäfer konnten ihr Glück kaum fassen und verschwanden lautlos mit ihrer Beute hinter einem Grasbüschel.

„Himmel, was mache ich denn da!“ Tante Fee betrachtete ihre leere Hand. „Niemals vom Tisch füttern, sage ich immer. Und nun?“

„Juuuuuhu!“, erklang es plötzlich über ihnen. Sie sahen nach oben. Shakira zischte um den Kirschbaum und baumelte eine Sekunde später an einem Ast.

„Guten Morgen Shakira!“ Tante Fee nickte ihr zu. „Hast du schon gefrühstückt?“

„Klar!“ Shakira schaukelte, bis ihr die Sonnenbrille herunterfiel. „Mist!“ Sie schoss aus dem Baum hinunter zu ihrer Brille und setzte sie wieder auf. Fiffi brummte um sie herum. „Wisst ihr, wo ich gerade war?“

„Woher sollen wir das wissen?“ Tante Fee angelte sich ein neues Stück Stachelbeere. „Aber du wirst es uns sicher gleich erzählen!“

„Fiffi und ich waren im Zirkus!“

„Und?“ Kevin ließ sich neben Zipfelmaus ins Gras plumpsen. „Haben sie dich nicht gleich dabehalten?“

„Wieso?“

„Na, als Trapezkünstlerin oder so?“

„Trapezkünstlerin?“

„Kevin!“ Tante Fee hob ihre Augenbrauen sehr hoch. „Lass nun bitte erst einmal Shakira erzählen! Du warst also im Zirkus.“ Sie nickte Shakira zu.

„Genau. Und wisst ihr, wen ich dort gesehen habe? Und wo? Ihr werdet es nicht glauben!“

„Die Flipflops? Im Käfig?“

Shakira sah Zipfelmaus mit großen Augen an. „Woher weißt du das?“

„Das möchte ich jetzt aber auch mal wissen!“ Auch Kevin sah Zipfelmaus erstaunt an.

„Scht!“, machte Tante Fee.

„Aber wisst ihr auch, wie sie dahin gekommen sind?“ Shakira schob ihre Sonnenbrille nach oben.

„Na, weißt du das auch?“ Kevin biss in eine Kirsche, dass es nur so spritzte.

„Gesittet!“, ermahnte ihn Tante Fee.

„Kolk hat sie entführt.“ Alle sahen Ali an.

„Wenn ihr alles schon wisst, kann ich ja wieder gehen!“ Jetzt war Shakira ziemlich beleidigt.

„Nein, Shakira! Bleib hier!“

Shakira blieb stehen und fixierte Zipfelmaus durch ihre Sonnenbrille. „Aber wieso wisst ihr denn das alles schon? Ich war gerade erst im Zirkus, und von euch war keiner da. Sonst hätte ich euch doch gesehen!“

„Kremi hat uns alles erzählt."

„Kremi?", fragten Kevin und Shakira gleichzeitig. Zipfelmaus zeigte auf Kremi.

„Hi!" Kremi winkte ihnen zu.

„Der Pinguin!", rief Kevin verdutzt. „Schleichst du nicht auch ab und zu nachts hier rum?"

„Ja", gab Kremi kleinlaut zu. „Nicht nur nachts ..."

„Tagsüber auch?" Zipfelmaus war überrascht, wer alles im Garten ein und aus ging, ohne dass sie etwas bemerkte.

„Ja. Und ich habe euch auch schon mal was gemopst." Kremi senkte den Kopf.

„Echt?" Kevin sah sie interessiert an. „Was denn?"

„Himbeeren, Honig, Haferflocken ...", flüsterte Kremi.

„Du warst das?!", rief Zipfelmaus.

„Ja!", flüsterte Kremi.

„Donnerwetter! Warum denn? Musst du für den Zirkus Lebensmittel sammeln?"

„Nein, ich mache leckere Sachen daraus."

„Dann hast du diese köstliche Zauberkugel gemacht?" Zipfelmaus dachte an die Leckerei am Stöckchen, die sie gefunden hatte. Kremi nickte.

„Köstliche Zauberkugel?" Tante Fee sah beide fragend an.

„Ich backe so gerne." Kremis Stimme wurde wieder etwas fester. „Aber ich habe keinen Backofen. Und deshalb mache ich so Sachen aus allem, was ich finde."

„Finden ist gut!" Kevin zupfte einen Grashalm aus.

„Das geht natürlich nicht, Kremi!" Tante Fees Stimme wurde

sehr streng. Kremi sah zu Boden. „Aber wenn du uns sagst, was du für diese Zauberkugeln brauchst, dann geben wir dir das doch gerne, nicht wahr Zipfelmaus?“

Zipfelmaus nickte.

„Das ist ganz einfach, ich brauche nur Honig, Haferflocken, Himbeeren, Kuchenkrümel, etwas Butter ...“

„Ah!“, rief Zipfelmaus. „Die Kuchenkrümel hast du vom Streuselkuchen von Frau Bienenstich, richtig?“

Kremi nickte.

„Und Butter? Wo bekommst du die denn her?“ Tante Fee wollte es ganz genau wissen.

„Butter nehme ich immer vom Kolk.“

„Soso. Vom Kolk. Und daraus macht man dann also diese Kugeln.“ Tante Fee wiegte den Kopf hin und her. „Klingt ja ganz einfach.“ Auch Hanni und Nanni sahen Kremi neugierig an. Ob sie auch eine Kugel bekämen? Jede eine?

„Wenn ich Schokolade habe, kann ich sie auch mit einer Schokoschicht überziehen. Das ist besonders fein!“

„Frau Fabelhaft hat Schokolade!“, rief Shakira. „Soll ich sie holen?“

„Hallo?“ Alle sahen Kevin an.

„Die Flipflops sitzen gefangen bei Kolk im Zirkus, und ihr redet hier die ganze Zeit von Backrezepten und Zauberkugeln!“

Alle sahen schuldbewusst zu Boden.

„Das geht nicht!“ Kevin war richtig sauer.

„Kevin hat recht!“ Tante Fee richtete sich auf. „Wir müssen nun erst einmal beraten, wie wir die Flipflops befreien. Und nach der

Rettung machen wir dann die Zauberkugeln." Sie sah in die Runde. „Einverstanden?"

Alle waren einverstanden. Nur Hanni und Nanni maulten leise.

„Dann eröffne ich hiermit die Beratungen. Wer hat eine Idee?" Tante Fee sah alle aufmunternd an.

Kevin räusperte sich.

„Kevin! Bitte!"

„Wir haben ja nun den Vorteil, dass Shakira weiß, wo die Flipflops eingesperrt sind. Außerdem kennt Kremi diesen Kolk."

„Oh ja!", murmelte Kremi.

„Also Shakira, wo genau sind die Flipflops?" Alle Augen richteten sich auf Shakira.

„Kolk hat den Starenkasten zum Zirkus getragen und dort in einen Käfig gesperrt. Er hängt im mittleren Wagen an der Decke."

„Da wohnt Elvis!", rief Kremi. „Also, unser Esel!"

„Stimmt. Der Esel, also Elvis, versucht, die beiden zu trösten, aber sie wollen nichts essen und trinken. Sie glauben, dass sie nie wieder nach Hause kommen."

Allgemeines Kopfschütteln. Die Armen!

„Flip hat versucht, das Gitter durchzunagen, aber es hat nicht funktioniert. Flop hat sich im Starenkasten verkrochen. Sie sind verzweifelt!", schloss Shakira ihren Bericht. „Aber ich frage mich", sie sah ihre Zuhörer kopfschüttelnd an, „was hat Kolk mit ihnen vor? Was will er mit zwei Siebenschläfern?" Shakira zuckte mit den Schultern. „Das verstehe ich nicht!"

„Ich nehme an, sie sollen für ihn singen!", vermutete Tante Fee. „Sie singen sehr schön!"

„Sie singen?“ Shakira sah sie ungläubig an. „Hab ich noch nie gehört!“

„Wir haben gestern in der Spelunke alle zusammen ein Lied gesungen! Da warst du mit Fiffi schon auf dem Heimweg.“

„Ihr habt gesungen?“ Shakira sah Zipfelmaus staunend an.

„Ja, das haben wir. Einen sehr hübschen Kanon!“, bestätigte Tante Fee.

„Das ist ja nun auch egal, auf jeden Fall haben wir gesungen!“ Kevin wurde wieder etwas ungeduldig.

„Das passt aber!“, rief Kremi. „Kolk hat euch bestimmt singen gehört und dann die Flipflops entführt, weil er will, dass sie in seinem Zirkus singen. Elvis, also der Esel, kann nämlich seinen Handstand nicht mehr, weil er schon so alt ist. Und da sucht Kolk eine neue Nummer.“

„Aber er hat doch dich mit der Schildkröte!“ Shakira trippelte wie der Pinguin herum. „Das war total cool!“ Fiffi fand es auch cool und schwirrte begeistert um Shakira herum.

„Das ist nur unsere absolute Notnummer. Die mag niemand.“

„Aber nein!“, rief Tante Fee. „Ich mochte diese Nummer sehr, Kremi! Und sicher alle von uns, die sie gesehen haben.“ Tante Fee lächelte. „So etwas sieht man schließlich nicht alle Tage. Alles wird immer schneller und schneller, und da ist so eine Nummer auf einer Schildkröte geradezu revolutionär!“

„Naja, ich weiß nicht!“, murmelte Kremi. „Das kann doch jeder!“

„Aber es macht nicht jeder. Das ist schon ein Unterschied, mein liebes Kind!“ Tante Fee hob Hanni auf den Schoß, was Nanni empörte. Sie gab keine Ruhe und scharrte, kratzte, fiepte und knurrte so lange, bis Kremi sie hochhob und auch auf ihren Schoß setzte. Dort begann Nanni zufrieden zu brummen. Und in einem unbeobachteten Moment streckte sie Hanni die Zunge heraus.

„Und was machen wir jetzt?“ Zipfelmaus hatte keine Idee, wie man die Flipflops befreien konnte. „Wir brauchen einen Schlüssel, um den Käfig zu öffnen. Weißt du, wo wir den finden, Kremi?“

„Der Schlüssel hängt in Kolks Wagen. Das ist der rote Wagen. Links. Da wohnt er mit Ticker und Lale, der Schildkröte. In dem weißen Wagen in der Mitte wohnt Elvis und rechts im grünen Wagen der Rest. Also Opa, Leon und ich, die Zwergziegen und die Melly-Familie.“

„Die Melly-Familie?“ Shakira runzelte die Stirn.

„Die Zwergmeerschweinchen!“

„Ach, die sind so süß!“, murmelte Shakira verträumt. „Wie viele sind das eigentlich?“

„Keine Ahnung. Ziemlich viele jedenfalls.“ Kremi kicherte. „Ich verliere da immer den Überblick!“

„So, können wir denn nun bitte mal weiterplanen?“, fragte Kevin unwirsch. Alle nickten.

„Unsere einzige Chance ist, während der Vorstellung den Schlüssel aus dem Wagen zu holen. Kannst du das machen, Shakira?“ Kevin übernahm jetzt das Kommando.

„Klar!“

„Super. Du bringst ihn zum Käfig hinauf, und wir anderen warten beim Wagen von Elvis. Kommen wir da rein, Kremi?“

„Ja, die Tür ist alt und schief. Da kommen wir durch. Und zur Tür hinauf führt ein Brett.“

„Sehr gut. Zipfelmaus, du kannst doch gut klettern, nicht wahr?"

„Einigermaßen!"

„Großartig! Wir brauchen ein Seil! Haben wir eins?"

Zipfelmaus nickte.

„Und wie bekommen wir das zum Käfig hinauf?" Kevin sah in die Runde.

„Ich könnte es hochbringen!", rief Shakira. „Dann kann Zipfelmaus daran hochklettern."

„Perfekt!", rief Kevin. „So machen wir das! Dann musst du nur noch das Schloss aufschließen."

„Der Schlüssel ist ziemlich groß!", warf Kremi ein. „Einer alleine schafft das nicht, ihn im Schloss zu drehen!"

„Shakira ist ja auch oben beim Käfig."

„Nein!" Kremi schüttelte den Kopf. „Das muss jemand sein, der kräftig ist."

„Hm!", machte Kevin und kratzte sich zwischen den Hörnern. „Dann muss noch jemand hinauf zum Käfig klettern. Zu zweit müsste man das Schloss aufbekommen, oder?"

Kremi nickte. „Das müsste gehen!"

„Und wer klettert da noch rauf?", fragte Ali. „Ich kann nicht klettern! Ich passe draußen auf!"

„Stimmt!" Kevin überlegte. „Du?" Er sah Kremi an.

„Nein, ich bin doch in der Vorstellung."

„Herrje! Was machen wir denn da?"

„Nun Kevin, wenn du nicht darauf bestehst, dass eine alte Dame wie ich halsbrecherisch an diesem Seil herumturnt …" Kevin schüttelte den Kopf. „… dann musst du wohl selber hinaufklettern und Zipfelmaus helfen!"

Kevin gab einen kläglichen Laut von sich.

„Komm Kevin, das schaffst du!" Zipfelmaus stupste ihn in die Seite.

„Das kann ich nicht!"

„Klar kannst du das. Wir helfen dir auch alle!"

„Kevin, manchmal muss man kämpfen wie ein Löwe für das, was einem wichtig ist, und dann passieren bisweilen Wunder!" Tante Fee nickte ihm zu und setzte Hanni auf den Boden. Dann öffnete sie die Tasche und steckte die beiden zappelnden Marienkäfer hinein. „Wie ich dich kenne, wirst du uns alle überraschen und über dich hinauswachsen. Du kannst schon einmal damit anfangen, indem du Hanni und Nanni trägst." Sie reichte ihm ihre Tasche. „Und nun sollten wir auch los, dann kommen wir gerade richtig zur Nachmittagsvorstellung."

„Das Seil!", rief Zipfelmaus. „Das dürfen wir nicht vergessen!" Sie flitzte zum Gartenhaus, um es zu holen. Und dann machten sie sich eilig auf den Weg zum Zirkuszelt.

Rasch hatten sie die Wiese erreicht und konnten schon von weitem die Musik hören. Da standen auch die bunten Wagen: rot, weiß, grün und dahinter das Zirkuszelt. Gleich waren sie da. Vorne flitzten Shakira und Fiffi hin und her, dann folgten Kevin, der die Tasche von Tante Fee schleppte, Kremi und Ali, und die Nachhut bildeten Zipfelmaus und Tante Fee. Shakira war als erste im weißen Wagen und erzählte den Flipflops aufgeregt, dass sie nun befreit würden. Die beiden sahen ziemlich hoffnungslos zwischen den Gitterstäben hindurch. Und von unten sah der Esel hinauf.

„Wie wollt ihr sie denn befreien?", fragte er.

Shakira sah hinunter. „Du bist Elvis, nicht wahr?"

„Oh i-ah, woher weißt du das, kleine Fledermaus?"

„Aus dem Zirkus! Und Kremi hat erzählt, dass du hier wohnst!" Shakira sah sich um. „Coole Wohnung!"

„Naja, geht so." Elvis sah sich in seinem Reich um. Der Boden war mit Stroh bedeckt, es gab einen Eimer mit Wasser, eine Raufe mit Heu und eine Möhre lag im Stroh. „Wer weiß, wie lange ich noch hierbleiben darf. Jetzt, wo ich keinen Handstand mehr machen kann, schmeißt mich Kolk sicher raus." Er schnaubte eine dicke Fliege weg, die seine Nase erkunden wollte. „Aber wie wollt ihr die beiden da oben rausholen?" Er wies mit dem Maul nach oben.

„Wir klauen Kolk den Schlüssel und schließen das Schloss auf!“, verkündete Shakira und begann mit dem Käfig zu schaukeln.

„Nicht!“, rief Flip. „Hör auf!“

„Warum?“ Shakira ließ sich fallen und flatterte um den Käfig herum.

„Weil mir sonst schlecht wird.“

„Ok!“, rief Shakira und plumpste auf Elvis' Rücken. „Warum kannst du denn keinen Handstand mehr?“

„Weil mir die Schultern zu weh tun, wenn ich es versuche." Elvis hob die Schultern und ließ sie kreisen, dass sie nur so knackten.

„Soll ich sie dir massieren?" Shakira lief zu Elvis' Schultern und begann sie durchzuwalken.

Elvis kicherte und warf den Kopf hin und her. „Huu - das kitzelt!"

„Ich empfehle in solchen Fällen ja immer Pferdesalbe!", ertönte Tante Fees Stimme von draußen.

Elvis sah durch die Luke seines Wagens. Da standen sie alle und schauten zu ihm hinauf.

„Pferdesalbe? Ist die nicht nur für Pferde?", fragte Elvis. Shakira sah zwischen seinen Ohren hindurch.

„Aber nein!" Tante Fee schüttelte energisch den Kopf. „Ich nehme sie bisweilen sogar selber. Verspannungen! Schlimm!" Sie fasste sich an den Nacken. „Aber sie hilft sehr zuverlässig!"

„Und wo bekommen wir jetzt Pferdesalbe her?"

„Warte, bis wir in deinem Wagen sind, dann kann ich dir welche geben!" Tante Fee nahm Kevin ihre Tasche ab und flüsterte: „Danke mein Lieber!" Dann hob sie die Tasche in die Höhe. „Hier habe ich welche drin!"

„Du hast Pferdesalbe in deiner Tasche?" Zipfelmaus sah sie ungläubig an.

„Aber natürlich! Ich verlasse das Haus niemals ohne Pferdesalbe!"

„Na, du musst sie ja auch nicht tragen!", murmelte Kevin.

„Wie bitte?" Tante Fee sah Kevin streng an.

„Och nichts!"

„Na dann los jetzt!" Nacheinander liefen sie das Brett hinauf und schlüpften durch den Spalt. Sogar Ali passte hindurch.

„Elvis, am besten legst du dich jetzt hin." Tante Fee öffnete die Tasche, und Hanni und Nanni sprangen kläffend ins Freie. „Hanni! Nanni! Sofort seid ihr still! Oder wollt ihr wieder in die Tasche?"

Die Marienkäfer verstummten augenblicklich und beobachteten Elvis, der ächzend die Vorderbeine einknickte. Tante Fee schraubte ihre Salbendose auf und rieb ihm die Salbe auf die Stellen, die ihn am meisten schmerzten.

„Hu! Das ist kalt!", rief Elvis und schüttelte sich. „Woher weißt du so genau, wo es mir wehtut?"

„Tja, das sind immer und überall die gleichen Stellen!", seufzte Tante Fee. Sie schraubte die Dose sorgfältig wieder zu und verstaute sie in ihrer Tasche. „Steh ruhig auf!"

„Und?" Shakira flatterte neugierig um Elvis herum. „Ist es schon besser?"

„Hm!" Elvis schloss die Augen und rollte die Schultern. „Ja, ich glaube, ich spüre schon was." Er nickte. „Jetzt wird es ganz warm!"

„Nicht wahr?", rief Tante Fee. „Es wirkt! Ich schwöre darauf!"

„Tante Fee?"

„Ja, Shakira?"

„Meinst du, ich könnte vielleicht auch ein bisschen von der Zaubersalbe bekommen?" Shakira machte ein sehr leidendes Gesicht. „Hier zwischen den Flügeln, da tut es manchmal so weh!" Sie zeigte auf die Stelle. „Es sticht!"

„Hallo? Kümmert sich eigentlich auch irgendwann mal jemand um uns?"

Alle sahen nach oben, wo die Flipflops in ihrem Käfig schaukelten.

„Ach du liebes bisschen!" Tante Fee schlug die Hände zusammen. „Euretwegen sind wir doch eigentlich hier! Zipfelmaus! Wie war der Plan?“

„Shakira holt den Schlüssel aus Kolks Wagen und bringt ihn zum Käfig. Dann befestigen wir das Seil am Käfig, ich und Kevin ...“

„Kevin und ich!“, ermahnte Tante Fee streng.

„Wieso?“ Zipfelmaus sah sie verdutzt an.

„Es gehört sich nicht. Also bitte: *Kevin und ich*. Weiter?“

„Na gut, Kevin und ich klettern am Seil zum Käfig hinauf, öffnen das Schloss und befreien die Flipflops. Und dann hauen wir ab in den Garten.“

„Ich komme da eh nicht rauf!“ Kevin sah nach oben. „Aber wäre es nicht eine bessere Idee, wenn wir erst das Seil oben festmachen, und dann, während ich und Zipfelmaus ...“

„Zipfelmaus und ich!“

„Wieso?“ Kevin sah Tante Fee mit großen Augen an. „Gerade hast du doch gesagt, es heißt *Kevin und ich*. Und jetzt auf einmal doch wieder *Zipfelmaus und ich*?“ Kevin trat gegen die Möhre. „Versteh ich nicht!“

„Die Möhre kann nichts dafür!“, ermahnte ihn Elvis.

„Entschuldigung! Aber ...“

„Man nennt immer den anderen zuerst!“, erklärte Tante Fee. „Wenn man sich selber zuerst nennt, ist es unhöflich. Und höflich wollen wir doch alle sein, nicht wahr?“

Kevin nickte.

„Na siehst du. Aber du wolltest, glaube ich, etwas sehr Kluges sagen, Kevin!“ Tante Fee sah ihn aufmunternd an.

„Ich habe überlegt, ob es nicht besser wäre, wenn wir erst das Seil oben festmachen. Dann kann Shakira, während Zipfelmaus und ich ...“

„Bravo!“

„Also während wir da am Seil raufklettern, kann sie den Schlüssel holen. Dann verlieren wir keine Zeit!“

„Das ist genial!“, rief Shakira. „Wer macht das Seil oben fest?“

„Na du!“, sagte Zipfelmaus und überreichte ihr das Seil.

„Wieso denn ich?“

„Weil du als einzige fliegen kannst?“

„Fiffi kann auch fliegen. Und Hanni und Nanni auch, nicht wahr Tante Fee?“

„Nun ja, sie sind etwas tollpatschig. So gut wie Fiffi fliegen sie sicher nicht.“ Tante Fee tätschelte beiden den Rücken. „Aber meinst du nicht, dass das Seil für Fiffi etwas zu schwer ist?“

„Fiffi ist stark!“

„Natürlich, aber wir sollten ihr nicht zu viel zumuten, findest du nicht?“ Shakira nickte. „Nun? Worauf wartest du?“ Tante Fee nahm Zipfelmaus das Seil ab und reichte es Shakira.

Shakira hüstelte. Dann wisperte sie Tante Fee etwas zu.

„Was meinst du, mein Kind?“

Shakira wisperte etwas lauter.

„Du kannst was nicht?“ Tante Fee hielt sich die Hand hinters Ohr.

Shakira flüsterte nun ihre Botschaft direkt in das Ohr hinein.

„Ach so!“, rief Tante Fee. „Tja, was machen wir denn da?“ Sie dachte einen Moment lang nach. Dann wandte sie sich an ihren Großneffen: „Zipfelmaus, zeige doch bitte Shakira einen Knoten, der auch sicher hält. Sie hat Angst, dass ihr sonst herunterfallt!“

„Ich kann auch Knoten machen!“ Alle sahen nach oben.

„Flop kann sprechen!“, lachte Kevin.

„Achtung! Versteckt euch!“, rief da plötzlich Flip.

„Was ist denn?“, fragte Zipfelmaus.

„Kolk!“

Alle hechteten ins Stroh und blinzelten zwischen den Halmen hindurch. Kolks Kopf tauchte am Fenster auf.

„Na Elvis, du verstockter, alter Faulpelz? Passt du auch gut auf die beiden Goldkehlchen auf?“ Dann verschwand der Kopf wieder.

„Wo will er denn hin?“, flüsterte Zipfelmaus Kremi zu.

„Er holt die Zwergziegen, nehme ich an. Sie haben wahrscheinlich jetzt ihren Auftritt.“

„Dann bist du bald dran, nicht wahr?“

„Ja.“ Kremi nickte. „Ich muss jetzt dringend zu Lale. Sie hat immer schreckliches Lampenfieber.“

„Klar! Auf jeden Fall vielen Dank für deine Hilfe. Wo finden wir den Schlüssel?“

„Der hängt über Kolks Bett. Es ist der größte von denen, die da hängen. Kann man gar nicht verwechseln.“

Draußen hörten sie die meckernden Ziegen vorbeitrippeln, dann huschte Kremi durch den Spalt nach draußen. „Tschüss! Und viel Glück!“

„Danke!“ Zipfelmaus winkte ihr nach. „Kommst du heute Abend?“

„Mal sehen!“ Dann war sie weg.

Alle krochen wieder aus dem Stroh heraus. Ali und Tante Fee machten sich auf den Weg nach draußen, um ihre Wachposten zu beziehen.

„Wir pfeifen, wenn jemand kommt!“, raunte Tante Fee Kevin zu. „Du kannst doch pfeifen, Ali?“ Ali nickte. Sie ermahnte Hanni und Nanni, sich keinesfalls aus dem Wagen herauszubewegen, dann waren sie weg.

Zipfelmaus drückte Shakira ein Seilende in die Hand, und Shakira flog mit dem Seil hinauf zu den Flipflops. Die drei knüpften einen prachtvollen Knoten, und Shakira kehrte sehr stolz zu Kevin und Zipfelmaus zurück.

„Juuuuuhu! Jetzt kann nichts mehr schiefgehen!“ Sie setzte sich ihre Sonnenbrille auf. „Superdetektivin Shakira holt jetzt den Schlüssel!“ Und schon war sie mit Fiffi durchs Fenster verschwunden.

Zipfelmaus und Kevin sahen am Seil hinauf.

„Das schaffe ich nie!“ Kevin schüttelte den Kopf.

„Wieso? Du bist doch auch auf den Baum raufgekommen. Versuch es doch einfach! Ich helf dir auch!“

„Der Baum war aber nicht so hoch! Und da gab es Äste! Das Seil hat überhaupt keine Äste!“

„Guck mal. Es ist ganz einfach!“ Zipfelmaus sprang am Seil hoch, klammerte sich fest und kletterte hinauf. Einige Augenblicke später stand sie auf dem Käfigrand und sah hinunter. „Siehst du?“

„Kann ich nicht!“

„Natürlich kannst du das. Kletter einfach mal los!“

Kevin sprang am Seil hoch, klammerte sich fest und rutschte wieder hinunter.

„Komm! Nochmal. Das war schon sehr gut!“

„Was war denn daran gut?“, fragte Flip.

Zipfelmaus sah ihn böse an.

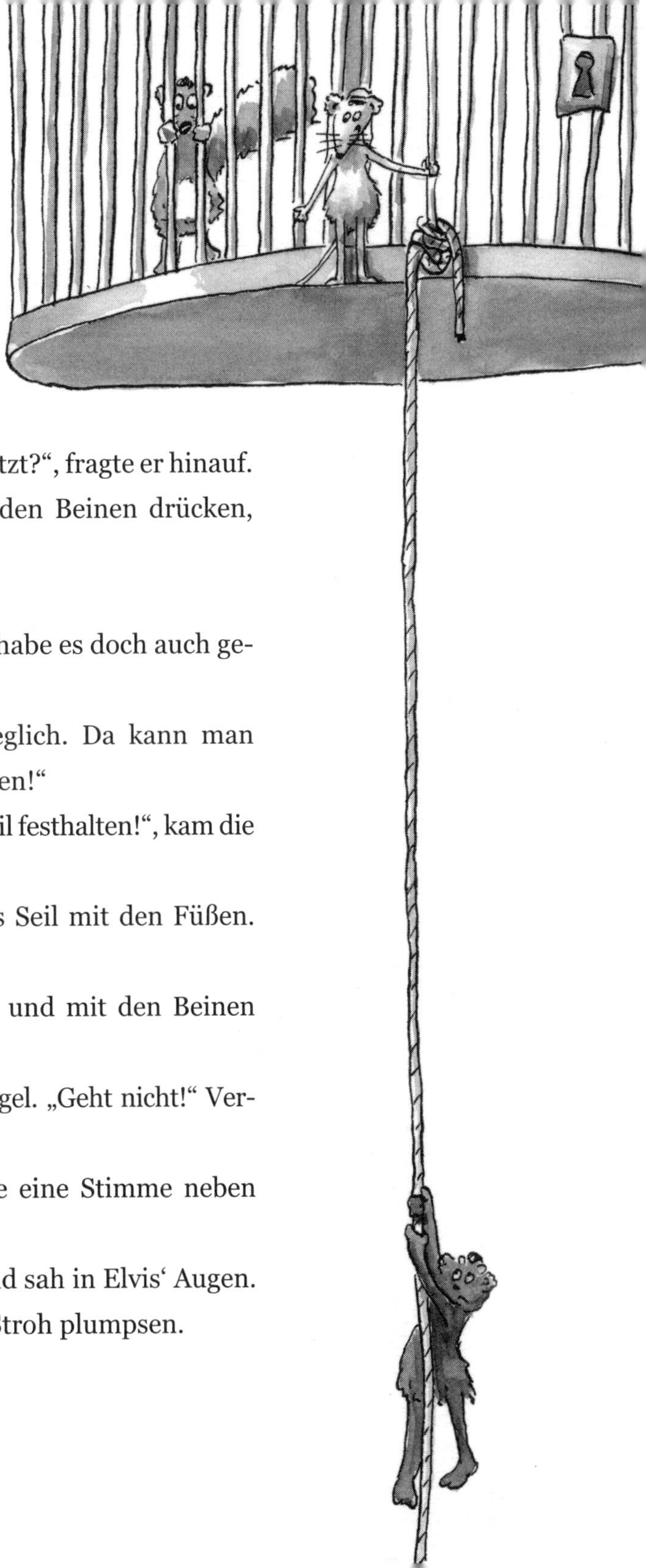

„Super Kevin! Du schaffst das!“, leierte Flip in die Tiefe.

Kevin sprang wieder hinauf, klammerte sich fest und hing dort wie ein nasser Sack. „Und jetzt?“, fragte er hinauf.

„Na, jetzt klettern! Mit den Beinen drücken, mit den Armen ziehen!“

„Das geht nicht!“

„Natürlich geht das. Ich habe es doch auch geschafft!“

„Das Seil ist total beweglich. Da kann man nicht mit den Beinen drücken!“

„Mit beiden Füßen das Seil festhalten!“, kam die Anweisung von oben.

Kevin umklammerte das Seil mit den Füßen. „Und jetzt?“

„Mit den Armen ziehen und mit den Beinen drücken!“

Kevin wurde zu einer Kugel. „Geht nicht!“ Verzweifelt sah er hinauf.

„Komm mal her!“, sagte eine Stimme neben Kevin.

Kevin drehte sich um und sah in Elvis‘ Augen. Erleichtert ließ er sich ins Stroh plumpsen.

„Pass auf. Du klammerst dich jetzt an meinen linken hinteren Huf. Schaffst du das?“

„Klar!“ Kevin pochte an den Huf. „Aber was bringt das?“

„Das bringt sehr viel. Du musst dich nur sehr gut festhalten. Ich mache dann einen Handstand. Dank der Salbe von Tante Fee tut mir nix mehr weh!“

„Und dann?“ Kevin verstand immer noch nicht, was er mit dem Eselhandstand zu tun hatte.

„Dann bist du fast oben und musst nur noch vom Huf an das Seil springen.“

„Nein!“ Kevin schüttelte den Kopf. „Ausgeschlossen! Das schaffe ich nie!“

„Beeilt euch!“, rief Zipfelmaus. „Die Zwergziegennummer ist gleich zu Ende! Und dann kommt Kolk zurück!“

„Ich kann nicht!“, jammerte Kevin.

„Komm! Versuch es einfach!“ Elvis hielt Kevin den Huf hin. Kevin klammerte sich fest. Elvis holte Schwung, warf die Hinterbeine in die Luft und ging in den Handstand. Kevin kniff die Augen zu. Mit gefühlter Lichtgeschwindigkeit schnellte er in die Höhe. Ein „JETZT!“ erklang von irgendwoher, Kevin ließ den Huf los, fühlte das Seil und klammerte sich fest.

Applaus brandete im Zirkuszelt auf, Jubel und Gejohle.

„Super, Kevin!“, hörte Kevin Zipfelmaus‘ Stimme ganz nah, aber er traute sich nicht, die Augen zu öffnen.

„Kevin, das war ja eine richtige Trapeznummer! Damit kannst du gleich hier im Zirkus anfangen!“ Flip war völlig aus dem Häuschen.

„Komm!“, rief Zipfelmaus. „Nimm meine Hand, ich ziehe dich

rauf. Du hast es fast geschafft!“ Kevin klammerte sich am Seil fest und rührte sich nicht.

„Kevin! Schnell, da kommt schon Shakira!“

Kevin öffnete ein Auge, sah in die Tiefe und jammerte. Shakira schoss mit dem Schlüssel durchs Fenster.

„Kevin, nicht nach unten sehen!“, rief Zipfelmaus über ihm. „Komm, nimm meine Hand!“

„Pfoah! Beeilt euch, das Ding ist teuflisch schwer!“ Shakira flatterte auf der Stelle und hielt den Schlüssel mit den Füßen fest. „Ich kann nicht mehr!“

Kevin sah nach oben, und tatsächlich war Zipfelmaus‘ Hand direkt über ihm. Er brauchte nur zuzugreifen. Allerdings musste er dazu das Seil loslassen. Und dann würde er unweigerlich in die Tiefe stürzen ...

„Kevin, los jetzt, sonst lasse ich den Schlüssel fallen!“, quiekte Shakira. Es ging um Sekunden! Kevin griff nach der Hand über seinem Kopf, ließ das Seil los und baumelte über dem Abgrund. Alles drehte sich. Aber mit einem Schwung wurde er hochgezogen.

„Halt dich an den Gitterstäben fest!“, rief Zipfelmaus.

„Beeilt euch!“, keuchte Shakira.

Kevin griff nach den Gitterstäben und zog sich hoch. Zipfelmaus und die Flipflops halfen, und Kevin stand auf dem Käfigrand. Keine Sekunde zu spät, denn mit letzter Kraft übergab Shakira den beiden den Schlüssel. Dann landete sie völlig erschöpft auf Elvis‘ Rücken.

„Gut gemacht, kleine Fledermaus!“, raunte er ihr zu.

Draußen ertönte ein Pfiff.

„Himmel!“, rief Zipfelmaus. „Kolk im Anmarsch! Wir müssen

das Schloss aufbekommen!“ Zu zweit hoben sie den Schlüssel vor das Schloss und versuchten, ihn in das Schlüsselloch zu bekommen. Das war schwierig, weil beide sich mit einem Arm festhalten mussten und nur einen Arm für den Schlüssel frei hatten. Aber sie schafften es, ihn vor das Schlüsselloch zu bugsieren. Die Flipflops hielten das Schloss von innen fest. Der Schlüssel verkantete sich. Sie zogen ihn wieder hinaus, da glitt er Zipfelmaus aus der Hand. Kevin konnte ihn alleine nicht halten, und der Schlüssel fiel in die Tiefe.

Noch ein Pfiff. Lauter als der erste.

„Shakira, schnell, den Schlüssel!“

Aber Shakira war schon unterwegs. Wie der Blitz war sie wieder oben beim Käfig, und nun versuchten sie zu dritt, den Schlüssel ins Schloss zu stecken. Er glitt hinein. Sie versuchten ihn mit vereinten Kräften zu drehen. Er klemmte, knirschte. Er musste sich doch drehen lassen ...

„He, was soll das?!“, donnerte es vom Eingang her.

Kolk! Die Tür sprang auf, und mit einem Satz war er im Wagen und am Käfig. Shakira schoss wie der Wind davon, aber Kevin und Zipfelmaus zappelten in Kolks Hand.

„Hab ich euch, ihr Gangster!“ Kolk starrte seine Beute unter finsteren Augenbrauen an. „Ihr gehört doch zu der Bande, die so schön gesungen hat. Gleich zu den Goldkehlchen in den Käfig mit euch. Vielleicht singen die beiden dann auch wieder!“ Er griff nach dem Schlüssel. Da bekam er plötzlich von hinten einen Stoß. Elvis! Kolk ging in die Knie, und Kevin und Zipfelmaus flogen im hohen Bogen ins Stroh. Sie flitzten beide zum Eingang, durch den mehrere Ziegen ihre Köpfe steckten und dem Spektakel zusahen. Sie hatten den

Ausgang erreicht und wollten gerade durch die Tür springen, als Kolks Hand ihnen hinterherschnellte. Zipfelmaus hechtete zwischen den Ziegenköpfen hindurch ins Freie, aber Kevin klemmte in Kolks Hand.

„Gesindel! Pack! Räuber!“, schrie Kolk. Er stand auf und sprang zur Tür. Aber da war niemand mehr, nur noch die Ziegen. „Wenn ihr euren kleinen schwarzen Freund wiederhaben wollt, dann bringt mir eine von den Birnen! Sonst bleibt er hier im Käfig, bis er schwarz wird. Oder weiß. Oder was weiß ich!“ Kolk funkelte Kevin böse an. „Dich jedenfalls, dich habe ich! Ab in den Käfig mit dir!“ Unbarmherzig knirschte das Schloss, und Kevin war gefangen. Das Seil verschwand in Kolks Hosentasche.

„Und wir“, Kolk zeigte mit dem Zeigefinger auf Elvis, „wir sprechen uns noch!“

Türknallend verließ er den Wagen und stampfte davon. Die Ziegen schlichen mucksmäuschenstill hinter ihm her.

Es dauerte einige Zeit, bis sich alle von dem Schrecken erholt hatten. Tante Fee erwachte als erste aus der Erstarrung. „Himmel! Die Marienkäfer!“ Sie spähte aus dem Rasen zum Wagen. „Die beiden werden sterben vor Angst!“ Sie drehte sich zu Ali und Zipfelmaus um. „Meint ihr, dieser rüpelhafte Strolch kommt noch einmal zurück?“

Zipfelmaus schüttelte den Kopf. ‚Hoffentlich nicht', dachte sie.

„Gut, dann hole ich die beiden mal!“

„Warte, wir kommen mit!“, rief Zipfelmaus. „Komm, Ali!“

Ali duckte sich ins Gras.

„Kolk ist weg, Ali. Du musst keine Angst mehr haben! Komm, wir sammeln die Käferchen ein, und dann holen wir die Sababirne aus dem Garten und befreien Kevin und die Flipflops!“

Ali sprang auf und raste davon.

„Ali!“ Zipfelmaus lief ihm hinterher, aber Ali war schneller und verschwand in Richtung Garten.

„Lass ihn nur!“ Tante Fee hatte das Brett erreicht, das zum Wagen hinaufführte. „Das schaffen wir auch alleine. Und gleich sind wir ja auch im Garten!“

Elvis schaute aus seinem Wagen heraus.

„Wie geht es Hanni und Nanni?“ Tante Fee erklomm das Brett.

„Och, die turnen mit der Hummel um den Käfig herum."

Tante Fee schlüpfte unter der Tür hindurch. „Hanni! Nanni! Sofort kommt ihr hierher!"

Die Marienkäfer hatten keine Lust herunterzukommen. Sie wollten lieber mit Fiffi Fangen spielen. Kevin und die Flipflops saßen in ihrem Käfig und sahen hinunter.

„Holt ihr uns hier raus?", rief Kevin.

„Klar!" Zipfelmaus war auch durch den Spalt geschlüpft.

„Aber er will doch die letzte Birne haben!" Flip schüttelte den Kopf. „Und wenn er sie bekommt, ist keine Birne mehr da, und wir werden alle aus dem Garten vertrieben!" Flop sagte gar nichts. Er war völlig am Boden zerstört und hatte jede Hoffnung verloren.

„Erst mal müssen wir euch hier herausbekommen, dann sehen wir weiter!" Zipfelmaus hatte zwar auch keine Idee, was dann geschehen sollte, aber auf jeden Fall mussten ihre Freunde befreit werden. Das war in diesem Moment das Wichtigste.

„Hanni, Nanni! Ich meine es ernst. Jetzt kommt ihr aber ganz schnell zu mir! Ich zähle bis drei!" Tante Fee sah nach oben, wo die Marienkäfer und Fiffi kichernd um den Käfig herumzischten.

„Eins!"

Die drei ließen sich überhaupt nicht stören. Sollte Tante Fee doch heraufkommen! Hähä.

„Zwei!"

HUI HUI HUI – und im Slalom zwischen den Gitterstäben hindurch.

„Ich warne euch! Jetzt gäbe es nur noch die ...."

ZACK, ZACK, wurden Hanni und Nanni aus der Luft gepflückt. Sie wussten gar nicht, wie ihnen geschah.

„Seid doch nicht dumm!“, raunte Shakira ihnen zu. Dann landete sie neben Tante Fee und setzte die Käfer ins Stroh. „Da sind die beiden Ausreißer.“

Tante Fee sah sie sehr streng an. Sie krochen schuldbewusst in Tante Fees Tasche. „Fräuleins!“, murmelte sie und ließ die Tasche zuschnappen. Dann sah sie nach oben. „So Jungs, ihr müsst noch ein wenig da oben aushalten, aber wir kommen so schnell wie möglich zurück und holen euch raus, ja?“

Kevin und Flip nickten, Flop saß reglos auf dem Käfigboden. Tante Fee winkte ihnen und Elvis zu und verschwand durch den Spalt. Zipfelmaus folgte ihr. An der Tür drehte sie sich noch einmal um. „Keine Angst! Wir holen die Birne! Versprochen!“ Dann kroch sie schnell nach draußen. Shakira und Fiffi schossen hinter ihr her.

Tante Fee übergab Zipfelmaus ihre Tasche, und sie liefen durch das Gras in Richtung Garten.

„Meinst du, dass es Schwierigkeiten geben wird wegen der Birne?“ Tante Fee sah ihren Großneffen prüfend an.

„Warum?“ Zipfelmaus ächzte mit der Tasche hinter Tante Fee her.

„Wegen der Vertreibung!“

„Naja, uns bleibt aber doch keine andere Möglichkeit!“

„Aber es könnte Proteste von den anderen Gartenbewohnern geben!“

„Ich glaube nicht, dass Frau Fabelhaft uns wirklich aus dem Garten vertreibt!“ Zipfelmaus überlegte, was Tante Fee da alles in ihrer Tasche hatte. Sie wog Tonnen!

„Kevin war sich da aber ziemlich sicher!“ Tante Fee gab nicht nach.

„Das ist doch nur eine alte Geschichte aus der Grübel!“ Zipfelmaus musste die Tasche einen Moment absetzen. Wie schaffte Kevin es nur, diese Tasche ständig für Tante Fee hin- und herzutragen?

„Den Menschen ist sehr wichtig, was in der Grübel steht!“

„Sollen wir etwa Kevin und die Flipflops da in ihrem Käfig versauern lassen?“ Zipfelmaus begann die Tasche zu hassen.

„Natürlich nicht!“ Tante Fee legte Zipfelmaus die Hand auf die Schulter. „Ich möchte nur, dass du nicht überrascht bist, wenn das mit der Birne und Kolk nicht so ganz ohne Diskussionen abgehen wird.“

Zipfelmaus nickte und ächzte. Im Moment war ihr eigentlich alles egal. Sie wollte nur diese Tasche loswerden.

„Aber wir haben natürlich gar keine andere Wahl.“ Tante Fee blieb stehen und schüttelte energisch den Kopf. „Wir müssen diese Birne für Kevin und die Flipflops opfern, auch wenn sie die letzte ist, und wir nicht wissen, was dann geschehen wird. Ich bin da natürlich völlig deiner Meinung!“

„Ja!“, keuchte Zipfelmaus. „Können wir jetzt weiter?“

„Ich bin auch deiner Meinung, Tante Fee!“, kam es von oben.

„Und Fiffi auch!“

„Na, dann sind zumindest wir uns ja einig!“, rief Tante Fee. Und damit betraten sie den Garten. Von der Spelunke her hörten sie großen Lärm. Dort war schon eine hitzige Diskussion im Gange. Die Nachricht über die Entführung der Flipflops hatte sich schnell im Garten herumgesprochen, und Ali hatte bereits von den allerneuesten Entwicklungen aus dem Zirkus erzählt. Große Empörung. Der Maulwurf schlug mit der Faust auf den Tisch. Dieser Kolk! Wie konnte er nur! Was bildete der sich ein, wer er war? Alle redeten durcheinander, und Spitzmaus kam mit dem Punschverteilen kaum hinterher. Aber was sollte man tun? Konnte man überhaupt etwas tun? Hier gingen die Meinungen auseinander. Für Zipfelmaus war es natürlich sonnenklar, dass sie die letzte Sababirne hergeben mussten, um die Freunde zu befreien. Dieser Meinung war neben Tante Fee und Shakira auch die Gräfin, die zur allgemeinen Überraschung zum ersten Mal in ihrem Leben den Weg in die Spelunke gefunden hatte. Man dürfe die Freunde in dieser Situation nicht im Stich lassen, meinte sie entschieden. Maulwurf und Spitzmaus wollten kämpfen. Sie wollten Kolk den Schlüssel zum Käfig klauen und die Flipflops und Kevin befreien. Und Ali wollte auf keinen Fall die Birne vom Baum holen, weil sie dann alle vertrieben würden. Dann auch lieber kämpfen.

„Ali und kämpfen!“, kicherte Shakira.

„Pscht!“, wisperte Zipfelmaus. „Wir müssen möglichst viele für unseren Plan gewinnen!“

„Stimmt!“, wisperte sie zurück und sagte dann laut: „Das mit dem Schlüssel können wir, glaube ich, vergessen.“

Alle Augen richteten sich auf Shakira. „Warum?“

„Den Schlüssel hat Kolk in seiner Hosentasche. Und da kommen wir nicht ran.“

„Warum denn das nicht?“ Maulwurf guckte grimmig. „Du hast ihn doch auch bekommen!“

„Da hing er aber noch in Kolks Wagen am Nagel über dem Bett. Das war ein Kinderspiel.“

„Und wenn wir warten, bis er schläft?“ Maulwurf gab nicht auf.

„Dann schließt er sich in seinem Wagen ein. Da kommen wir nicht rein.“

„Und was schlägst du stattdessen vor?“

„Ich glaube, uns bleibt nichts übrig, als ihm die Birne zu geben!“ Shakira sah in die Runde.

Maulwurf schüttelte den Kopf, und Spitzmaus sagte: „Das kommt gar nicht in Frage. Ich habe keine Lust, hier aus dem Garten vertrieben zu werden. Wo soll ich denn dann mit meiner Spelunke hin? Ich habe mir hier alles aufgebaut, und deshalb sehe ich überhaupt nicht ein, dass ich wegen der Flipflops, die ja sowieso nicht in unserem Garten leben, und Kevin alles aufgeben soll. Kevin kann zurück in seine Kirche. Ich habe nur hier mein Zuhause.“

„Und die Flipflops und Kevin sollen mit dem Zirkus auf Reisen gehen?“ Tante Fee sah Spitzmaus vorwurfsvoll an.

„Warum sollen wir sie befreien, wenn wir dann doch alle vertrieben werden?“ Spitzmaus stapelte energisch die Punschgläser auf das Tablett. „Dann sollen doch besser nur die drei auf Reisen gehen, und wir können alle hierbleiben.“

„Spitzmaus, du bist gemein!“ Shakira stampfte mit dem Fuß auf.

„Das ist total egoistisch!“

„Warum?“

„Du musst doch auch mal an die Flipflops und Kevin denken!“

„Und wer denkt an mich?“, blaffte Spitzmaus zurück.

„Aber ich will nicht vertrieben werden!“ Ali hatte Tränen in den Augen.

„Wir wissen doch gar nicht, ob wir überhaupt vertrieben werden.“ Zipfelmaus legte Ali den Arm um die Schulter. „Es ist doch nur eine Geschichte!“

„Kevin hat gesagt, sie steht in der Grübel, und deshalb werden wir alle vertrieben!“, schniefte Ali.

„Es ist aber trotzdem nur eine Geschichte. Geschichten können so oder so ausgehen. Vielleicht werden wir ja gar nicht vertrieben.“ Zipfelmaus versuchte zuversichtlich zu klingen.

„Und wenn doch?“ Ali blieb untröstlich.

„Ich finde, Spitzmaus hat recht!“ Alle sahen Maulwurf an. „Wenn wir Kolk die Birne geben, werden wir alle vertrieben, und wenn wir sie ihm nicht geben, können wenigstens wir hierbleiben.“ Maulwurf hieb mit der Faust auf den Tisch. „Ich bin dafür, dass die Birne hierbleibt!“

Gemurmel.

„Vertrieben zu werden“, sagte die Gräfin mit leiser Stimme, „ist schrecklich.“ Man hätte eine Stecknadel fallen hören können. Dann erhob sie die Stimme. „Aber man überlebt es!“ Sie sah in die Runde. „Ich bin vertrieben worden. Aus einem Paradies! Und ich habe mein Paradies geliebt. Aber niemand hat mich gefragt, ob ich fortwollte oder nicht. Von einem Moment auf den anderen wurde ich fortgerissen. Mit meinem Salat. In einen Fahrradkorb geschleudert und dann vom Schicksal hierhin geführt." Die Gräfin richtete sich auf. „Und ich habe es überlebt! Und nicht nur das! Ich habe eine neue Heimat gefunden und neue Freunde. Denn meine Lieben, ich war allein. Wir sind es nicht. Wenn wir vertrieben werden, dann sind wir alle zusammen. Und wenn wir nur zusammenhalten, wir alle und die armen Gefangenen dort in ihrem Käfig, die so sehr auf uns zählen, dann können wir alles schaffen!"

Einen Augenblick lang herrschte absolute Stille. Aber dann brandete Beifall auf.

„Ich gebe mich geschlagen!", lachte Maulwurf. „Nach dieser flammenden Rede bleibt einem aber auch keine andere Wahl!"

„Sie waren hin- und mitreißend, meine Liebe!" Tante Fee umarmte die Gräfin.

Spitzmaus gab eine Runde aus, und Shakira flog eine Pirouette. Fiffi hatte heimlich Tante Fees Tasche geöffnet, und die Marienkäfer liefen kläffend zwischen den Tischen herum.

„Wo ist Ali?", fragte Zipfelmaus, aber keiner hörte ihre Frage.

„Los!", rief Shakira. „Wir holen die Birne!" Und HUSCH war sie um die Ecke verschwunden. Eilig liefen die anderen ihr nach.

Als sie den Birnbaum erreichten, saß Shakira davor und sah nach oben.

„Was ist?", fragte Zipfelmaus. „Warum sitzt du hier unten?"

„Die Birne ist weg!"

„Was?!?" Zipfelmaus war entsetzt.

„Das kann nicht sein!" Tante Fee spähte in den Baum. Aber da war nichts.

„Keine Birne?“ Nun war auch Spitzmaus angekommen.

„Ich sehe jedenfalls keine!“

„Kolk!“ Maulwurf blinzelte nach oben. „Das war doch bestimmt Kolk!“

Tante Fee schüttelte den Kopf. „Das glaube ich nicht. Das wäre doch albern. Dann hätte er die Birne nicht als Lösegeld angesetzt.“ Sie grübelte. Wo konnte diese Birne sein!

„Sie brauchen da unten ja nich so rumlungern, ick hab jeschlossen!“, ertönte es von oben.

Tante Fee sah nach oben. „Erstens, meine Liebe, heißt es *herumzulungern*, zweitens lungern wir nicht herum und drittens: wo ist die Sababirne?“

„Ach, die suchen Se. Na, da sind Se n bisschen spät, Jnädigste, die hab ick verkoft.“

„Verkauft? Aber an wen denn, Sie Geschöpf! Und wann?“

„Nu, jrad eben! An son Rudel Schnecken. Die waren janz wild druf. Wahrscheinlich wejen die Vitamine! Sin ja alles Sportler!“

„Gerade eben?“ Tante Fee sah sich suchend um. „Wohin sind sie entwischt? Sie können ja nun nicht so weit sein. Sportler hin oder her!“

„Da hinten!“, rief Shakira. „Da sind ganz viele Schnecken! Am Brunnen!“

Alle rannten zum Brunnen, und Hanni und Nanni jagten hechelnd hinterher. Angekommen kläfften sie die Schnecken an.

„Nehmen Sie diese Bestien weg!“, rief eine der Schnecken. Sie war riesig und trug eine Baseballkappe.

„Aus!“, donnerte Tante Fee.

„Das ist mit Abstand der blödeste Campingplatz, den ich kenne!“ Die Baseballschnecke war sehr wütend. „Nirgendwo hat man seine Ruhe!“

„Das ist aber gar kein Campingplatz!“, zischelte Spitzmaus.

„Pscht!“, machte Tante Fee. Dann lächelte sie die Schnecke an. „Ein bisschen wild geht es ja immer und überall zu, so ist schließlich das Leben, nicht wahr?“

Die Baseballschnecke grunzte.

„Sagen Sie“, fuhr Tante Fee fort, „Sie haben nicht zufällig heute Obst gekauft?“

„Ja klar haben wir Obst gekauft. Eine Birne.“ Die Baseballschnecke schob ihre Kappe zurück.

„Oh! Ja, diese Birnen sind exquisit! Wie ich sehe, haben Sie sie schon ratzekahl verputzt?“ Tante Fee sah sich unauffällig suchend um.

„Die Birne, meine liebe Dame, ist uns gerade eben gestohlen worden. Es ist nicht nur ein wenig wild hier, wie Sie es so nett beschreiben, man wird auch noch an jeder Ecke überfallen! Wir werden uns beschweren! Und wiederkommen werden wir auch nicht! Nie mehr! Ausgeschlossen!“

Die Birne gestohlen? Gemurmel.

„Entschuldigen Sie“, mischte sich Zipfelmaus ein, „wer um alles in der Welt hat Ihnen denn die Birne gestohlen?“

„Na, so ein völlig verpeilter Hase!“

„Hase?“ Zipfelmaus sah die anderen fragend an.

„Hier gibt es gar keinen Hasen!“, stellte Spitzmaus fest.

„Vielleicht meinen sie Ali?“, fragte die Gräfin. „Kaninchen und Hasen werden ja oft verwechselt!“

„Ach Ali!“

„Ja, so ein Langohr. Schoss wie von Sinnen in unser Picknick und war mit der Birne auf und davon. Die Kriminalität hier auf diesem Campingplatz ist beängstigend! Wir werden das melden! Und wir werden abreisen. Alle!“ Damit zogen die Schnecken maulend davon.

„Ali!“ Tante Fee stemmte die Arme in die Seiten. „Wohin mag er mit der Birne verschwunden sein?“ Nirgendwo war ein Ali zu sehen.

„Am besten schwärmen wir aus.“ Zipfelmaus sah sich um. „Du, Shakira, schaust von oben, ob du ihn irgendwo entdecken kannst. Und wir suchen in allen Ecken des Gartens. Wir müssen ihn finden!“

Alles nickte. „Na dann los!“

Wie der Wind verschwanden alle in den Büschen. Zipfelmaus huschte zum Haus und dachte nach. Wo konnte Ali sein? Vielleicht in seiner Höhle? Die war da irgendwo neben der Terrasse unter der Berberitze. Sollte sie da mal suchen? Vielleicht wollte Ali die Birne dort verstecken? Zipfelmaus war noch nie in Alis Höhle gewesen. Sie überquerte die Terrasse, winkte wehmütig ihrem Schaukelstuhl zu, der verlassen in der Ecke stand und ging weiter zur Berberitze. Da war Alis Bau. Und davor lag ein Birnenblatt. Aha. Eine heiße Spur! Ob man so einfach in die Höhle gehen durfte? Zipfelmaus spähte hinein.

„Ali?“ Keine Antwort! „Aaaaaliiiiiii!“ Nichts.

Vorsichtig betrat Zipfelmaus die Höhle. Es ging sachte bergab, und es wurde rasch dunkler. Wie lang wohl so eine Ali-Höhle war? Und wie tief? Vorsichtig tappte Zipfelmaus weiter. Wurzeln hingen aus den Wänden heraus und legten sich klamm auf ihre Schultern.

Man hatte das Gefühl, als tasteten sie nach einem. „Schluss damit!“, schalt Zipfelmaus sich selbst. „Man kann sich auch in solche Horrorvorstellungen hineinsteigern!“ An der ersten Gabelung entschied sie sich für rechts. ‚Hoffentlich kommen da nicht noch mehr Gabelungen!’, dachte Zipfelmaus. ‚Vielleicht sollte ich immer rechts wählen? Dann muss ich auf dem Rückweg nur immer links gehen!’ Aber Zipfelmaus bezweifelte, dass das eine gute Idee war. Und die Birne oder Ali würde sie auf diese Weise wahrscheinlich auch nicht finden. Vier Gabelungen später hatte sie schon die Orientierung verloren. Plötzlich ging es steil bergab, dann wieder gegabelt rechts, rechts, rechts. Es war stockdunkel. Flüsterte da jemand? „Ali!“ Zipfelmaus‘ Stimme wurde von den feuchten Wänden förmlich aufgesogen. Es blieb nichts als ein dünnes Wimmern. Die Wurzeln

wurden immer aufdringlicher. Ob Ali wirklich in diesem Labyrinth wohnte? Hier unten musste er doch sterben vor Angst! In jedem Gang konnte ein Monster lauern. Zipfelmaus ermahnte sich, an so etwas Gruseliges gar nicht zu denken. Wieder ging es tiefer. Der wievielte Stock mochte das sein? Der vierte? Fünfte? Ob Ali überhaupt schon mal hier gewesen war? Aber irgendwer musste diesen Tunnel ja gegraben haben. Da! Wieder ein Birnenblatt! Aha. Hier war er also tatsächlich vorbeigekommen. „Ali!", rief Zipfelmaus. „Aaaaaaaali!" Das Wimmern verlor sich in Wurzeln, die sie neugierig betrachteten. Rechts, rechts, rechts, runter. Hier versperrte ein Wurzelvorhang den Weg. Augen zu und durch! Zipfelmaus kämpfte und kämpfte, aber der Wurzelvorhang nahm kein Ende. Plötzlich ein Heulen und dünnes Pfeifen! Zipfelmaus erstarrte. Woher kam das? Große grünliche Augen schimmerten durch das Wurzelgewirr. Hier, da, dort! Es wurden immer mehr! Von überall kamen sie. Es pfiff und heulte von allen Seiten. Maden waren das. Uh! Bleich und glitschig glitten sie durch die Wurzeln. Zipfelmaus kämpfte sich weiter. Irgendwo musste der Wurzelwald doch aufhören! Aber kein Ende war in Sicht. „Mist! Mist! Mist!", jammerte Zipfelmaus. „Warum gerate ich nur immer in solche Situationen! Ich will hier *RAUS*!" Und PLUMPS fiel sie nach vorne. Keine Wurzeln mehr. Überall krochen kleine, glimmende Wesen herum und tauchten die Höhle in ein gelbliches Dämmerlicht. Und da lag sie: Die letzte Sababirne! Und hinter der Birne saß Ali.

Ali sah ziemlich gruselig aus in diesem Glimmerlicht tief in seiner Höhle. Und er machte überhaupt nicht den Eindruck, als ob er die Birne wieder hergeben wollte. Zipfelmaus hätte sich gar nicht gewundert, wenn Ali plötzlich mit tiefer, knarrender Stimme einen Zauberspruch gesprochen hätte, der sie für 1000 Jahre in dieser Grabkammer mit all ihren Glimmerwürmern eingeschlossen hätte. Stattdessen sagte er mit seiner ganz normalen Alistimme: „Du bekommst die Birne aber nicht!"

„Ich will sie auch gar nicht. Allerdings weißt du, wer sie will!"

„Der bekommt sie auch nicht. Ich gebe sie überhaupt nicht her. Jetzt ist sie hier, und hier bleibt sie auch!" Zipfelmaus hatte Ali noch nie so entschlossen erlebt.

„Hast du eigentlich keine Angst hier unten?" Ein winziger Glimmerwurm begann an Zipfelmaus' linkem Fuß hochzuklettern.

„Warum sollte ich denn hier Angst haben?" Ali sah Zipfelmaus mit großen Augen an. „Oben muss man Angst haben. Hier unten nicht!"

„Aber all diese Gänge! Da könnten doch die schrecklichsten Monster hausen!"

„Hier gibt es keine Monster!"

„Bist du sicher?"

„Da bin ich völlig sicher. Hier unten kenne ich alles. Ich habe die Höhle schließlich selber gebaut."

„Na gut. Das weißt du sicher am besten. Es ändert allerdings nichts an der Tatsache, dass die Birne wieder in den Garten zurück muss!" Zipfelmaus versuchte, das Glimmerwesen auf dem linken Fuß mit dem rechten herunterzuschieben. Mit dem Erfolg, dass es nun an dem rechten Fuß hochzuklettern begann.

„Nein, sie bleibt hier unten. Hier unten ist alles gut!" Ali schaukelte die Birne hin und her.

„Trotzdem muss sie nach oben, Ali!"

„Warum?"

„Weil sie hier unten niemandem nützt. Oben schon!" Ein zweites Glimmerwesen begann am linken Zipfelmaus-Bein hochzuklettern.

„Warum nützt sie niemandem? Wenn Frau Fabelhaft und Frau Bienenstich zurückkehren, werde ich ihnen die Birne vor die Füße rollen. Dann freuen sie sich, und wir werden nicht aus dem Garten vertrieben!"

„Wenn die Birne eine Zeit lang hier unten war, ist sie vergammelt. Darüber freut sich niemand." Die Glimmerwesen waren schon an den Knien angelangt. Und weitere begannen, sich Zipfelmaus' Füßen zu nähern.

„Sie bleibt trotzdem hier!" Ali blieb hart. Oben im Garten war er nie so stur. Zipfelmaus überlegte, wie sie Ali in den Garten locken konnte.

„Möchtest du denn, dass Kevin und die Flipflops im Käfig gefangen bleiben, mit dem Zirkus fortgehen müssen und nie mehr wiederkommen?"

„Nein, natürlich nicht!" Ali wiegte sich hin und her. „Aber es geht eben nicht anders!"

„Du wirst dann vielleicht nie mehr glücklich werden."

„Warum?"

„Weil du weißt, tief in dir drin, dass dein Glück, im Garten bleiben zu dürfen, mit ihrem Unglück erkauft worden ist!"

Ali schwieg. Mittlerweile hatten die Glimmerwürmchen Zipfelmaus' Bauch erreicht. Von unten kletterten immer mehr von ihnen an ihren Füßen hoch. Ein Glimmerwürmchen ließ sich von der Decke auf Zipfelmaus' Schulter herab.

„Nie mehr mit den Flipflops lachen!"

Alis Nase zitterte.

„Nie mehr mit Kevin Fangen spielen!" Immer mehr Glimmerwürmer kamen von allen Seiten. „Stattdessen immer den Käfig vor Augen! Irgendwo in der Welt. Weit weg von zu Hause!"

„Hör auf!" Ali schniefte.

„Flop weint bestimmt jeden Tag!" Nun war Zipfelmaus über und über mit golden schimmernden Pünktchen bedeckt. „Weißt du noch, wie Flop dir den bösen Dorn aus dem Fuß gezogen hat?"

„Ach, Flop!" Eine Träne rollte über Alis Gesicht.

„Und alles nur wegen so einer blöden Birne!", flüsterte Zipfelmaus und schimmerte.

Ali hockte völlig zusammengesunken neben der Sababirne.

„Aber noch ist es ja nicht zu spät!", wisperte Zipfelmaus.

„Es ist noch nicht zu spät?" Ali betrachtete die Birne, an der die ersten Glimmerwürmer heraufkletterten.

„Aber nein! Noch ist nichts verloren!" Zipfelmaus überlegte, wie lange sie wohl für den Rückweg ans Tageslicht brauchen würden.

„Dann bringen wir Kolk die Birne!“ Ali richtete sich mit einem Ruck auf. Ein Glimmerwürmchen seilte sich von der Decke ab und landete zwischen Alis Ohren.

„Bravo!“, rief Zipfelmaus und atmete auf. „Ali, du bist ein Held!“

„Bin ich nicht. Ich weiß nicht, was richtig ist. Aber Flop soll nicht weinen!“ Vorsichtig hob Ali die Birne auf.

„Und wie kommen wir hier raus? Wieder hier entlang?“ Zipfelmaus spähte in den Wurzelvorhang, durch den sie sich so mühsam gekämpft hatte.

„Nein!“ Ali zeigte in die andere Richtung. „Hier geht es lang. Es ist nicht weit!“

„Nicht weit?“

„Nein, wir sind gleich da. Komm!“ Damit hoppelte Ali davon.

Zipfelmaus hatte große Mühe, ihm zu folgen. Es ging fast nur bergauf. Wendelhöhle für Wendelhöhle. Aber langsam wurde es heller und heller, und dann hatten sie auch schon den Ausgang erreicht. Zipfelmaus wollte ihren Augen nicht trauen. Der Ausgang lag unter einem Busch direkt gegenüber von Kolks Wagen.

„Donnerwetter!“, entfuhr es Zipfelmaus. „Das ist ja toll! Wie viele Ausgänge hat denn deine Höhle?“

„Ganz viele!“

„Und die sind nicht alle im Garten?“

„Nö!“

Zipfelmaus schüttelte den Kopf. Alis Höhlenreich war ein großes Rätsel. Aber egal. Es gab Wichtigeres zu tun. Die Birne war nun fast am Ziel. Da drüben standen die Wagen. Elvis schaute aus seiner Luke heraus, und über ihm schaukelte der Käfig.

„Da sind sie!", flüsterte Zipfelmaus.

„Und wo ist Kolk?"

„Wahrscheinlich in seinem Wagen. Am besten bringen wir die Birne rüber und legen sie auf die Rampe vor Elvis' Tür. Da findet Kolk sie bestimmt."

„Und dann?"

„Wir warten hier, bis er die drei freilässt und nehmen sie in Empfang."

„Au ja!"

„Dann komm!" Zipfelmaus verließ den Busch, und Ali folgte ihr mit der Birne. Plötzlich erstarrte Zipfelmaus.

„Was ist?" Ali erstarrte auch.

„Da!", flüsterte Zipfelmaus heiser und zeigte zu den Wagen.

„Wo?"

„Da drüben. Zwischen den beiden Wagen!"

Ali fuhr zusammen. „Himmel! Was ist das?!!"

„Das ist ein Löwe. Beweg dich nicht!"

„Löwe?"

„Eine Art riesige Katze. Er heißt Roncalli, ist aus Stein und lebt im Blümchenpark."

„Der ist doch nicht aus Stein! Der bewegt sich. Da, guck! Das ist ein Monster!" Ali war außer sich vor Angst.

Der Löwenkopf verschwand wieder.

„So, er ist weg. Los, wir bringen die Birne rüber!" Zipfelmaus rannte los. Ali rührte sich nicht.

„Ali, komm. Wir müssen uns beeilen!"

„Aber der Löwe!“ Ali schüttelte den Kopf. „Wenn der wieder zurückkommt!“

„Nein, der ist sicher weg. Komm schnell! Dann haben wir es hinter uns.“

Ali zögerte.

„Ali!“

Vorsichtig hoppelte Ali hinter Zipfelmaus her. Sie erreichten den Wagen und legten die Birne auf die Rampe. Elvis nickte ihnen zu. Sie sahen hinauf zum Käfig. Die drei Gefangenen spähten zwischen den Gitterstäben hindurch. Zipfelmaus winkte und zeigte auf die Birne. Dann huschten die beiden zu ihrem Versteck im Busch zurück. Keinen Augenblick zu früh, denn zwischen den Wagen sprang der Löwe Roncalli hervor.

„Der ist also aus Stein?“, fragte Ali und zeigte zum Löwen. „Du spinnst, Zipfelmaus!“

„Es ist ein Zauberlöwe.“

„Zauberlöwe? Der kann auch noch zaubern?“

„Nein, er ist verzaubert. Das hat der Igel mir erzählt.“

„Ich gehe wieder in meine Höhle. Da gibt es keine Zauberlöwen!“ Ali wandte sich zum Gehen.

„Nein, bleib hier!“ Zipfelmaus zupfte ihn am Fell. „Er ist aus Stein, aber er kann sich bewegen, wenn es Abend wird. Er darf sich nur nicht von einem Menschen erwischen lassen. Denn sonst muss er für immer als Steinlöwe auf seinem Sockel sitzen.“

Ali drehte sich wieder um. „Und so was erzählt der Igel?“

„Ja. Der weiß viel, der Igel.“

„Hm!“, machte Ali. Dann beobachteten sie den Löwen. Er schlich

um Elvis‘ Wagen herum und beschnupperte die Birne.

„Der wird die doch jetzt nicht fressen!“, jammerte Ali. „Dann wäre ja alles umsonst gewesen!“

In dem Moment knarrte die Klinke der Tür von Kolks Wagen. Mit einem Satz war der Löwe zwischen den Wagen verschwunden. Dann öffnete sich die Tür, und Kolk trat heraus. Er stieg hinunter und schlenderte zu Elvis' Wagen herüber.

„Ah!“, rief er. „Was haben wir denn da!“ Er griff nach der Sababirne und hielt sie in die Höhe. „Danke, ihr Zaubergeister!“ Dann biss er herzhaft in die gelbe saftige Birne, dass es nur so spritzte. HAPPS, HAPPS, HAPPS und die Birne war weg. Ali und Zipfelmaus schluckten. Jetzt musste er die Gefangenen freigeben. Zwischen den Wagen verborgen sah man auch ein Büschel Löwenmähne.

Kolk wischte sich die Finger an der Hose ab. Dann stemmte er die Hände in die Seiten und begann laut zu lachen.

„Hahaha! Und jetzt denkt ihr, dass ich die Gefangenen freilasse?" Er sah sich um. „Ich weiß, dass ihr da irgendwo sitzt und mich beobachtet!" Seine Augen wurden zu schmalen Schlitzen. „Und wisst ihr was? Ihr seid reingefallen! Hahaha! Hahaha!"

„Wie meint er das?", fragte Ali unsicher.

Zipfelmaus schüttelte mit zusammengebissenen Zähnen den Kopf.

„Ich", begann Kolk wieder und zeigte auf seine Brust, „ich lasse niemanden frei. Ich nehme alle drei mit. Sie werden mir gute Dienste leisten. Die zwei Goldkehlchen und der schwarze Gesell mit Hörnern. Wer weiß, was der für Kunststückchen kann." Kolk begann wieder laut zu lachen. „Und ihr habt gedacht, ich lasse sie frei? Ihr seid wirklich sehr leichtgläubig! Niemanden lasse ich frei. Und morgen früh reisen wir ab. Und zwar alle. Hahaha! Für immer! Auf Nimmerwiedersehen!" Winkend ging er wieder zu seinem Wagen. Doch dann wandte er sich noch einmal um. „Ach so! Danke für die Birne. Sie war köstlich! Hahaha! Hahaha!" Damit verschwand er in seinem Wagen und knallte die Tür zu. Und noch durch die geschlossene Tür hörte man sein Lachen.

Völlig niedergeschmettert saßen Ali und Zipfelmaus unter ihrem Busch.

„Das kann er doch nicht machen!" Ali verstand die Welt nicht mehr.

„Ein Kolk kann alles! Es muss nur böse sein."

„Hätte ich doch nur nicht auf dich gehört, Zipfelmaus!"

„Wir haben es wenigstens versucht!"

„Aber jetzt ist die Birne weg, wir werden vertrieben, und die drei müssen trotzdem in ihrem Käfig bleiben." Ali starrte Zipfelmaus an. „Und du bist voller Würmer!"

„Was?" Zipfelmaus sah an sich herab. Hunderte von Würmchen krochen orientierungslos auf ihr herum. Sie schüttelte sich, dass die Würmchen nur so um sie herumflogen. „Alle weg?"

Ali nickte.

„Wir kommen wieder und holen euch da raus!", rief Zipfelmaus den Gefangenen zu und winkte. „Versprochen!" Hoffentlich verloren die drei nun nicht vollends den Mut. „Und wir gehen jetzt erst mal in den Garten." Zipfelmaus stupste Ali in die Seite. „Wir müssen es den anderen erzählen. Vielleicht haben sie eine Idee!" Ali nickte.

Traurig trotten sie nebeneinander her in Richtung Garten. Dort warteten alle schon gespannt in der Spelunke. Die gebeugten Gestalten, die da heranschlichen, verhießen nichts Gutes.

„Ach du je!" Tante Fee gewann als erste ihre Fassung wieder, nachdem Zipfelmaus die Geschichte erzählt hatte. „Das war es mit der Königin von Saba!" Trauriges Gemurmel. „Aber kein Grund aufzugeben!" Tante Fee ballte ihre Faust.

„Was können wir denn noch tun?" Shakira saß völlig zusammengesunken vor ihrem Glas.

„Auf jeden Fall kein Trübsal blasen!" Tante Fee sah in die Runde. „Gerade sitzen!" Allgemeines Geruckel und Gerecke. „So. Was haben wir?" Tante Fee stützte ihr Kinn in die Hand. „Wir haben drei Gefangene in einem Käfig. Wir haben einen bösartigen Kolk mit einem Schlüssel. Dann haben wir keine Königin von Saba mehr. Noch was?"

„Wir haben nur noch bis morgen früh Zeit!“

„Richtig, Zipfelmaus. Das heißt eine ganze Nacht. Das ist viel! Und hier ist ja wohl niemand müde, oder?“ Sie sah jeden einzelnen sehr streng an. Alle schüttelten den Kopf.

„Es wäre aber besser, wenn wir einen Plan hätten!“ Spitzmaus stellte Ali und Zipfelmaus einen Punsch hin. „Geht heute aufs Haus!“ Die beiden bedankten sich.

„Also gut. Wir brauchen einen Plan. Wer hat einen?“ Tante Fee stützte sich mit den Händen auf den Tisch. „Nun?“

„Wir müssen irgendwie an den Schlüssel herankommen!“

„Bravo Shakira! Das ist doch schon fast ein Plan!“ Tante Fee war sehr zufrieden. „Weiter. Wie kommen wir an den Schlüssel?“

„Wir müssen diesen Kolk ausschalten!“ Maulwurf hieb mit der Faust auf den Tisch.

„Richtig! Wie machen wir das?“

„Wir könnten Kolk fesseln!“

„Hervorragende Idee, Shakira!“ Tante Fee war begeistert. „Haben wir ein Seil?“

Allgemeines Kopfschütteln.

„Kein Seil?“ Tante Fee war enttäuscht.

„Das hat Kolk mitgenommen“, bestätigte Zipfemaus.

„Na gut. Dann müssen wir uns etwas anderes ausdenken. Weitere Ideen!“ Tante Fee sah in die Runde. „Los! Strengt euch an.“

Aber keiner hatte eine Idee.

„Vielleicht hat Zipfelmaus ja wieder so einen Zettel bekommen?“ Alle sahen Shakira an. „Naja, in der Kirche hast du doch immer diese *Schnellen Maus Sendungen* bekommen, nicht wahr?“

Zipfelmaus nickte.

„Schnelle Maus Sendungen?“ Tante Fee verstand nicht.

„Ich bekomme manchmal Zettel geschickt.“ Zipfelmaus war es etwas unangenehm, vor allen über diese Botschaften zu sprechen.

„Ja?“ Tante Fee sah Zipfelmaus aufmunternd an.

„Manchmal steht darauf, was ich tun soll und manchmal, was nicht. Manchmal steht auch nur dummes Zeug drauf.“

„Aha!“ Tante Fee bückte sich zu ihrer Tasche hinunter und hob sie auf den Tisch. „Und hängen diese Zettel an der Tür zum Häuschen?“

„Manchmal. Warum?“

„Weil da einer hing! Moment, ich habe ihn dir mitgebracht.“ Sie öffnete ihre Tasche, hob Hanni und Nanni heraus und kramte in den Tiefen der Tasche herum. „Wo steckt er nur? Ich hatte ihn doch gleich hier ...“ Alle sahen Tante Fee gespannt beim Kramen zu. „Ah! Da ist er ja!“ Triumphierend hielt sie ein etwas zerfetztes Stück Papier in die Höhe. „Entschuldige, Hanni und Nanni haben wohl damit gespielt.“ Sie gab Zipfelmaus den Fetzen. Zipfelmaus glättete ihn auf dem Tisch und las. Es herrschte atemloses Schweigen. Zipfelmaus schüttelte den Kopf.

„Was ist denn?“, fragte Shakira. „Ist ein A dabei?“

Zipfelmaus schüttelte wieder den Kopf.

„Kein A?!“ Shakira sah sie mit großen Augen an. „Geht das denn überhaupt?“

Zipfelmaus nickte.

„Aber was steht denn nun drauf? So sag doch was!“ Tante Fee drückte die Hände ineinander.

Zipfelmaus sah Tante Fee an. Dann las sie vor, was auf dem Zettel stand: *„Geh zum Löwen!“*

„Zum Löwen?“ Tante Fee verstand nicht. „Hier gibt es doch keine Löwen!“

Zipfelmaus erzählte die Geschichte vom Steinlöwen Roncalli, der tagsüber auf seinem Podest saß und nachts herumschlich. „Nur von einem Menschen gesehen werden, das darf er nicht!“

„Nicht? Warum denn?“

„Dann muss er für alle Ewigkeit ein Stein bleiben.“

Alle versanken in tiefes Schweigen. Zu einem Löwen wollte natürlich keiner unbedingt. Besonders nicht in der Nacht.

„Wo ist denn dieser Löwe? Wo kann man ihn finden?“

„Vorhin war er bei den Zirkuswagen.“ Ali war sehr stolz, auch mal von etwas Gefährlichem erzählen zu können.

„Was macht er denn bei den Zirkuswagen?“ Tante Fee schüttelte den Kopf.

„Keine Ahnung, vielleicht mag er den Zirkus.“ Zipfelmaus faltete den Zettel zusammen.

„Und wie sollen wir ihn finden?“, fragte Tante Fee.

„Den Löwen finden? Weißt du, wie groß so ein Löwe ist? Das ist eine Katze so groß wie ein Haus. Den werden wir gar nicht erst suchen. Denn wenn wir ihn finden, macht er HAPPS, und wir sind alle zusammen weg.“ Zipfelmaus würde nie und nimmer einen Löwen suchen gehen. Wütend warf sie den Zettel auf den Tisch. Was fiel diesem Briefschreiber nur ein!

„Aber natürlich gehen wir ihn suchen!“ Tante Fee sprang auf. „Wir haben doch überhaupt keine Wahl. Wir suchen ihn, und wenn wir ihn finden, fragen wir ihn. Vielleicht hat er ja eine Idee? Er könnte doch die Käfigstangen aufbiegen. Das dürfte doch ein Kinderspiel für ihn sein!“

Zipfelmaus sah Tante Fee fassungslos an.

„Komm! Sei kein Feigling! Löwen sind auch nur Katzen.“ Sie öffnete ihre Tasche, holte einen Tropenhelm heraus und setzte ihn auf. „So! Wir beide suchen den Löwen beim Zirkus. Shakira und Fiffi suchen aus der Luft. Sobald ihr etwas seht, sofort melden!“ Shakira nickte. „Und ihr anderen“, sie sah unter ihrem Tropenhelm kühn in die Runde, „ihr geht zu den Gefangenen und beruhigt sie! Erzählt ihnen, dass die Rettung naht!“ Dann klatschte sie in die Hände. „Und nun los! Worauf wartet ihr noch?“ Alle stoben davon. Nur Shakira war noch da.

„Tante Fee?“, fragte sie leise.

„Ja, mein Kind?“

„Hast du noch so einen Tropenhelm?“

Tante Fee öffnete lächelnd ihre Tasche.

Shakira flog trällernd mit ihrem Tropenhelm davon, und Fiffi schoss hinterher. Die Löwensuchc konnte beginnen. Zipfelmaus verstaute Tante Fees Tasche in der hintersten Ecke der Spelunke, dann liefen die beiden los. Über den Rasen, durch das Gartentörchen hinaus, den Weg entlang, unter dem großen Tor hindurch, um die Hecke herum und an der Hecke entlang bis zur Wiese. Vor ihnen lagen die Wagen und das Zelt, an dem noch einige Lichter leuchteten.

„Der Löwe hat sich bestimmt heimlich die Vorstellung angesehen!“, sagte Tante Fee. „Ich bin überzeugt, dass er ein Zirkusnarr ist!“

„Meinst du?“ Zipfelmaus dachte eher unwillig an das riesige gelbe Monster mit der gewaltigen Mähne und den mächtigen Tatzen, in denen bestimmt Krallen steckten, deren Größe man sich gar nicht erst vorstellen durfte.

„Absolut!“ Tante Fee spähte in Richtung Zelt. „Wer *Roncalli* heißt, muss einfach zum Zirkus.“

„Die vier Steinlöwen im Blümchenpark sind aber Löwen, die alle etwas mit irgendwelchen Kirchenvätern zu tun hatten.“

„Kirchen sind auch nichts anderes als Zirkusse!“

„Echt?“ Zipfelmaus sah sie erstaunt an.

„Natürlich!“ Tante Fee rückte ihren Tropenhelm zurecht. „Du kannst sicher sein, dass Roncalli hier irgendwo ist. Komm, wir gehen mal rüber. Er ist bestimmt bei den Wagen!“

Sie traten aus dem Schatten der Hecke und betraten die Wiese. Ein samtiges Sausen umgab sie, und drei Gebisse schimmerten ihnen aus dem Dämmer entgegen.

„Wen haben wir denn da?“

Zipfelmaus hasste diese Frage.

„Wer ist das?“, raunte Tante Fee Zipfelmaus zu.

„Drei Katzen!“, raunte Zipfelmaus zurück.

„Das sehe ich, aber möchtest du sie mir nicht bitte vorstellen?“

„Du möchtest …“ Tante Fee hatte wirklich Nerven. Sie waren von drei Katzen umzingelt, und Tante Fee interessierte sich für die Namen.

„Ich möchte schon wissen, mit wem ich es hier zu tun habe!“, flüsterte Tante Fee. „Nun?“

„Links ist Schwarzekatze, der Gefleckte heißt Angelo, und die Dicke kenne ich nicht.“

„Ich bin nicht dick!“

„Ok, ok! Nicht dick.“

„Ich heiße Törtchen!“, sagte die dicke Katze freundlich.

„Ich finde es sehr reizend, Ihre Bekanntschaft zu machen, allerdings haben wir gerade überhaupt keine Zeit für Sie, denn wir haben etwas sehr Wichtiges vor.“

Die drei Katzen sahen Tante Fee erstaunt an.

„Und deshalb müssen wir Sie bitten, den Weg frei zu machen!“, fuhr Tante Fee unbeirrt fort.

„Wir denken aber gar nicht daran!“ Schwarzekatze fuhr die Krallen aus. „Denn wir haben auch gerade etwas sehr Wichtiges vor!“ Alle drei lachten dreckig.

„Nun, dann weiß ich nicht, was Sie hier noch hält! Guten Abend!“ Tante Fee wandte sich an Zipfelmaus. „Können wir?“

Zipfelmaus wusste nicht recht. Die Katzen saßen jedenfalls immer noch da.

„War noch was?“ Tante Fee sah die Katzen an, als ob sie Flöhe wären.

„Nun, wir dachten, ihr hättet vielleicht Lust, ein Spielchen mit uns zu spielen, bevor ...“ Schwarzekatze betrachtete versonnen ihre Krallen.

„Habe ich mich nicht deutlich ausgedrückt?“, fragte Tante Fee nicht mehr ganz so freundlich.

„Schon, aber manchmal geht es ja nicht unbedingt nach dem Willen der Maus, sondern nach dem der Katze!“

„Ist das so?“ Tante Fee sann einen Augenblick nach. „Gut. Dann lasst euch bei meinem Neffen einen Termin geben. Heute geht es jedenfalls nicht. Haben wir uns verstanden?“

„Wie dumm, ich habe meinen Terminkalender vergessen!“, rief Törtchen. „Soll ich ihn rasch ...“

„Halt die Klappe“, fauchte Schwarzekatze. „Passt auf, ihr Mäusewichte. Wir machen jetzt und hier ein Spielchen, und wenn ich noch eine blöde Bemerkung von euch höre, dann lassen wir das Spielchen ausfallen und kommen gleich zur Sache!“

Angelo kicherte. Zipfelmaus überlegte fieberhaft, wie sie den drei Katzen entkommen konnten. Es war aussichtslos. Zwei gegen drei. Sie waren zwar alle drei nicht die Schlausten, Angelo sogar dumm wie eine Kartoffel, aber sie waren einfach größer, schneller und in der Überzahl.

Tante Fee starrte die Katzen aus schmalen Augenschlitzen an. „Ihr wollt mich nicht verstehen?!“, fragte sie mit scharfer Stimme.

„Natürlich!“ Schwarzekatze spreizte die Krallen. „Aber hier sagen *wir*, wo es langgeht, nicht ihr!“

„Das ist eine bodenlose Unverschämtheit!“

„Tante Fee!“ Zipfelmaus zupfte sie an der Schulter. „Wir sollten sie vielleicht nicht auch noch provozieren!“

„Wenn hier jemand provoziert“, rief Tante Fee erbost, „dann diese Bande von zerlumpten Wegelagerern!“

Die Katzen sahen Tante Fee erstaunt an.

„Und wenn ich hier sage, ich habe keine Zeit für diese verlausten Sofakissen, dann möchte ich das nicht ständig wiederholen müssen, bis sie es endlich kapiert haben.“

Zipfelmaus sah die Großtante ebenfalls erstaunt an.

„Falls ihr es noch nicht begriffen habt, ich bin eine Dame, und einer Dame begegnet man mit Respekt!“

Die Katzen starrten sie mit weit aufgerissenen Augen an.

„Aber dieses Wort habt ihr in eurer verkommenen Welt sicher noch nie gehört!“ Tante Fee verschränkte die Arme vor der Brust. „Wahrscheinlich kennt ihr weder das Wort *Dame*, noch das Wort *Respekt*!“ Tante Fee schien immer größer zu werden und die Katzen immer kleiner. „Und nun verschwindet! Einen Termin werdet ihr nun sicher nicht mehr bekommen!“

Die Katzen jaulten und kauerten sich zusammen.

„Haut endlich ab, und lasst euch nicht mehr sehen!“

Die drei Katzen sahen ängstlich in alle Richtungen, aber wussten anscheinend nicht wohin. Da hob Tante Fee eine Eichel auf und schleuderte sie in das kläglich maunzende Bündel. Törtchen sprang als erste davon, dann verschwanden Angelo und Schwarzekatze wie der Blitz in die andere Richtung.

„Flegel!“, rief Tante Fee ihnen nach.

Zipfelmaus war sprachlos. Sie wollte gerade Tantc Fee um den Hals fallen, da sah sie aus den Augenwinkeln links neben sich eine gelbe pelzige Säule. Ein Blick nach rechts: auch eine gelbe pelzige Säule. Die Säulen ragten in ungeahnte Höhen, und von ganz, ganz hoch oben betrachtete sie ein Kopf mit einer Mähne groß wie ein Wald.

Das war viel schlimmer als zehn Katzen, das war ein Löwe! Zipfelmaus dachte noch ‚Jetzt ist alles aus!‘, dann fiel sie einfach um.

Als Zipfelmaus die Augen wieder aufschlug, sah sie in Tante Fees freundlich lächelndes Gesicht.

„Sind wir schon gefressen?“, fragte Zipfelmaus vorsichtig.

„Noch nicht!“, lachte Tante Fee.

Der riesige Löwenkopf schob sich ins Bild. „Na? Alles ok?“

Zipfelmaus schluckte.

„Dieser reizende Löwe ist tatsächlich ein großer Liebhaber des Zirkus'!“ Tante Fee tätschelte dem gelben Riesen die Tatze. „Wie ich das vermutet habe. Er kam zufällig des Weges und hätte uns bei unserer kleinen Auseinandersetzung mit den Katzen sicher geholfen, wenn ich sie nicht schon in die Flucht geschlagen hätte, nicht wahr, mein lieber Roncalli?“

„Aber gewiss, gnädige Frau!“

Zipfelmaus setzte sich auf. „Und hilft er uns?“

„Das habe ich ihn noch nicht gefragt.“

„Wobei soll ich euch denn helfen?“ Dieser Löwe war überaus freundlich. Zipfelmaus konnte überhaupt nicht mehr verstehen, warum alle Welt panische Angst vor Löwen hatte.

„Das ist eine ziemlich lange Geschichte!“, seufzte Zipfelmaus.

„Oh, ich liebe lange Geschichten!“, brummte Roncalli und legte sich hin. Nun war er nicht mehr ganz so riesig.

„Ich auch! Ich liiiiiebe lange Geschichten!“

Alle sahen nach oben.

„Shakira! Was machst du denn hier?“, rief Tante Fee.

Shakira schaukelte an einem Eichenast direkt über ihnen. „Ich habe den Löwen nicht gefunden. Und dann habe ich Fiffi ins Bett gebracht und sah euch hier sitzen. Darf ich bei der Geschichte zuhören?“

„Du hast den Löwen nicht gefunden?“ Tante Fees Stimme klang sehr ungläubig.

„Nö!“

„Und was meinst du, wer hier neben uns sitzt?“

„Oh!“ Shakira machte sich sehr lang. „*Das* ist ein Löwe?“

„Nun, ich denke schon!“

„Cool! Der ist ja riesig!“

„Ja. Kaum zu übersehen. Und du schwirrst nun sofort ab und sammelst die anderen ein. Sie sollen alle rasch hierherkommen.“

„Aber die Geschichte?“

„Die kennst du schon und nun los! Keine Widerrede.“

Maulend schwang sie sich in die Luft und flog davon.

„Wer war das?“ Roncalli sah dem schwarzen Schatten hinterher.

„Das war Shakira!“, sagte Tante Fee. „Eine kluge, kleine Dame, meistens jedenfalls. Aber nun, Zipfelmaus, die Geschichte! Wir haben nicht alle Zeit der Welt!“

Die Geschichte. Was war alles geschehen? Wo anfangen? Zipfelmaus überlegte. Dann erzählte sie vom Garten und der Spelunke, und wie sie alle gesungen hatten. Und dass dann die Flipflops entführt worden waren, weil sie am schönsten von allen gesungen hatten. Von Kolk! Zipfelmaus sah finster in Richtung von Kolks Wagen.

Roncalli nickte. „Kolk ist böse!“

„Sehr böse!“, pflichtete Zipfelmaus ihm bei. Ja, und dann hatten sie versucht, die Flipflops zu befreien. Und sie hatten es auch fast geschafft.

„Wir waren wirklich sehr nah dran!“ Tante Fee zeigte mit zwei Fingern, wie nah dran sie gewesen waren.

„Aber im letzten Moment ging es schief?“ Roncalli hörte aufmerksam zu.

„Ja. Kolk tauchte plötzlich auf und hat uns fast erwischt."

„Aber ihr konntet ihm entkommen?"

„Fast alle. Einen hat er gefangen."

„Unseren Kevin!", rief Tante Fee und zeigte zu Kolks Wagen. „Und nun sitzt er mit den Flipflops dort im Käfig."

„Oh je!", rief Roncalli. „Und nun?"

„Tja ..." Zipfelmaus räusperte sich.

Tante Fee zeigte mit dem Zeigefinger auf Roncalli. „Hier kommst du ins Spiel."

„Ich?"

„Richtig! Wir wissen nämlich keinen anderen Weg, als dich um Hilfe zu bitten."

„Mich?" Roncalli sah Zipfelmaus erstaunt an.

„Natürlich!", rief Tante Fee. „Wen sonst?"

Nach und nach trudelten von allen Seiten die anderen ein. Sie näherten sich eher zögernd, denn der Löwe war schon sehr groß. Nur Ali traute sich nicht.

„Kommt alle her!" Tante Fee winkte ihnen. „Du auch Ali! Keine Angst, Roncalli ist auf unserer Seite!"

„Aber wie könnte ich euch denn helfen?" Roncalli betrachtete die Runde, die sich um ihn herum gruppiert hatte.

„Wir dachten, dass du vielleicht die Gitterstäbe des Käfigs aufbiegen könntest." Zipfelmaus sah Roncalli fest in die Augen. „Alleine schaffen wir das nicht." Die anderen sahen den Löwen erwartungsvoll an.

Roncalli schüttelte die Mähne. „Nein, das kann ich nicht."

„Aber ..."

„Nein!“, sagte Roncalli. „So gerne ich es möchte, es geht nicht. Ich kann alles Mögliche machen, um euch zu unterstützen. Ich kann Katzen von euch fernhalten, bissige Hunde verjagen, Elstern fortscheuchen, alles. Aber ich kann euch nicht gegen die Menschen helfen. Ihr wisst es ja wahrscheinlich. Kein Mensch darf mich sehen. Deshalb bin ich auch nur unterwegs, wenn es dunkel wird. Wenn der Blümchenpark voller Menschen ist, sitze ich reglos auf meinem Sockel, bis mir die Beine eingeschlafen sind.“ Roncalli rieb sein Hinterbein. „Und sie schlafen mir jeden Tag ein. Wisst ihr, wie das ist, wenn einem die Beine einschlafen und man sich nicht rühren kann?“

Keiner sagte etwas.

„Es ist jedenfalls nicht schön. Aber egal.“ Roncalli fuhr sich über die Barthaare. „Wenn ich da in den Wagen zu euren Freunden steige und versuche, die Käfigstangen auseinanderzubiegen, sitze ich in der Falle. Kolk braucht nur die Tür von seinem Wagen zu öffnen. Was mache ich dann? Springe ich hinaus, sieht er mich von seiner Tür aus. Springe ich nicht, und er kommt zum Wagen, dann sieht er mich dort, und ich komme nicht mehr raus. Und sobald er mich sieht, sitze ich einen Augenblick später auf meinem Sockel und bin versteinert. Für immer und alle Ewigkeit. Wie die drei anderen Löwen.“

Tiefes Schweigen.

„Ich würde euch sehr gerne helfen, aber ich kann es nicht. Nicht gegen einen Menschen. Ich hoffe, ihr habt ein wenig Verständnis für mich.“

Alle sahen zu Boden.

„Natürlich haben wir das!“ Tante Fee fand als erste die Sprache wieder. „Der Preis wäre zu hoch! Das können wir nicht von dir verlangen.“ Sie sah in die Runde. „Nicht wahr?“

Alle nickten.

„Aber was machen wir denn nun?“ Shakira sprang von ihrem Ast auf den Rasen. „Wir können unsere Freunde doch nicht ihrem Schicksal überlassen. Morgen früh will Kolk mit dem Zirkus abreisen.“

„Shakira hat recht!“, rief Maulwurf. „Wir lassen niemanden im Stich!“

„Wäre doch gelacht!“ Spitzmaus sah wild und verwegen in die Runde. „Wir brauchen einen Plan B!“

„Genau! Plan B! Wer hat einen Plan B?“ Alle redeten durcheinander, und dann sahen sie Zipfelmaus an.

„Ich?“, fragte Zipfelmaus. „Wieso ich?“

„Du hast immer einen Plan B!“ Shakira faltete ihre Flügel auseinander. „Los! Denk nach! Was können wir tun?“

Zipfelmaus überlegte. Was konnte man tun? Den Schlüssel klauen? Aber dazu musste man Kolk fesseln. Und der hatte das Seil mitgenommen. Anders würden sie aber nicht an den Schlüssel kommen. Wie konnte man nur diesen vermaledeiten Käfig öffnen? Vielleicht konnte man das anders schaffen? Die Gitterstäbe waren nicht so schrecklich dick gewesen. Wenn man nun ... Aber wie sollten sie an den Käfig herankommen? Ob vielleicht ...? Zipfelmaus rieb sich die Nase.

„Zipfelmaus hat eine Idee!“ Shakira hüpfte von einem Bein aufs andere.

„Plan B! Hurra!“ Maulwurf schlug Ali auf den Rücken, worauf der einen Hustenanfall bekam.

„Bravo Zipfelmaus!“ Tante Fee betrachtete ihren Großneffen voller Stolz.

„Wartet ab!“ Zipfelmaus dachte nach. „Noch wissen wir nicht, ob es klappt. Wie viele sind wir?“

„Vier!“, rief Shakira.

„Nein, das kann nicht sein!“ Tante Fee zählte nach. „Wir sind sechs, Ali, Maulwurf, Spitzmaus, Shakira, du und ich.“

„Und wir helfen auch mit!“ Alle drehten sich um. Dort schwebten Kremi und ihr Großvater in der Luft.

„Wunderbar, Kindchen!“ Tante Fee klatschte in die Hände. „Dann wären wir schon acht!“

„Nein, wir sind sogar neun!“ Kremi zeigte nach unten. „Ihr vergesst Leon!“

„Aber wo ist denn dieser Leon? Ist er unsichtbar?“ Vorsichtig näherte sich Tante Fee den Schwebenden.

„Haha!“, lachte Kremis Großvater. „Dann passt mal auf!“ Er beugte sich hinunter und flüsterte etwas. Und dann geschah ein Wunder. Unter Kremi und ihrem Großvater wurde ein großes weißes Tier sichtbar. So ein Tier hatte noch niemand hier im Garten gesehen. Es hatte einen Buckel, einen langen Schwanz und sehr eigenartige, hervorstehende Augen, die es in alle Richtungen drehen konnte.

„Darf ich vorstellen, unser Chamäleon!“ Kremis Großvater tätschelte Leon die Seite.

„Aber wieso war er gerade unsichtbar?“ Zipfelmaus ging um das Wundertier herum. Die anderen trauten sich nicht so recht in seine Nähe. Dieser Leon war bestimmt gefährlich.

„Er ist nicht unsichtbar. Er kann nur seine Farbe ändern.“ Kremi kraulte Leon zwischen den Augen. „Und wenn er genau die Farben seiner Umgebung annimmt, kann ihn keiner sehen.“

„Großartig!“ Tante Fee war begeistert. Nun kamen alle näher und wollten Leon anfassen. War er wirklich da? Sie streichelten ihn, und er bekam rosafarbene Tupfen.

„Schaut nur! Wie süß!“ Shakira war völlig begeistert.

„Hallo?!“ Alle sahen Zipfelmaus an. „Wir haben jetzt wirklich keine Zeit und müssen uns beeilen.“

„Der Plan!“, flüsterte Shakira.

„Genau!“ Zipfelmaus dachte noch einen Moment lang nach, dann begann sie, den Plan zu erklären. Sie waren nun zu neunt, und damit könnten sie versuchen, die Gitterstäbe selber auseinanderzubiegen. Das Problem wäre nur, an den Käfig heranzukommen. Alle nickten. Aber da hatte Zipfelmaus eine geniale Idee. Sie würden

Elvis um Hilfe bitten. Er könnte sie alle zusammen hochheben.

„Und wie soll Elvis das machen?" Spitzmaus schüttelte den Kopf. „Um an den Käfig heranzukommen, müsste Elvis schon stehen. Und wo sollten wir dann alle neun Platz haben?"

„Auf dem Brett, das zum Eingang hinaufführt!"

„Zipfelmaus, das ist genial!" Tante Fee platzte fast vor Begeisterung. „Elvis muss nur das Brett hochhalten, dann haben wir alle genug Platz, um den Käfig zu öffnen!"

„Genau. Wir klettern auf seinen Kopf, halten uns an seinen Ohren und seiner Mähne fest, er nimmt das Brett ins Maul und stellt sich auf. Wenn er auf den Vorderbeinen stehen kann, kann er sicher auch auf den Hinterbeinen stehen. Dann klettern wir auf das Brett und machen uns an die Arbeit."

Alles brach in Jubel aus.

„Das ist wirklich ein guter Plan." Roncalli nickte Zipfelmaus zu. „Ich wünsche euch viel Glück!"

„Danke!" Zipfelmaus nickte dem Löwen zu. „Das werden wir bestimmt brauchen." Dann wandte sie sich den anderen zu und reckte eine Faust empor. „Und nun los! Wir haben keine Zeit zu verlieren!"

Sie flitzten los. Alles lief wie am Schnürchen. Die Lichter am Zirkuszelt waren erloschen, nur in Kolks Wagen war es noch hell. Rasch erreichten sie Elvis' Wagen und kletterten hinein. Als alle im Wagen waren, zogen sie mit vereinten Kräften und Elvis' Hilfe das Brett hinauf und weihten ihn in den Plan ein. Er legte sich ins Stroh, und sie kletterten an ihm hoch. Zipfelmaus winkte den Gefangenen zu, die gar nicht verstanden, was da geschah. Shakira flog zu ihnen herauf und flüsterte ihnen zu, dass sie gleich frei sein würden. Gebannt beobachteten sie, was da unten vor sich ging. Elvis nahm das Brett zwischen die Zähne und stellte sich auf die Hinterbeine. Er schwankte gefährlich, aber dann gewann er an Sicherheit. Langsam streckte er den Hals aus. Das Brett war nun direkt am Käfig. Nacheinander kletterten alle über seine Ohren auf das Brett. Sie kamen sich vor wie auf einem Schiff.

„Mir wird schlecht!“, jammerte Ali.

„Beeilp euf!“ Elvis klapperte mit den Augenlidern. „Lange kann if nift fo ftehen!“

Sie verteilten sich links und rechts. Jede Partei ergriff eine Stange. Und dann zogen sie! Die Flipflops und Kevin zogen mit. Sie zogen und zogen. Diese verflixten Gitterstäbe. Sie gaben nicht einen Millimeter nach. Aber sie mussten! Sie mussten einfach!

„Sie geben nach!“, rief Zipfelmaus. „Nicht aufgeben! Gleich haben wir es geschafft!“ Sie zogen mit aller Kraft!

Und dann ging alles ganz schnell. Aber anders als gedacht. Die Gitterstäbe begannen nachzugeben. Fast hatten sie es geschafft. Da donnerte eine Stimme: „Was geht hier vor!“ Kolk! Der Schrecken fuhr allen in die Glieder. Kolk stand in der Tür. Und dann – was war das? Von hinten sprang etwas Großes, Wildes auf Kolk. Roncalli! Kolk drehte sich um und sah dem Löwen direkt in die Augen.

Und dann war der Löwe weg. Wie weggezaubert! Kolk stand in der Tür. Elvis fiel mitsamt dem Brett um, alle purzelten ins Stroh, auch Shakira, und der Käfig schwankte an der Decke. Und am Käfig baumelte Zipfelmaus.

Jetzt war alles aus.

Kolk stand völlig verdutzt in der Tür, und alle starrten ihn entsetzt an.

„Wo ist der Löwe?“, flüsterte Kevin und streckte Zipfelmaus die Hand hin. „Er war doch gerade noch da!“

„Er ist weg!“ Zipfelmaus zog sich an Kevins Hand nach oben und kletterte auf den Käfigrand. „Wie traurig!“

„Wieso traurig?“

„Er heißt Roncalli und ist ein Zauberlöwe.“

„Zauberlöwe?“ Die Flipflops rutschten näher, um Zipfelmaus besser verstehen zu können.

„Genau. Und eigentlich sitzt er den ganzen Tag im Blümchenpark auf einem Sockel. Als Steinlöwe. Aber wenn es dunkel wird, kann er sich bewegen. Er darf sich nur niemals von einem Menschen erwischen lassen.“

„Und warum nicht?“ Kevin ruckelte an einem Gitterstab herum.

Kolk hustete und tastete seinen Körper ab. Suchte er etwas?

„Weil er im gleichen Moment zum Steinlöwen wird und sein Podest nie mehr verlassen kann!“

„Aber …“, Flop sah von einem zum anderen, „Kolk hat ihn doch gerade gesehen! Meint ihr etwa, dass der Löwe …?“

„Versteinert auf dem Podest sitzt?“ Flip sah Zipfelmaus mit großen Augen an. „Im Blümchenpark?"

Zipfelmaus nickte. „Für immer!"

„Weil er uns retten wollte!", flüsterte Flop.

Kevin ruckelte weiter an der Stange herum, und plötzlich machte es KRÄCK! Die Stange glitt ihm aus der Hand und schlug mit einem lauten KLONG auf dem Wagenboden auf.

„Mist!", zischte Kevin.

Kolk sah nach oben. Aus dem Käfig sahen ihn vier Augenpaare an. Kolk begann zu lachen. Da schoss Elvis plötzlich aus seiner Ecke auf Kolk zu und rammte ihn in die Seite. Kolk verlor das Gleichgewicht und purzelte durch die Tür hinaus.

„Jetzt oder nie!", rief Kevin und sprang vom Käfig hinunter auf Elvis' Kopf. Dann sah er hinauf. „Kommt! Wir schaffen es!"

Unten im Stroh gab es ein großes Geraschel, und alle flitzten zum Ausgang. Als erster hatte Ali die Tür fast erreicht, als sie mit einem gewaltigen RUMMS zugeworfen wurde. Kolk war wieder im Wagen.

„Moment!", donnerte er. „Hiergeblieben!"

Alle erstarrten.

„Als erstes kommt ihr da mal runter!" Damit trat er unter den Käfig und streckte einen Arm aus. Die Flipflops und Zipfelmaus wichen zurück.

„Na kommt schon! Keine Angst. Wie wollt ihr denn sonst wieder auf die Erde kommen?"

Die Flipflops sahen Zipfelmaus fragend an. Vorsichtig näherte sich Elvis und schnupperte an Kolk. Mit der freien Hand begann Kolk, Elvis zwischen den Ohren zu kraulen.

„Das ist nicht Kolk!", rief Elvis.

„Bist du sicher?“ Kevin war an Elvis‘ Hals auf den Rücken heruntergerutscht.

„Völlig sicher! Kolk hat mich noch nie gekrault!“ Dann sah er nach oben zum Käfig. „Ihr könnt ihm vertrauen!“

Zipfelmaus sah über den Käfigrand in die Tiefe. „Meinst du wirklich?“

„Absolut!“

„Na gut!“ Vorsichtig ließ sich Zipfelmaus in Kolks Hand fallen. „Was ist geschehen?“

„Ein Wunder!“, rief Kolk und setzte Zipfelmaus ins Stroh. Dann pflückte er die Flipflops vom Käfig und begann, in der einen Hand Flip, in der anderen Flop, sich zu drehen und zu tanzen. „Möhren für alle!“, rief er und setzte die Flipflops auf den Boden.

„Verstehst du das?“, fragte Zipfelmaus Kevin, als der ins Stroh hüpfte.

„Hm!“, machte Kevin.

„Ich muss Möhren holen!“ Kolk sah Elvis an. „Wo haben wir die Möhren?“

„Bei den Meerschweinchen. In der Kiste.“

„Super! Ich bin gleich wieder da! Nicht weglaufen!“ Mit einem Satz war er aus dem Wagen heraus.

„Wieso weiß er nicht, wo wir die Möhren haben?“ Kremi verstand die Welt nicht mehr. Auch Leon war irritiert und wechselte alle paar Augenblicke die Farbe.

„Gleich bekommt er einen Kurzschluss!“, flüsterte Kevin Zipfelmaus zu.

Wie der Wind war Kolk wieder da. Er hatte nicht nur Möhren

mitgebracht, sondern auch die Meerschweinchen, Lale und Ticker. Behutsam setzte er sie ins Stroh und schwang sich in den Wagen. Die Zwergziegen spähten neugierig durch die Tür. Als alle um Kolk herum im Kreis standen, setzte er sich zu ihnen auf den Boden und sah alle der Reihe nach an. Dann sagte er: „Ich glaube, Kolk ist weg!"

Tante Fee lachte und zupfte sich einen Strohhalm aus dem Fell. „Das würden wir ja gerne glauben, aber er sitzt hier in unserer Mitte und verteilt Möhren!"

„Ach so, ja, die Möhren." Kolk zog ein Messer aus der Tasche und verteilte Möhrenscheiben. Als alle versorgt waren, klappte er das Messer zu und verstaute es wieder in der Tasche. Dann sagte er: „Ich bin nicht Kolk. Ich sehe nur so aus!"

„Und wer bist du dann?" Shakira schüttelte sich, dass die Halme nur so flogen.

„Ich bin Roncalli!"

Ungläubiges Staunen.

„Aber wo ist Kolk?" Spitzmaus war nicht ganz überzeugt von dem vertauschten Kolk. Vielleicht war das Ganze ja auch eine Falle.

„Ich habe keine Ahnung! Hat jemand von euch eine Idee?"

„Vielleicht!"

Alle sahen Kevin an. Roncalli setzte ihn auf sein Knie. „Dann schieß mal los! Wir sind alle sehr gespannt!"

Kevin kratzte sich zwischen den Hörnern. „Vielleicht ist der Zauber, der dich zu einem Steinlöwen gemacht hätte, zu einem Zauber geworden, der dich in einen Zirkusdirekor verwandelt hat?"

„Da könnte Kevin recht haben!" Tante Fee nickte. „Das kommt vor! Die Bücher sind voll von solchen Geschichten!"

„Aber wie soll das denn funktionieren?“ Roncalli war ratlos. „Wer hat den Zauber denn verändert? Ich glaube nicht, dass ich das selber konnte!“

„Vielleicht, weil du uns helfen wolltest und dabei gar nicht an dich gedacht hast?“, fragte Shakira vorsichtig.

„Oh natürlich!“ Tante Fee sprang auf. „Völlig richtig, Shakira! Das ist es! Was bist du nur für eine kluge Fledermaus! Komm, ich muss dich einfach einmal drücken!“ Tante Fee nahm Shakira ganz fest in den Arm. Dann rief sie: „Kolk hat seine gerechte Strafe bekommen und ist nun für immer ein Steinlöwe im Blümchenpark! Und der neue Zirkusdirektor heißt Roncalli!“

Großer Jubel, großes Geschnatter.

„Und eines kann ich euch versprechen!“ Roncalli wartete, bis Ruhe eingekehrt war. „Jetzt wird sich hier einiges ändern!“

Alle sahen ihn neugierig an.

„Keine Tritte mehr!“ Er nickte Elvis zu. „Jeden Tag Möhren. Und vor allem“, er holte tief Luft, „keine Käfige mehr.“

Wieder großer Jubel. Eine Möhre nach der anderen verschwand, sie machten Pläne und freuten sich plötzlich auf die Zukunft, die nun wie ein lachender Sommerhimmel vor ihnen lag. Zum Schluss machten sie noch eine Polonaise um das Zelt und alle Wagen und brachten einen nach dem anderen ins Bett. Schließlich standen sie vor Kolks Wagen, der nun Roncallis Wagen war.

„Ich danke euch allen! Ohne euch hätte ich den bösen Zauber niemals überwunden. Ihr seid alle Helden!“ Roncalli nickte versonnen. „Morgen früh reisen wir ab. Aber ich verspreche euch: Wir werden jedes Jahr wiederkommen, hier auf diese Wiese. Und dann gibt es jedesmal eine Galavorstellung nur für euch!“

„Und ich“, rief Kremi, „mache Zauberkugeln für alle!“

Sie kamen heute aus dem Jubeln gar nicht mehr heraus!

„Nun müssen wir erst einmal alle schlafen.“ Roncalli gähnte wie ein Löwe. Ticker war bereits auf seiner Schulter eingeschlafen. „Morgen früh, bevor wir abreisen, bringe ich noch euren Starenkasten zurück, versprochen!“ Kolk kraulte den Flipflops den Kopf. „Heute bin ich einfach zu müde. Ich glaube, nach all den Aufregungen könnte ich wochenlang schlafen. Und ihr wahrscheinlich auch, nicht wahr?“

Alle nickten, und Ali und Maulwurf gähnten abwechselnd.

„Stellt euch vor …“, Roncalli zeigte beglückt in seinen Wagen, „ich werde gleich zum ersten Mal in meinem Leben in einem weichen Bett schlafen!“ Er drückte allen die Hand. Dann winkte er ihnen zu und verschwand im Wagen. Als die Tür ins Schloss gefallen war, hieß es Abschied nehmen von Elvis und allen anderen. Leon war wieder unsichtbar, allerdings hörte man ihn zwischen Kremi und ihrem Großvater schnarchen.

Dann ging es unter dem glitzernden Sternenhimmel über die Wiese heim in ihren Garten, die Flipflops in den fabelhaften, der Rest in Frau Bienenstichs Garten. An morgen dachte eigentlich niemand. Nur Ali machte sich Sorgen, weil sie ja nun vertrieben werden würden, denn die drei Sababirnen hatte Kolk trotz allem aufgegessen. Ach, hätten sie Kolk doch niemals die letzte Birne gegeben! In Grübeleien versunken erreichte auch er sein Bett und fiel wie die anderen in einen tiefen, traumlosen Schlaf.

Am nächsten Morgen erwachte Zipfelmaus fest in den alten

Mieflappen gekuschelt und in jedem Arm einen Marienkäfer. Sie hatte keinen blassen Schimmer, wo sie war. Die Sonne schien ihr ins Gesicht, und draußen machten die Vögel ein Heidenspektakel. Hanni und Nanni schlugen die Augen auf und knabberten an Zipfelmaus' Nase.

„Puh! Lasst das! Das kitzelt!" Zipfelmaus kicherte und setzte sich auf. Die Marienkäfer spielten Verstecken in dem alten Mieflappen. Ganz langsam erinnerte sich Zipfelmaus an alles, was gestern geschehen war. Die Befreiung im Zirkus, der Löwe Roncalli, der jetzt kein Löwe mehr war, und Kolk, der für immer versteinert auf einem Sockel saß. Was war das für eine aufregende Nacht gewesen! Ob der Zirkus schon abgereist war? Zipfelmaus gähnte herzhaft und streckte sich, dass die Knochen nur so knackten. Mit steifen Beinen stakste sie zur Tür und schlüpfte hinaus. Seufzend ließ sie sich in ihren Schaukelstuhl fallen und schaukelte in der Sonne. Welche Wohltat! Jetzt würde sie erst einmal eine Weile hier in der Sonne schaukeln und gar nichts tun. Nur dösen. Zipfelmaus faltete die Hände über dem Bauch. Dööööööööösen. Zipfelmaus liebte dieses

Wort! Dann würde sie irgendwann, wenn Tante Fee auftauchte, ein schönes Frühstück zaubern, und dann ...

Das Gartentörchen quietschte! Zipfelmaus fuhr zusammen. Wer konnte das sein? Wie der Blitz hechtete sie aus dem Schaukelstuhl in ein Storchschnabelgebüsch und spähte zwischen den wippenden Blättern hervor. Schritte näherten sich. Ein Hauch von Tabaksqualm lag in der Luft. Ein leises Hecheln schoss heran. Flecki und Hallohund. Was die wohl hier wollten?

Summend betrat Flecki die Terrasse, öffnete die Tür und verschwand im Häuschen. Dann kramte er darin herum, trug Tisch und Stühle heraus und stellte sie unter den Apfelbaum. Sorgfältig legte er eine Tischdecke auf den Tisch, holte Geschirr und Besteck hinaus und betrachtete sein Werk. Hallohund lag unter dem Tisch.

„Guten Morgen", flüsterte es neben Zipfelmaus' Ohr. Sie zuckte zusammen und drehte sich um.

„Tante Fee! Wie kannst du mich nur so erschrecken!"

„Oh. Entschuldige bitte. Das wollte ich wirklich nicht." Tante Fee räusperte sich. „Aber was macht Flecki denn hier?"

Zipfelmaus sah sie mit großen Augen an. „Du kennst Flecki?"

„Nun ja, wie sollte ich nicht? Ich wohne schließlich bei seiner Mutter!"

„Ach stimmt!" Zipfelmaus ärgerte sich, dass sie immer solche dummen Fragen stellte.

„Erwartet er Besuch?" Tante Fee stellte sich auf die Zehenspitzen.

„Wieso?"

„Nun ja, Tischdecke, Geschirr, Besteck? Wenn ich mich nicht

irre, hat er Brötchen mitgebracht ..." Tante Fee musterte ihren Großneffen. „Morgens ist nicht so deine Zeit, was?"

Zipfelmaus schüttelte den Kopf. Kaffeeduft zog an ihnen vorüber. Flecki trug Polster heraus, ein Körbchen mit Brötchen und ein Tablett mit Marmeladengläsern und anderen Köstlichkeiten.

„Na, der hat ja Großes vor!", wisperte es hinter Zipfelmaus. Sie fuhr zusammen und sah sich um.

„Kevin!" Warum mussten sie alle nur immer so erschrecken?

„Meine Güte, du bist ja schreckhafter als Ali!"

„Ich bin nicht schreckhaft!" Alis Kopf tauchte auf der anderen Seite des Weges aus dem Giersch auf.

„Himmel! Wer ist denn noch alles hier?"

„Ihich!", kam es von oben aus dem Flieder. „Und Fiffi auch!"

„Maulwurf und Spitzmaus kommen auch gleich." Kevin spähte Richtung Spelunke. „Dann fehlen nur noch die Flipflops."

„Da sind sie!" Tante Fee zeigte zum Törchen, durch das die Flipflops herangeschossen kamen.

„Achtung! Gleich geht's los! Sie sind alle drüben bei Frau Fabelhaft!" Flip sprang in die Storchschnabelblätter, Flop hechtete in den Giersch. Keine Sekunde zu früh, denn schon kam Flecki wieder aus dem Haus. Er trug eine dampfende Kaffeekanne und einen Krug Milch an ihnen vorüber. Dann ging er zum Törchen.

„Aber wer kommt denn?" Zipfelmaus verstand immer noch nichts.

„Na, Frau Fabelhaft, Frau Bienenstich und ihre Mutter." Flop tauchte aus dem Giersch auf.

„Sind die denn schon wieder zurück?" Zipfelmaus schwirrte der Kopf.

„Das sieht ganz so aus, mein Lieber." Tante Fee schüttelte den

Kopf. „Morgens darf dir aber keine Katze über den Weg laufen!“

„Ich hatte noch kein Frühstück!“ Für Zipfelmaus war das entschieden zu viel Aktion am frühen Morgen.

Flecki hatte das Törchen erreicht und rief: „Wo bleibt ihr denn? Früüüüüühstück!“

„Sie kommen!“, rief Shakira.

„Jetzt werden wir vertrieben!“, jammerte Ali.

„Wir sind gleich daha!“, ertönte es aus dem fabelhaften Garten.

„Beeilt euch, der Kaffee wird kalt!“ Flecki schlenderte zum Tisch zurück.

„Also wirklich!“ Als erste betrat Frau Bienenstichs Mutter den Garten. „Achduliebergott!“

Ihr folgte Frau Bienenstich. „Endlich wieder daheim! Und irgendein guter Geist hat alle Schnecken weggezaubert! Ich sehe keine einzige mehr!“ Dann wandte sie sich zu Frau Fabelhaft zurück. „Wie es wohl meinen Birnen ergangen ist?“

„Fabelhaft, hoffe ich!“

„Na, dann wollen wir sie gleich mal begutachten!“ Frau Bienenstich steuerte zielsicher auf den Birnbaum zu. Die anderen folgten ihr.

„Neinneinnein!“, wimmerte Ali. Acht Augenpaare verfolgten den Weg der Prozession zum Birnbaum. Dann standen sie im Halbkreis um den Baum und schauten in die Krone.

„Oh je!“ Frau Fabelhaft schlug sich die Hand vor den Mund.

„Was ist?“, fragte Flecki.

„Die Birnen!“ Frau Fabelhaft war fassungslos.

„Was ist denn mit den Birnen?“ Flecki verstand gar nichts.

„Alle weg!“ Frau Fabelhaft drehte sich um und sah in den Garten. „Das ist ganz und gar nicht fabelhaft!“ Ihr Blick durchbohrte alle Büsche.

„Jetzt!“ Ali hielt sich die Ohren zu. „Die Vertreibung! Achachach!“

„Oh wie schade!“ Frau Bienenstich schüttelte den Kopf. „Und ich hatte mich so gefreut!“

„Das darf einfach nicht wahr sein!“ Frau Fabelhaft schien zu wachsen.

„Es ist nicht zu ändern!“

„Das tut mir leid, mein Kind!“ Frau Bienenstichs Mutter legte ihrer Tochter die Hand auf den Arm.

Frau Fabelhaft stemmte die Arme in die Seiten. Ihre Augen waren nur noch schmale Schlitze.

„Nein! Nein! Bitte nicht!“, schrie Ali.

„Aber hier ist doch noch eine!“ Alle starrten Flecki an, der ganz hoch, wo die Krone am dichtesten war, hineingriff und eine wunderschöne gelbe, reife, makellose Königin von Saba hervorzog. „Bitteschön!“

Frau Bienenstich strahlte ihren Bruder an. „Danke, du Lieber!“

Frau Fabelhaft schrumpfte wieder auf Normalgröße, und Frau Bienenstichs Mutter ging zum Frühstückstisch, stellte ihren Korb ab und ließ sich auf ihren Sessel plumpsen. „So!“, seufzte sie. „Ich brauche jetzt erst mal einen Kaffee!“

Während unter dem Apfelbaum ein prachtvolles Frühstück im Grünen seinen Gang nahm, kannte der Jubel in den Büschen keine Grenzen. Eine vierte Birne! Ein Wunder! Alle fielen sich um den Hals tanzten und sangen. Ali weinte und lachte abwechselnd, und selbst Spitzmaus sah überglücklich aus. Irgendwann sagte Tante Fee plötzlich: „So, ihr Lieben!“ Tanz und Gekicher verstummten. Sie räusperte sich. „Ich muss euch nun leider verlassen.“

„Aber du bist doch gerade erst gekommen!“ Shakira sah die anderen hilfesuchend an.

Tante Fee nickte. „Und es war wunderschön bei euch!“ Sie zog ihre Tasche aus dem Storchschnabel und öffnete sie. Hanni und Nanni lugten heraus. Tante Fee zog ein Hütchen aus der Tasche und setzte es auf. Sie sah in die traurigen Gesichter und lächelte. „Ich bin bei euch so hinreißend verwöhnt worden“, sie strich Zipfelmaus über den Kopf, „und wir hatten so viel Spaß!“ Behutsam klopfte sie Ali und Maulwurf auf die Schultern. „Ich habe jeden Tag bei euch genossen!“ Sie hockte sich hin und kraulte Fiffi. Hanni und Nanni fiepten. „Ich habe hier Großzügigkeit“, sie schüttelte Spitzmaus die Hand, „Ritterlichkeit“, zupfte Kevin an einem Hörnchen, „und großen Mut gefunden!“ Ganz fest drückte sie erst Flip und dann Flop und strubbelte sie. „Und Selbstlosigkeit und Liebe!“ Shakira bekam einen Nasenstupser und wurde gedrückt. „Den Tropenhelm“, flüsterte sie, „darfst du behalten!“ Dann richtete sie sich auf. „Aber es hilft nichts. Ich muss nun nach Hause.“ Sie wischte sich eine Träne aus dem Auge. „Lebt wohl! Lebt alle wohl!“ Dann wandte sie sich ab und ging über die Wiese zum Apfelbaum. Ohne sich umzudrehen winkte sie den Zurückbleibenden zu. Hanni und Nanni kletterten aus der Tasche, breiteten ihre Flügel aus und schossen ihr hinterher. Sie sah nicht zurück, bis sie am Korb von Frau Bienenstichs Mutter angelangt war. Kevin griff nach Tante Fees Tasche, aber Zipfelmaus war schneller.

„Komm, wir tragen sie zusammen!“, sagte Kevin. Gemeinsam trugen sie die Tasche über den Rasen und wuchteten sie in den Korb hinein. Tante Fee drückte beide noch einmal ganz fest, und dann stieg sie den Korb hinauf. Noch einmal winkte sie allen zu, und dann war sie nicht mehr zu sehen.

Ein paar Minuten später brach auch die Frühstücksgesellschaft auf. Frau Bienenstichs Mutter und ihr Korb verschwanden durch das quietschende Törchen und mit ihnen Tante Fee. Traurige Blicke folgten ihnen.

„Weißt du was?“, fragte Kevin.

Zipfelmaus schüttelte den Kopf. „Was denn?“

„Jetzt hat die wahre Königin von Saba den Garten verlassen!“

Der Autor: Uwe Becker

Uwe Becker wurde in Krefeld geboren. Nach einem Studium der Biologie, das ihn nach Teneriffa, an die Elfenbeinküste und nach Zimbabwe führte, begann er Gedichte und Geschichten für Kinder zu schreiben. Er lebt und schreibt in Köln, wo er einen Garten besitzt, und im Wendland, das er sehr liebt. Er hat auch einen Hund, der Kira heißt, aus Polen stammt und bereits Urgroßmutter ist. Was man ihr wirklich nicht ansieht.

2011 erschuf Uwe Becker den charmant-tüdeligen Mäusedetektiv mit der geringelten Bommelmütze: Im Gartenkrimi „Zipfelmaus jagt den Vogeldieb“ erblickte die Zipfelmaus das Licht der Welt und erfreut sich seitdem einer wachsenden Fangemeinde. In Band 2 „Zipfelmaus und der geheimnisvolle Goldkratzer“ verschlägt es Zipfelmaus und ihre Kollegen in eine Kirche, in der sie auf die Grübel und einen schwarz-weißen Scheich stoßen ... „Zipfelmaus und die Königin von Saba“ ist bereits der dritte Band, in dem das mutige Gartenvolk ermittelt.

Die Illustratorin: Ina Krabbe

Ina Krabbe wurde 1967 in Bremen geboren. Sie studierte sich durch die verschiedensten Bereiche wie Geschichte, Philosophie, BWL und Architektur, arbeitete in Buchladen und Werbeagentur und machte dann das, was sie schon immer gern gemacht hat: Zeichnen und Schreiben. Mit Frau, Kindern und drei Hühnern lebt, werkelt und schreibt sie in einem Dörfchen in der Nähe von Bremen.

Sie hat schon zahlreiche Kinderbücher geschrieben und illustriert, so z.B. die rasant-turbulente Geschichte „Das magische Mal – Chaos in der Zauberschule“, die selbst Mathemuffeln das Einmaleins spielerisch näherbringt. Zuletzt erschien von ihr „iX – Mission Schrottplatz!“ im Südpol Verlag, eine fantastische Geschichte um zwei Jungs, ihre Freundschaft, skurrile Roboter und die Macht der Fantasie.

Die spannende Umweltkrimi-Reihe für Kinder

WWF YOUNG PANDA

"Die Grünen Piraten" empfohlen vom WWF Kinderprogramm Young Panda

Die Grünen Piraten

Poßberg & Böckmann

Die Grünen Piraten - das sind Pauline, Ben, Flora, Lennart und Jannik. Da, wo sie zum Schutz der Umwelt eingreifen, bleibt als Zeichen der grüne Totenkopf zurück. Bei ihren heimlichen Einsätzen kommen sie immer wieder in brenzlige Situationen ...

Band 1 - Jagd auf die Müllmafia
ISBN 978-3-943086-00-3
Band 2 - Im Netz der Tierschmuggler
ISBN 978-3-943086-05-8
Band 3 - Giftgefahr unter Wasser
ISBN 978-3-943086-10-2
je 128 Seiten, gebunden,
mit Illustrationen, 8,90 €

»Ein echter Umweltkrimi zum Mitfiebern«
liesLotte

»Humor kommt durch schlagfertige Sprüche nicht zu kurz«
KiBuLo